忠臣蔵顚末記
落日の士分

岡本和明
Okamoto Kazuaki

文芸社

忠臣蔵顚末記　落日の士分　目次

装幀　吉原敏文
装画　青木宣人

忠臣蔵顚末記　落日の士分

プロローグ　内蔵助の腹

細川屋敷

　穏やかな日が続いていた。吹く風はまだ冷たかったが、何処かに春の息吹を感じさせるものがその中にあった。

　その日も堀内伝右衛門は内蔵助《くらのすけ》達の部屋を訪れ、もう何度も同じ話を聞いたに違いないが吉《き》良上野介《らこうずけのすけ》を討つまでの話をあれこれと聞いていた。可笑《おか》しなもので、伝右衛門は内蔵助達が討ち入った時の様子にはさほど興味を示さず、赤穂浅野家が取り潰しとなってから吉良邸に討ち入るまでのことをさかんに聞きたがった。

　細川家に預けられた内蔵助達十七人は上の間と下の間に分けられ、上の間には内蔵助をはじめ吉田忠左衛門、原惣右衛門、片岡源五右衛門、間瀬《ませ》久太夫、小野寺十内、堀部弥兵衛、間喜《はざま》兵衛、早水《はやみ》藤左衛門の年配者が、下の間には磯貝十郎左衛門、近松勘六、冨森《とみのもり》助右衛門、潮田《うしおだ》又之丞、赤埴《あかばね》源蔵、奥田孫太夫、矢田五郎右衛門、大石瀬左衛門の壮年者が分置されていたが、伝右衛門は下の間で話をするのが常だった。

伝右衛門が訪れている間、部屋の中はそれまでの静けさが嘘だったかのように賑やかになり、何時《いつ》もは家族への手紙を書いたり、書見をして一日を過ごす年配の者達の中にも話の輪に加わる者がいたが、内蔵助は決してその中に加わることはなかった。そうした話の中に居ることに何とも言えぬ居心地の悪さを感じたからである。

伝右衛門はしきりと内蔵助達の吉良邸への討ち入りを、近頃稀《まれ》に見る快挙、武士の鑑と褒めそやしたが、その言葉を聞く度に内蔵助の心は重くなった。内蔵助にとって吉良邸への討ち入りは、亡君内匠頭《たくみのかみ》の無念を晴らすというようなものではなく、赤穂浅野家再興の望みが絶たれた後、主席家老としての己の一分を貫き通すために唯一残された手段だったに過ぎず、最初から望んだものではなかった。

それは今回の討ち入りに加わった者の多くが、多かれ少なかれ持っている気持ちに違いなく、亡君浅野内匠頭のためのみを思っていた者はほとんどいなかったに違いないと内蔵助は思っていた。

内蔵助は数日前に伝右衛門から自分達の討ち入りに対し、賞賛の声が日に日に高まり、それは侍だけでなく町人にまでも及んでいるとの話を聞いた時、何とも言えぬ違和感と、そこに何らかの〝作意〟のようなものを感じた。事の真相も分からぬうちに風評が立つのはどう考えても異常に思えたからである。

——誰が。

——何のために。

内蔵助はあれこれと考えてみたが、答えは何一つ浮かんでこなかった。だが、ただ一つ言えることは、何者かが内蔵助達の吉良邸への討ち入りを何かに利用しようとしているのではないかということだった。そうでなければこの異常とも思える自分達への賞賛は腑に落ちないのである。

内蔵助が一人部屋を出て、縁側から庭に咲いている梅の花を見つめていると、後ろから吉田忠左衛門が声を掛けてきた。

「赤穂の梅はどれほど咲きましたかな？」

忠左衛門も伝右衛門と話をするのは苦手のようで、内蔵助が一人縁側にいると傍らにやってきて、黙って庭を見つめていることが度々あった。

「左様、江戸よりは暖かい故、三分か四分」

「そのくらいになりましょうか」

内蔵助達が赤穂の地を去ってから約一年半の歳月が流れていたが、内蔵助にはそれは遥《はる》か昔のことのように思えていた。しかし、何故か赤穂城内に咲いていた梅や桜の花は鮮明に思い出すのである。

「赤穂の梅か」

「思い出しますなあ。時折、夢に出て参ります」

「夢の中にか?」

「はい」

二人はそれだけ言うと、黙ったまま梅の花を眺めていたが、その時内蔵助は内匠頭刃傷の第一報が届いた日のことを思い出していた。


元禄十四年(一七〇一)二月四日、内匠頭は幕府からこの年の勅使饗応役を命じられた。重役達の中にはそれに対して、

「無事に済めばよいのだが……」

と心配する者もいたが、内蔵助は何ら危惧の念を持っておらず、

「殿は十八年前の天和三年(一六八三)、十七歳の時にも勅使饗応役を務めているから、不明の点があればその時の記録を調べればいいだろうし、更に念を入れるのであれば五年前の元禄九年二月に、分家の備後三次藩の浅野長澄殿が勅使饗応役を務めているのだから、細かな点や不明の点などがあれば聞けばよかろう」

と笑って応じていた。

幕府と勅使・院使《いんし》の双方に気を遣う饗応役は、確かに気苦労の多い役目には違いなかったが、僅か七日の間のことである。

三月十一日に勅使・柳原資廉《すけかど》、高野保春、院使・清閑寺《せいかんじ》熈定《ひろさだ》が伝奏屋敷に到着し、十七日に

江戸を出発して京へ向かうまでの七日間、型通りに勅使饗応役を務めればいいのである。しかも江戸には安井彦右衛門、藤井又左衛門の両家老、留守居役の建部喜六がいるから、何かあればその都度上手く対処してくれるであろうと内蔵助は別段心配はしていなかった。

それよりも内蔵助にとっては、内匠頭に子がいないことのほうが重要だった。内匠頭が備後三次藩藩主浅野因幡守浅野長治の女《むすめ》・阿久里《あぐり》と結婚したのは天和三年四月九日のことだから、すでに十八年という時間が経っているが、二人の間には未だ子が生まれていないのである。嗣《し》子《し》がいないということは内匠頭にもしものことがあれば、即赤穂浅野家の断絶を意味するのだから内蔵助が気にするのも当然であった。無論、万一の時は内匠頭の弟大学長廣《ながひろ》に相続させればよいと、長廣を内匠頭の養子とすることに決めていたが、やはり、内匠頭に男子が生まれることが一番であった。それは二人でも三人でもよかった。最初の子が無事に育つという保証はないからである。

三月十一日に内蔵助が登城すると、重役の一人が緊張した面持ちで声をかけてきた。

「いよいよ、今日からでござるな。拙者はそれを考えると昨夜は満足に眠ることも出来ませんでした」

だが、内蔵助は

「たかが、七日間のことでござる。それほど心配する必要もないかと……」

と一言言ったきり平然としていた。

しかし、内蔵助はこの年の勅使・院使の饗応役は特別な意味を持っていたことを知らなかった。

将軍綱吉の命により、幕府は朝廷に対し、前年より綱吉の生母桂昌院《けいしょういん》への従《じゅ》一位の叙爵《じょしゃく》を働きかけていたのである。

それはまさに前代未聞の要請だった。それまで将軍の生母といえども女性で従一位を授かった者はなく、平清盛の妻時子、源頼朝の妻で尼将軍と呼ばれた北条政子でさえ従二位が最高の位だったのである。時子にしろ、政子にしろ、清盛、頼朝が天下を取るために苦労を共にし、陰で支えてきた女性であり、その位階にふさわしい働きをしたが、桂昌院の場合は将軍の生母という以外には何の功績もなかった。その女性に従二位どころか、従一位の位を授けろというのだから朝廷側もおいそれとは承諾できなかったのである。何事にも先例を重んじる朝廷側が桂昌院の従一位の叙爵に対し難色を示すのは当然のことだった。

しかし、将軍の命とあれば何としても朝廷側に承諾させねばならず、そのため、朝廷側との交渉を進めた高家筆頭の吉良上野介の苦労は並大抵ではなく、この年、朝廷に年賀の挨拶に赴いた吉良上野介の江戸への帰着が大幅に遅れたのも、この問題がうまく進まなかったことに原因があった。

幸いにも桂昌院への従一位の叙爵は翌元禄十五年三月に実現するが、それまでの間、江戸城内は異様な重々しさに包まれており、些細なことから大名同士の無用の衝突が起こっても不思議でなかった。また、浅野内匠頭の吉良上野介への刃傷も、こうした雰囲気が引き起こした出来事だったとはいえ、将軍綱吉は苛立ちと怒りの余り、内匠頭に即日切腹を命じるという先例のない厳しい処分を言い渡したのである。

江戸からの内匠頭刃傷の第一報は、三月十七日に勅使・院使が江戸を発った二日後の三月十九日の払暁に萱野《かやの》三平、早水《はやみ》藤左衛門の両名によって齎《もたら》された。

急使の到着を知らされた瞬間、内蔵助の頭の中を過《よぎ》ったのは内匠頭もしくは阿久里の訃報であった。そして、もしそうならばそれは阿久里であって欲しいと願った。嗣子《しし》のいない内匠頭の急死は赤穂浅野家の断絶を意味する。冷徹に言えば、阿久里の代わりになる者はいるが、内匠頭の代わりになる者はいないのである。

内蔵助は急ぎ、萱野三平と早水藤左衛門が持ってきた書状を見た。差出人は内匠頭の弟大学長廣《ながひろ》で、そこには

一　三月十四日に江戸城内に於いて内匠頭が高家筆頭の吉良上野介に対して刃傷に及んだこと。
一　このことを知った家臣の者達が騒ぎを起こさぬように抑えること。
一　出回っている藩札《はんさつ》の処理を速やかに行うこと。

の三箇条が記されていたが、内匠頭、吉良上野介の生死、何故《なにゆえ》に内匠頭が吉良上野介に対して刃傷に及んだかは全く触れられていなかった。

内蔵助は何度も大学長廣からの書状を読み返したが、書状を持つ手は小刻みに震えていた。書状には赤穂浅野家の取り潰しということが最も怖れていたことが記されていたからである。幕法では殿中での刃傷は理由の如何を問わず改易《かいえき》と決められている。内蔵助は何度も心の中で〈何故の刃傷?〉と繰り返し叫んでいた。

内蔵助としては、内匠頭と吉良上野介の生死、内匠頭が刃傷に及んだ理由を知ったうえで家臣一同に登城を命じて書状の内容を告げ、今後如何にすべきかを決めたかったが、そうするだけの時間的な余裕はなかった。この先、藩札の処理、赤穂城の明け渡し、家臣一同の赤穂からの退散、そして当座の生活費としての分配金の決定と支払い、さらには赤穂浅野家の再興の幕府への働きかけと、内蔵助のやらなければならないことが山積していたからである。

内蔵助はすぐに家臣一同に登城を命じると、集まった家臣達に大学長廣からの書状を読み聞かせた。家臣達の間にざわめきが起こったが、やがて重苦しい沈黙が全てを支配した。誰もが突如として突き付けられた内匠頭の刃傷と、それに伴う藩の取り潰しという現実に当惑していたのである。家臣の一人が立ち上がり、内蔵助に尋ねた。

「それだけでございますか?」

「これだけだ。詳しいことはこれから追々分かってくると思うが、一同には新たに急使が着き次第、再び集まってもらいたい」

内蔵助は家臣達に、散会を命じたが、みな一様に押し黙ったまま退散していった。

その後、内蔵助と重役達はすぐに藩札の処理にとりかかったが、多くの者が藩札の交換に異議を唱えた。

「藩がこのようなことになった今、その必要はないのではないか？」

「左様。まずは我々家臣のことを考えていただきたい」

「この先どれほどの金子が必要となるか……。それを考えると軽々しく藩札の交換に応じてよいものか……」

重役達はすでに己のことのみを考えていたが、内蔵助はそれらの言葉に反論せず、

「大学様の御指図でござる」

という一言で全てを封じ込めてしまった。内匠頭の弟大学長廣の指図とあれば誰も異論を挟むことは出来ないのである。

だが、その時藩庫に残っている金子では藩札の満額での交換に応じることは不可能であった。後日そのことが分かると、やはり藩札の交換に応じる必要はないのではないかという意見が再び持ち上がった。しかし、内蔵助はあくまで藩札の処理を主張した。万一、藩札の交換に応じないようなことになれば、どのような事態が起こるか分からないのである。内蔵助は大学長廣が言うように出来るだけ騒ぎを起こしたくなかった。結局、重役達は不満ではあったが、内蔵助の意見に従うことにした。次に、何分での交換にするかで様々な意見が述べられた。誰もが少しでも自分達の取り分を多くするために交換比率を下げたいと思っていたが、最終的には六

分での両替ということで落ち着いた。

しかし、〝金〟に絡む重役達と内蔵助の意見の対立は、後に赤穂を立ち退く家臣達への分配金を巡って再び繰り返されることになる。内蔵助は身分の低い者に対して厚くすることを主張し、ほとんどの重役はそれぞれの石高に応じて分配することを主張した。だが、内蔵助はこの時もあくまでも均等に分配することを主張し、九百石以上の者には一定の金額、五百石以上の者には百石あたり十両、百石の者には十八両、中小姓の者は十四両というように決めていった。

内蔵助の中で何かが変わっていた。それまで内蔵助は己の考えを強く主張し、それを押し通すということはほとんどなかった。結局、大野九郎兵衛以下、他の重役達も内心では不満だったが内蔵助の言に黙って従うよりほかになかったのである。

内蔵助が待ち望んだ江戸からの第二報は、その日の夜に原惣右衛門と大石瀬左衛門によって届けられたが、そこには内匠頭の切腹が記されているだけだった。内蔵助はその文面に違和感を感じた。内匠頭の切腹がその日のうちに行われていたが、大名の切腹は日を置いてから行うのが通例だったからである。そして、吉良上野介の生死と内匠頭の刃傷の原因は依然として不明のままだった。

内蔵助は再び家臣一同を集め、このことを告げてすぐに散会を命じたが、誰もが不安気な目をしていた。自らの足元が崩れた今、この先どのようにすべきか咄嗟には思い浮かばなかったからである。否、そのようなことを考えるゆとりすらなかった。町人や百姓なら他に生きていく術はいくらでもあるが、武士の場合それはひどく限られたものとなってくる。武士という身分を捨てられるのなら別だが、それが出来ない者は伝《つて》を頼って他家への仕官を考えるしかない。しかし、泰平の世にあってはそれもままならず、結局、多くの者は浪人という形で生涯彷徨《さまよ》うしか道はなかった。

翌日、札座には藩札の交換に朝早くから大勢の町人や百姓が押し寄せた。前日のうちに藩札の交換が行われることを知らされていたからである。

浅野家に何か異変が起こったことは、すでに城下はおろか藩全体に噂として広まっていた。そして多くの人間は内匠頭の切腹のことも薄々とは知っていたようだが、そのことは別段驚く程のことではない。物事が口から口に伝わるのは想像するよりもはるかに速いのである。

札座に押し寄せた人々はみな殺気立っていた。内匠頭の切腹は赤穂浅野家の取り潰しを意味し、それは手元にある藩札が紙屑となることを意味したからである。あらかじめ六分での交換に応じると知らされていたが、実際に金を手にするまではそれをそのまま信じる者は一人もいなかった。そして、一方的に六分での交換を告げた浅野家に対して、不信感を抱いていたからである。

「おいっ、後になったら六分での交換もしてもらえねえかもしれねえな」

「本当かよう？」

「お家が潰れるんだぞ。何があったっておかしくねえだろう」

「それもそうだな」

「『そんなものは知らない』って開き直られたらそれまでだしな」

「そうよ。だから朝早くからこうして並んでるんだが、それにしてもすげえ人だねえ」

札座が開くのを待っている間に、人々の浅野家に対する疑心暗鬼の気持ちは急速に広まり、やがて怒声が飛び交った。

「おいっ、何時《いつ》まで待たせるんだっ」

札座は大混乱に陥った。

「慌てるな。必ず全員の藩札の交換に応じるっ」

家臣達は何とか騒ぎを鎮めようとしたが、その時、命令するように言ったために逆効果となった。

「当り前だよ。だいたいこんなことになったのは誰のせいなんだよ」

一人が言うと他の者も同調した。

「お前さん達、随分と横柄な口をきくが、自分の立場を考えてものを言えよっ」

「はっきり言えば、お前さん達はもうすぐこの土地と何の縁もゆかりも無《ね》え人間になるんだ」

「そうだ。俺達はお前さん達が何処へ行こうと知ったこっちゃねえが、その前に貸した金を返してもらわねえとな。俺達はこれからも生涯ここで生きてかなくちゃあならねえんだからな。とにかく貸した金を返してくれ」

「事前に俺達の許しもなく勝手に値切りやがって。おいっ、お前達の中で誰か一人でも俺達に『済まない』って両手をついて詫びた人間がいるか？」

「まあ、侍なんてえのは威張るしか能が無えからな」

次から次に好き勝手な言葉が家臣達に浴びせられたが、家臣達は黙って藩札の交換をやるしかなかった。家臣の誰もが腹の中は煮え繰り返っていた。だが、自分達と何の縁も無くなると思うとその言葉は容赦のないものとなっていった。口汚く罵る百姓や町人達を斬り捨てたい衝動にかられたが、何を言われても決して怒りを爆発させてはならないと内蔵助に厳命されているので耐えなければならなかった。

しかし、藩札の交換が進むにつれて札座の混乱は次第に収まっていった。四分の損にはなるが、間違いなく藩札の交換が行われることが分かったためだった。だが、町人達は決してそれで満足したわけではない。紙屑になるよりはましと自らを納得させ、諦めるしかなかったからである。

全ての藩札の交換を終え、そのことを報告に来た岡島八十右衛門《やそえもん》は憤懣やるかたないという口ぶりで札座での様子を内蔵助に話した。

「無理もない」

内蔵助はそれが当然だとでもいうように答えた。

「しかし、言い方があります」

「だが、町人達の言い分のほうが正しい。我々の都合で突然六分替えと一方的に言い出したのだ。何を言われても我慢せねばな」

「それにしても今までさんざん世話になった者まで」

「世話になったのはむしろ藩のほうだったのではないか？　百姓、町人の身になってみれば、これほど無道なことはあるまい。怒るのも当然」

「理屈ではそうですが」

岡島八十右衛門と話をしながら内蔵助は八年前の元禄六年に備中松山藩に収城使として内匠頭の供をして赴いた時のことを思い出していた。

備中松山藩水谷《みずのや》出羽守勝美《かつよし》は跡継ぎがいないため、元禄六年十一月二十七日に従兄弟勝阜《かつおか》の長男勝晴を末期《まつご》養子とすることに決め、幕府にもその旨《むね》を伝えていた。しかし、十月六日に勝美が急逝したため、打つ手が無く、備中松山藩は無嗣《むし》断絶となったのである。この時内蔵助は、城番として在城することになった。幸いにもこの後に勝美の弟勝時に三千石が与えられ、名跡相続は認められたが、この時、多くの家臣達は禄を失うことになる。

内蔵助の脳裡には、藩という土台を失った備中松山藩の藩士達の姿が焼きついたまま何時までも消えることがなかった。松山藩から力なく去って行く家臣達の足取りは、まさに〝彷徨《さまよ》う〟という言葉そのものだった。それに比べ町人、百姓達は何事もなかったかのように毎日を過ごしていた。朝早くから物売りの声が聞こえ、商いに忙しく走り回る商人、長屋からは子供を叱る声や、夫婦の喧嘩をする声が聞こえ、昨日と変わらない姿がそこにあった。日々の生活に追われている町人や百姓にとって、藩主が誰であるかは問題ではなかった。毎日を何とか無事に暮らすことが出来ればそれでよかったのである。そうした光景を見た時、内蔵助は侍という存在とはいったい何なのかを嫌でも考えずにはいられなかった。

内蔵助には今の赤穂浅野家の家臣達の姿と、あの時の備中松山藩の家臣達の姿が重なって見えた。そして、収城使として備中松山藩に赴いた赤穂藩の人間が、全く逆の立場に置かれることに運命の皮肉を感じたのである。

藩札の交換を何とか無事に終えると内蔵助は、家臣一同に今後の行動を決定するための大評定を三月二十七日から二十九日の三日間に行うことを通達し、そして、各自が今後どう行動するのかを決めてくるように告げた。

内蔵助にとっても、家臣一同にとっても、これからが本当の闘いだった。それは己との闘いであると同時に幕府との闘いでもあった。

内蔵助の腹はすでに内匠頭の弟大学長廣による御家の再興と決まっていたが、最初からそのことを家臣一同に告げるつもりはなかった。その目的を達するためにそれぞれが己の全てを内蔵助に預けるだけの覚悟があるかを確認しなければならない。家臣一同が一丸となって幕府に当たっていかねば、御家再興など不可能だからである。

江戸からの内匠頭刃傷の急使が到着してからの慌しい二日間が過ぎた後、一人になった内蔵助の心を最初に支配したものは、〝怒り〟の気持ちだった。それは吉良上野介に対してではなく、亡君、内匠頭に向けてのものであり、内匠頭の短慮に対してであった。

内蔵助が他人に対して怒りの感情を持つことは稀《まれ》なことだった。というより、そういった気持ちを持ったことがほとんど無いというのが正しいのかもしれない。これまで赤穂藩内にもこれといった問題が起こったことがなかったため、何事に対しても極力波風を立てずに毎日を送るようにつとめてきた。そのため、内蔵助にとって、そういった感情は不要のものだった。だが、内匠頭の刃傷は内蔵助の心にその感情を呼び起こすことになったのである。

暫くの間、内蔵助は何時もの平静さを取り戻すのを待ち続けていた。そして、その間、

「今後決して自らの感情を面に出してはならない」

と何度も己に言いきかせていた。これからの己の行動は、決して一時の感情に流されたものであってはならず、そのために全てが無に帰することになるからだった。

どのくらいの時間が経ったか内蔵助にも分からなかったが、心の中の昂った感情が収まった頃から、内蔵助は自問自答を繰り返しながら己が今後とるべき道を決めていった。

物事を決める時、それがどのように些細なことであっても内蔵助は決して即断することはなかった。たとえ、すでにはっきりとした結論が出ているような場合でも、出来るだけ慎重に対処するよう心掛けたのである。そんな内蔵助の態度に対し、若い家臣達は何を考えているか分

からないと不満を持ち、何時の頃からか内蔵助のことを〝昼行燈《ひるあんどん》〟と渾名《あだな》するようになっていた。

内蔵助はこれまでに江戸城中で起こった刃傷事件の原因とその顚末を調べてみたが、暗澹とした気持ちになった。これまでの例でいくと赤穂浅野家の再興はほとんど絶望的に思えたからである。

三代将軍徳川家光の寛永四年（一六二七）十一月六日、江戸城西の丸に於いて、西の丸御番の楢村《ならむら》孫九郎が同役の鈴木久右衛門、木造《きづくり》三郎左衛門の両名に刃傷に及んでいる。鈴木久右衛門は負傷の後に死亡し、改易。木造三郎左衛門は無事だったが改易。加害者の楢村孫九郎は永井信濃守尚政にお預けとなり、七日後の十一月十三日に切腹、改易となっている。この時の騒動は喧嘩が原因ということで、被害者の鈴木久右衛門、木造三郎左衛門の家が再興されることはなかった。

次いで翌寛永五年八月十日、同じく江戸城西の丸に於いて、目付・豊島刑部少輔明重が老中・井上主計頭《かずえのかみ》正就《まさなり》に刃傷に及んでいる。井上主計頭正就は即死だったが、その遺領五万二千五百石の存続は許された。豊島刑部少輔明重は翌八月十一日に切腹。改易。

そして、綱吉の世となった貞享《じょうきょう》元年（一六八四）八月二十八日、江戸城本丸の御用部屋に於いて、若年寄・稲葉石見守正休《まさやす》が、大老・堀田筑前守正俊に刃傷に及び、稲葉石見守正休はその場に居合わせた若年寄、老中達によって惨殺され、改易。堀田筑前守正俊は邸に戻った後に死亡するが、遺領は存続された。

また、殿中ではないが延宝八年（一六八〇）六月二十六日、四代将軍徳川家綱の葬儀の時、増上寺本坊において奏者番・内藤和泉守忠勝が、同役の永井信濃守尚長《なおなが》に刃傷に及ぶ。内藤和泉守忠勝は関東郡代伊奈兵右衛門忠易《ただやす》にお預けの上、翌六月二十七日に切腹、改易。一方、永井信濃守尚長は即死。尚長に子が無かったために城地は没収されたが、八月七日に尚長の弟、直圓《なおみつ》が大和新庄一万石を拝領し、家は再興されている。

内蔵助にとってはこの刃傷事件は身近なものだった。内藤和泉守忠勝と内匠頭は叔父と甥の間柄だったからである。

内蔵助は溜息をついた。殿中での刃傷事件では斬り付けた側は全て改易となり、その後に再興された例は一つとしてないのだ。だが、内蔵助は諦めるわけにはいかなかった。どのような形でもよいから赤穂浅野家の再興を図らなければならなかった。それは主席家老としての務めであると同時に、己の意地でもあった。

しかし、内蔵助にもこれといった妙案があるわけではない。否、全くといって無かった。結局、内蔵助には、愚直なまでに幕府へ赤穂浅野家の再興を訴え続けていくこと以外にこれといった方策は思い浮かばなかった。

内蔵助は御家再興の力になってくれそうな人間の名前を思いつくままに書き出してみた。

やはり最初に思いついたのは本家浅野家当主・浅野安芸守綱長、備後三次藩藩主浅野土佐守長澄《ながずみ》、旗本寄合浅野美濃守長恒《ながつね》、内匠頭の従兄弟の大垣藩藩主戸田氏定……。みんな浅野家一門の者だったが、内蔵助は途中で筆をとめてしまった。弱すぎるのである。それに、一門だということだけで赤穂浅野家の再興のためにどれだけ本気で助力してくれるか、はなはだ疑問だった。現に藩札の交換、家臣達への分配金が不足していたために十九日の夜に外村源左衛門を浅野安芸守綱長、戸田氏定のもとへ派遣したがどちらも不首尾に終わり、逆に源左衛門は家臣一同が騒ぎを起こさないように釘を刺されて帰ってきている。その後、金の手当ては何とかなり、事なきを得ているが、一門といえども累《るい》が自分達に及ばぬように汲々としている状態なのだ。だが、内蔵助は一門の者達のそうした対応を批判するつもりはなかった。内藤和泉守忠勝の刃傷の折の赤穂浅野家の対応も同様だったからである。

〈結局、幕府の中枢に居て将軍綱吉を動かすことが出来る人間の力を借りる以外にはない〉

そこまで考えた時、内蔵助の脳裡には護持院の僧・隆光《りゅうこう》と柳沢出羽守保明（元禄十四年十一月二十六日より吉保）の名前が浮かんでいた。隆光は将軍綱吉と綱吉の生母桂昌院から寵を受けており、柳沢出羽守保明は幕閣随一の権力者だった。全てを覆すことが可能なのは綱吉一人であり、その綱吉を動かしうる人物はこの二人しかいないのである。だが、この二人に働きかけても、どれ程の効果があるか分からない。そもそもこの二人が赤穂浅野家再興の願いを聞き入れてくれるかさえ疑問だったが、やってみるだけの価値はあると内蔵助は思った。

隆光に対して内蔵助が頼った人物は、赤穂浅野家の祈願所遠林寺《おんりん》の僧、祐海だった。遠林寺は真言宗の寺で、隆光も真言宗の僧だったからである。内蔵助は祐海を江戸へ派遣し、隆光への手蔓《てづる》を求めさせ、赤穂浅野家再興を図ることにしたが、問題は柳沢出羽守保明だった。内蔵助はあれこれと考えてみたが、隆光における祐海のような人物が浮かんでこなかった。結局、柳沢保明に対しては追々何らかの方策を見つけ出すことにした。何としても時間がないのである。

そこまで考えが纏《まと》まった時、内蔵助の脳裡に、〈その後上野介はどうなっただろう?〉という思いが浮かんできた。この時、内蔵助はまだ上野介の生死のことは知らなかったのだが、上野介の生死、そして幕府が上野介にどのような処分を下すのかは、今後の行動を決めるうえで重要なことだった。

内蔵助は内匠頭の刃傷は、上野介との〝喧嘩〟によるものとして押し通す考えだった。〝喧嘩〟であれば〝喧嘩両成敗〟となり、双方同様の裁きになる。

だが、幕府が〝喧嘩両成敗〟と認めず、上野介に対し何のお咎めもなく、赤穂浅野家の再興も叶わない時には、迷うことなく上野介の命を貰い受ける決心でいた。それが内蔵助の主席家老としての意地であり、己の一分だからである。無論それは自らの生命と引き換えの覚悟であった。しかし、自分一人では何も出来ない。どのようなことがあっても、内蔵助に己の生命を無条件に預けてくれる人間が必要なのである。そのため、内蔵助は家臣達を篩《ふるい》にかけることにした。

内蔵助は自らの考えを順に家臣達に示していくことにした。無論上野介に何のお咎めもない場合だが、先ず幕府の裁定に不服を述べ、城に立て籠もり、城を枕に討ち死にをする提案を出す。内蔵助はこれを下策と考えたが、この提案だけでも相当数の家臣は抜けていくに違いないと踏んでいる。次に中の策として、幕府の収城使を迎え入れ、家臣一同の所存を述べた後で切腹する。そして上の策として、家臣一同による大学長廣による赤穂浅野家の再興の嘆願へと家臣達を導いていくのである。

家臣一同に内蔵助が働きかけるのはここまでであった。上野介の生命を貰い受ける時は、全てを一旦白紙に戻し、残った家臣達の一人ひとりにもう一度自らの考えをあきらかにしたうえで、決行するつもりであった。そのくらいの用心が必要だと内蔵助は考えていた。

内蔵助が全ての方針を纏め上げたのは、大評定が開かれる二日程前のことだった。そして、その間に上野介が生きているということが内蔵助の耳に伝わってきた。だが、内蔵助はすぐに上野介に対してどのように対処していくか考えなかった。

〈慌てることはない。先ずは御家の再興からだ〉

内蔵助は自らにそう言い聞かせると、その後の三日間は何事もなかったかのように過ごしていた。

御家再興

三月二十七日から二十九日にわたる〝大評定〟はまさに内蔵助が家臣達を篩《ふるい》にかける場となった。

内蔵助は家臣一同に、

「その後、吉良上野介は存命していることが分かった。このことを踏まえて、今後我々がどのように対処すべきか各々《おのおの》の意見を腹蔵《ふくぞう》なく述べていただきたい」

と告げたが、家臣達の意見は〝開城派〟と〝籠城派〟に分かれ、どちらも己の意見を主張するのみで、〝開城派〟は〝籠城派〟を頑迷と言い、〝籠城派〟は〝開城派〟を軟弱と責め、お互いに妥協する余地は全くなかった。

当日は三百余名の家臣達が集まっていたが、幕府の裁きに異を唱え、こちらの言い分を飲ませるためには一戦も辞さないという〝籠城派〟の主張は勇ましいだけにその言葉に同調する者も多く、形勢は〝籠城派〟に有利だったが、大勢を占めるとまではいかなかったために何時《いつ》までたっても結論が出ることはなかった。

次第に言葉を発する者は少なくなり、遂に家臣達から内蔵助の意見を求めてきたが内蔵助はこの時を待っていたのである。

各自が自分の考えに固執している間は、たとえその意見が優れていても素直に聞こうとはしない。内蔵助が己の意見を言うのはこの時しかなかったと言えるが、内蔵助はこの時になってもすぐには己の意見を言おうとはせず、暫くの間沈黙していた。

「御家老の意見は？」

再び家臣達から問われて、内蔵助はようやく口を開いた。

「それでは拙者の考えを述べるが、その前に、たとえそれが如何なる意見であっても、従う覚悟があるか否かを確認しておきたい」

内蔵助は家臣一同を見回した。それは内蔵助が家臣達に初めて見せた厳しい姿であり、そこには今まで〝昼行燈〟と陰口をたたかれていた内蔵助の姿は無かった。家臣全員が内蔵助の意見を聞こうという気になり、その場を去る者は一人もなく、全員が食い入るようにして内蔵助を見ていた。

「では、この大石の考えを述べさせていただく……」

重苦しい空気が全てを支配していた。

「籠城……城を枕に討ち死に。これが拙者の考えでござる」

内蔵助は当初からの予定通り、自ら〝下策〟とした考えを述べた。

一瞬、間を置いて、大広間にはどよめきが広がった。先程まで〝籠城〟を唱えていた者は興奮で顔を紅潮させていたが、多くの者は内心では内蔵助の言葉を意外に思った。これまでの内蔵助からは想像することができない激しい言葉であり、大半の者は内蔵助は〝開城〟を選択すると思っていたからである。そのため〝籠城派〟の家臣達の間にも〝開城派〟の家臣達の間にも戸惑いが起こっていた。

〈御家老の真意は別にあるのでは？〉

そんな疑いを持つ者もいたが内蔵助はそんなことは気にせず、一同を見回すと、

「反対の者は？」

と尋ねたが、誰一人として言葉を発する者はいなかった。内蔵助は念を押すようにもう一度問いかけた。

「反対の者は？」

やはり皆押し黙ったままであった。しかし、それは内蔵助にとっては誤算だった。内蔵助は再び〝籠城派〟と〝開城派〟の意見が衝突し、その結果、結論を翌日に先送りすることになると思っていたが、こうなった以上、下策と考えた案で藩論を統一せねばならなくなったのである。

「それでは家臣一同、城を枕にということに……」

内蔵助がそう言った時、家老の大野九郎兵衛が立ち上がり、

「拙者は不同意でござる」

と言った。この九郎兵衛の発言は、内蔵助にとってはこれ以上ない助け船となったが、内蔵

助は平静を装い、聞き返した。

「不同意とは?」

九郎兵衛は如何にも不機嫌そうな顔をして逆に聞き返した。

「まさか大石殿からそのような馬鹿げた意見が出るとは思わなかった。大石殿は幕府から遣わされる収城使や、この赤穂を取り巻く諸藩の兵と闘って、万に一つでも勝てるとお思いか?」

すると、叫ぶように言った者がいた。

「誰も勝てるとは思っておりませぬ。我々は幕府に片手落ちの処分に対する非を認めさせればそれでいいんです」

その眼は血走り、明らかに冷静さを欠いていた。

「何を血迷ったことを。その方も事は我が赤穂浅野家だけの問題でないことは承知であろう。そのようなことになれば本家浅野家をはじめとする浅野一族にも累《るい》が及ぶは必定。

今、我々家臣一同がやらねばならぬことは内匠頭様の御舎弟、大学長廣《ながひろ》様のために城地を速やかに幕府に明け渡し、そのうえで幕府に対して意見を述べ、御家の再興を願うことではないのか」

九郎兵衛の意見は正論だったが、その場は正論が正論として聞き入れられる状況ではなかった。

「そんな軟弱な態度、拙者は反対でござる」

「いや、拙者は大野殿に同意する」

「そういうのを腰抜けと言うのだ」

「何をっ。もう一度言ってみろ」

九郎兵衛の言葉は家臣達の意見の対立を再燃させただけでなく、一度意見が纏まりかけた後だけに、対立は前よりも激しいものになっていた。だが、それが内蔵助にとって幸いしたのだった。

結局、九郎兵衛と考えを同じくする者達がその場を去ることで騒ぎは収まり、結論は翌日に持ち越されることになった。

九郎兵衛の意見と内蔵助の考えはほとんど同じであった。だが、九郎兵衛は大学長廣による浅野家の再興を唱えていたが、内蔵助は別段そのことに拘《こだわ》ってはいなかった。評定の場で家臣の中には己の主君はあくまで浅野内匠頭だと言い張る者もいたが、内蔵助はそうも思っていなかった。

元禄六年に後嗣がいないために改易となった備中松山藩のように藩主・勝美の弟、勝時に三千石が与えられ、名跡の存続が認められた例もあったからだった。内蔵助はそれに賭けようと思った。極端に言えば、内蔵助にとって御家の再興が叶うのであれば新たな藩主は大学長廣以外でも、一門の誰でもよかったのだ。

翌二十八日の評定に出席したのは全家臣の三分の二程度であった。

姿を見せなかった者の中には前日〝籠城〟を主張していた者も随分といたが、結局それらの人間は、その場の雰囲気に呑まれたために表面上勢いのある者のほうに乗っただけで、早くも藩に見切りをつけた者も出てきたのである。このことは、この時代、藩と家臣の繋がりが希薄になっていたことを現わしていた。

一度に百人近くの人間が抜けた大広間は妙に閑散としていたが、その光景を見て内蔵助は〈思ったよりも多くの家臣が残っているが、このうち最後まで残るのは何人になるだろう〉

と考えていた。

「これで全員が揃ったのだな?」

内蔵助は奥野将監《しょうげん》に確認した。

「これで全員でござる」

内蔵助は小さく頷くと、すぐに考えが変わったことを家臣達に告げた。

「昨日は城を枕にして討ち死にと言ったが、この人数ではとてもそのようなことは覚束ない。そこで、収城使を迎え入れ、我ら一同の所存を述べたうえで切腹ということに変えようと思うが、改めて各々の意見を聞きたい」

この時、内蔵助の意見に反対する者は一人もなく、皆押し黙ったまま内蔵助の言葉を聞いているだけだった。

「それでは、今述べたように変更することにする」

また一歩、内蔵助の思惑に沿った形で事が進んだが、それはまだ内蔵助の考える最終の結論ではなかった。内蔵助は、翌二十九日に結論を出すということにしてすぐに解散してしまった。帰って行く家臣達の姿を見ながら、内蔵助は、〈まだ同志に加わる人数は減る〉と思っていたが、それにも限度があった。万一御家再興がならず、吉良上野介の命を狙う場合、少なくとも五十人から七十人の同志が必要で、しかも吉良の不意を突く形でしか成功はないと考えていた。

吉良の後ろには上杉家がついている。藩主の上杉綱憲《つなのり》は吉良上野介の実子だから何としても上野介を守ろうとするのは明らかだった。内蔵助達は上杉家とも闘わねばならない以上、成功するには奇襲以外にないのである。そのためにも何としても五十人から七十人の武装した同志が必要だった。

結局、翌二十九日に内蔵助が家臣達に出した結論は、城を明け渡したうえで赤穂から退散し、その後に何処かへ集まり、今後のことはその時に決めるというものだった。

この時、内蔵助は家臣達に〝神文誓書〟を出すことを要求した。内容はあくまで内蔵助の指図に従って行動するというものだったが、内蔵助は家臣一人ひとりに決意を迫ったのだ。このことは内蔵助が考えていた〝篩《ふるい》〟の仕上げであると同時に、〝神文誓書〟によってそれぞれの行動を縛ることで、一人でも多くの同志を集めるという狙いもあった。

だが、その時〝神文誓書〟を出した者は僅か六十余名に過ぎず、その後七十四名に増えたが、それでも全家臣の四分の一にも満たない人数だった。

内蔵助は言いようのない不安に襲われた。赤穂浅野家が再興出来るかどうかは幕府次第。御家再興が絶望となった時は吉良上野介の命を狙うことになるが、その望みが何時達成できるか定かでない中を進んで行かなければならないのである。様々なしがらみ、貧しさ、女、途中に何が起こるか分からないまま、〝神文誓書〟を出した七十四名が全員乗り越えられるとは思えなかった。

そして、内蔵助を更に落胆させたのは、奥野将監(千石)以外に高禄の者が一人も加わっていないことだった。だが、内蔵助はその者達に対して蔑みの気持ちを持つことはなかった。

〈もし、わしが筆頭家老でなかったなら、他の者達と同様の行動をとったかもしれない〉

と思ったからである。

確かにこの後の内蔵助を支えたものは〝筆頭家老としての意地〟と、〝御家再興にかける執念〟だけだった。

その後、内蔵助は矢継ぎ早に御家再興のための策を弄《ろう》していくが、結果としてどれも失敗する。

先ず元禄十四年三月二十九日、大評定を終えると直ぐに内蔵助は物頭・多川九左衛門と歩行《かち》小頭《こがしら》・月岡治右衛門を、幕府収城目付でもある大目付・荒木十左衛門、榊原采女《うねめ》に対する嘆願使として内蔵助の書状を持たせて派遣させたが、この段階で内蔵助の計画は齟齬《そご》をきたすことになった。多川、月岡が江戸に到着した四月二日には、荒木十左衛門、榊原采女はすでに江戸を出立した後で、行き違いになってしまったのである。

この時、多川、月岡が指図を仰いだのは江戸家老の安井彦右衛門と藤井又左衛門で、相談のうえ一族の戸田氏定の意見を聞くことにした。だが、氏定には最初から内蔵助の書状を老中に取り次ぐ気持ちはなかった。〈これ以上、この件に巻き込まれたくない〉と思う気持ちのほうが強かったからである。しかし、そのままにしておくわけにもいかず、内蔵助の「嘆願書」を見たが、その内容の常軌を逸した激しさに驚いた。

「嘆願書」には、簡潔に次のようなことが書いてあった。
一　上野介が死に、内匠頭に切腹を仰せ付けられたとばかり思っておりましたが、上野介は存命とのこと。これでは我が藩の若い藩士達が納得せず、どのような行動に出るか分からない。
一　今更上野介を処分していただきたいとは申し上げませんが、藩士達が納得するよう筋を立てていただきたい。
文面は幕府の裁きに対する不服と、このままでは何が起こるか分からないという幕府への脅迫以外の何物でもなく、「今更上野介の処分を望まない」と書いてはあるが、「藩士が納得するよう筋を立てていただきたい」とはまさに上野介の処分を幕府に迫っているのに等しい内容だった。

「嘆願書」を読み終えた氏定は〈正気か？〉と思った。そして多川、月岡の両名に問い質《ただ》した。

「その方どもはこの書状の内容を知っておったか？」

「いえ。御家老から荒木、榊原両目付に渡すように言われたのみで、内容については一向に……」

「このような『嘆願書』を出して、浅野家が無事で済むと思っておるのか？　荒木、榊原の両目付に渡らなかったのは幸いじゃ」

書状を見せられた多川、月岡の両名は顔色が変わった。

「万一拙者がこのようなものを目付衆に差し出しても、目付衆ではどうすることも出来ず、逆に浅野家一同だけでなく、大学殿もただでは済まないであろう」

氏定は、多川、月岡の両名に幕府の裁定に大人しく従うように記した内蔵助への書状を持たせると、

「よいかっ、この書状を収城使が赤穂に着く前に必ず大石に見せるのだぞ」

と命じて赤穂に帰したが、両名が赤穂に帰ってきたのは四月十一日のことだった。

多川、月岡の報告を聞いた者の中には両名を、

「無能だ」

と罵倒する者や、

「何故収城使の後をすぐに追って、『嘆願書』を渡さなかったのか？」

と罵る者もいた。内蔵助も内心では呆れはしたものの、それを面に表すことはなかった。だ

が、皮肉なもので、『嘆願書』が幕府に渡らなかったために、内蔵助が収城使達に御家の再興を訴え続けざるを得なかったことは、多くの大名達の同情を集めることになったのである。

四月十六日に収城目付の荒木十左衛門、榊原采女が赤穂に到着し、収城のための業務を始め、十九日に受城使・脇坂淡路守安照、木下肥後守公定へ赤穂城の明け渡しを完了するまでの間、内蔵助は再三赤穂浅野家再興の嘆願を続けた。僅かでもよいから御家再興のための端緒を見付けておきたかったからである。結局、その時は老中達に浅野家再興のための意見具申をするという約束を取り付けたに過ぎなかったが、それでも大きな前進に違いなかった。とはいっても内蔵助の赤穂浅野家再興の運動が多少なりとも実を結んだのはこれだけで、他は悉《ことごと》く失敗に終わった。だが、内蔵助はその後も可能なかぎりの手立てを尽くしていく。

元禄十四年五月十二日、内蔵助は原惣右衛門を京都普門院（六波羅密寺）に遣わし、赤穂浅野家の再興の支援を要請しているが、これは普門院の住職義山が浅野家の祈願所遠林寺の前住職だったからである。

そして、同年六月二十日には遠林寺の住職祐海を江戸に派遣することにした。江戸に到着した祐海は鏡照院に落ち着いた。鏡照院の住職は祐海の相弟子だったので、祐海はこの住職の伝《つて》で桂昌院と将軍綱吉が深く帰依している隆光から浅野家再興を働きかけてもらおうとしたが、隆光からは何の返事もなく、結局、内蔵助は祐海からの連絡を待つしかなかった。

この間、六月四日に残務処理を終えた内蔵助は、同月二十四日に京都山科に隠棲するが、ここが上方の浪士達の集合場所となった。

祐海を使っての江戸での御家再興の運動が余り芳しくないと思った内蔵助は、七月中頃に小野寺十内を帯同して、大垣城城主・戸田氏定のもとを訪れ、赤穂浅野家の再興のための援助を再度要請したが、氏定ははっきりと内蔵助の申し出を断った。

多川、月岡の両名を赤穂に帰した後の赤穂城明け渡しの時の内蔵助の行動は氏定の耳にも入っていたが、当然、己の書状での忠告を無視したような内蔵助の行動が面白いはずがなく、氏定は何としても内蔵助に御家再興を諦めさせようと思っていたところへ内蔵助がやってきたのである。

最初、氏定の言葉は穏やかであった。

「内蔵助、今日はどんな用事で参った?」

氏定は内蔵助の用事が何なのか大凡の察しはついていたが、敢《あ》えて内蔵助に尋ねた。

「赤穂退散の後、山科にばかりおりまして暇をもてあましておりました。それで……」

「それで?」

「江戸へ出て参りましたついでに御挨拶に伺った次第でございます」

「そうではなかろう。そちが今日参ったのは、赤穂浅野家再興の件であろう? その方の荒木殿、榊原殿への赤穂城引渡しの時の対応はこの氏定にも伝わってきておる。その方はわしが多川、月岡の両名に渡した書状を読んでおらぬようじゃのう」

「拝見いたしております」

内蔵助の言葉に氏定の怒りが爆発した。

「それでは何故あれこれと動いておる？」

「何卒赤穂浅野家再興のためにお力添えをお願い……」

内蔵助の言葉を遮るように氏定は
「内蔵助、そちは浅野家を潰すつもりか？」

と言ったが、内蔵助は引き下がろうとはしなかった。

「そのような気持ちは毛頭ございません」

「それではそちに聞くが、この度の内匠頭殿の刃傷により、浅野家や親類がどれ程迷惑を蒙ったかそちは考えたことがあるか？」

「迷惑でございますか？」

「そうじゃっ。一門がみな迷惑をしておる。その方も知らぬわけではなかろう」

内匠頭の刃傷が起きた時、幕府はすぐに目付の鈴木利雄を勅使饗応役の詰め所である伝奏屋敷に向かわせ、家老安井彦右衛門に後任の「馳走役」が決まるまで決して騒ぎを起こしてはならぬと厳命する一方、目付の天野富重、近藤重興の両名を内匠頭の上屋敷（鉄砲洲屋敷）へ派遣した。

内匠頭の母方の従弟にあたる氏定は、ただちに〝檜の間〟に控え、上意を待ち、内匠頭の実弟大学長廣も木挽《こびき》町の屋敷から伝奏屋敷に駆け付けた。この後、氏定は内匠頭の叔父で当時山田奉行だった旗本・浅野長恒《ながつね》と共に月番老中の土屋政直に呼び出され、

「くれぐれも一族が騒動を起こさぬように」

と厳命を受けている。吉良上野介は米沢藩藩主上杉綱憲の実父だったため、これ以上事が大きくなれば、事は上杉家と浅野家の問題に発展しかねなかっただけに、幕府も慎重に対処しなければならなかった。

氏定、長恒はその旨を伝奏屋敷に居る浅野家家中に徹底させると共に、鉄砲洲の屋敷にも同様の使いを送った。そしてその後、浅野家の上屋敷に於いて、本家広島藩藩主浅野綱長・吉長父子、戸田氏定、浅野長恒、更には目付・鈴木利雄の指示で駆け付けた大学長廣の五人で、今後如何にすべきかの協議を行い、結局、全てを幕府の裁定に委ねることにしたのである。

翌日、幕府から言い渡された沙汰は、大学長廣以外の者は〝遠慮〟という軽いものであった。〝遠慮〟とは表門を閉ざして謹慎することであるが、それは昼間だけのことで、夜間の出入りは自由だった。処分者は、戸田氏定、氏定の弟の三河畑村藩藩主の戸田氏成、浅野長恒、内匠頭の従弟の長賢《ながかた》の女婿《じょせい》にあたる旗本の長武、長恒の妹婿で内匠頭の叔父にあたる旗本・松平定由、定由の子の松平定相《さだとも》、内匠頭の母の叔父の旗本・内藤忠知、そして備後三次藩の隠居で内匠頭の舅の浅野長照であった。そして、大学長廣の処分は〝遠慮〟より重い〝閉門〟だった。

〝閉門〟は屋敷の門、扉、窓の全てを閉じ、昼夜の出入りも禁じた処罰である。

また、氏定は殿中に居たために〝遠慮〟の身でありながら、内匠頭の家中と浅野一族への伝達役を命じられ、奔走することになったが、一族の中で内匠頭の刃傷のとばっちりを一番受けたといえる。

そして内匠頭の妻阿久里は赤坂今井にある実家の三次浅野家の下屋敷に引き取られ、落飾《らくしょく》して寿昌院《じゅしょういん》と名前を変えたが、後に将軍綱吉の生母桂昌院の〝昌〟の文字を憚って、瑤泉院《ようぜいいん》に改めている。

それぞれの〝遠慮〟が解かれたのは約二ヶ月後の五月六日、その後、〝お目見え〟が許されたのは六月二十五日だった。一方、大学長廣の〝閉門〟が解かれ、浅野家の本家に預けられたのは翌年の元禄十五年七月十八日だが、それは赤穂浅野家の再興が絶望となった日でもあった。

「今、そちの頭の中には御家再興のことしかないようだが、少しは浅野家全体のことを考えて、幕府の裁定に大人しく従うことじゃ」

「………」

「その方が御家再興のためにあれこれ動き回っているという話はこの耳にも入っておる。それにあのような嘆願書が老中達の手から上様に渡ったら、内匠頭殿の刃傷の時のような穏便な処罰ではすまなくなる。下手をすると浅野家そのものがお取り潰しになりかねん。そのくらいのことが分からぬのか」

「しかし、このままでは家臣一同が納得致しませぬ」

「それを納得させ、これ以上の騒ぎを起こさせぬようにするのが筆頭家老としてのその方の役目であろう。よいかっ、くれぐれもこれ以上の騒ぎを起こしてはならぬぞ」

結局、それ以上は何も言えぬまま、内蔵助と小野寺十内は引き下がるしかなかった。

氏定が怒るのも無理はなかった。幕府から〝遠慮〟が解かれてからまだ二ヶ月余りしか経っていないのに、内蔵助が御家再興の援助を頼みに来たのである。氏定としては〈いい加減にしてもらいたい〉というのが本音だった。

氏定の屋敷を出て暫く経っても無言のままでいる内蔵助を見かねて十内は言葉をかけた。

「言葉は穏やかでしたが、大分御立腹のようでございましたな」

内蔵助は苦笑いを浮かべた。

「無理もない。氏定様には随分と迷惑をかけておるからな」

「左様でございますな」

「幕府からの〝遠慮〟が許されて二ヶ月余りしか経っていないのに、御家再興に力を貸して欲しいなどと難題を持ち掛けられれば、わしが氏定様と同じような立場でもいい気がせぬ……。氏定様であれば何とかなるのではと考えた、この大石が甘かったのだ」

そうは言うものの、内蔵助は一人でも力になってくれる人間が欲しかった。だが、内蔵助がこの後浅野家一門に協力を願うことはなかった。氏定の言葉は浅野家全体の意志ということが内蔵助にも分かっていたからである。

八月になると内蔵助の周りが急に騒がしくなりだした。理由は十九日に吉良上野介が江戸城大手門近くの郭内《くるわない》の呉服橋門内から本所一ッ目回向院裏、旧松平登之助信望邸への屋敷替えを幕府に命じられたことにより、江戸に住む堀部安兵衛、高田郡兵衛、奥田孫太夫の三人を中心とする〝急進派〟の者達の動きが活発となったためで、内蔵助のもとへ仇討ちを促す手紙を何度も送ってくるようになったのである。

〝急進派〟の者達の主張はいたって単純なものだった。上野介の屋敷が呉服橋から、隅田川の外へ移ったことで幕府の目も届きにくくなったから討ち入りをやりやすくなったこの機会を逃すべきではないというもので、その文面からはもう七割がたから八割がた望みは成就したも同然と考えていることが分かった。

〝急進派〟の者達が勝手に希望的観測を膨らませていく手紙を見て、内蔵助は御家の再興の望みはまだ断たれたわけではないのだから、今、上野介の屋敷への討ち入りは時期尚早だと説いた。だが、〝急進派〟の者達は御家の再興はすでに諦めていて、内匠頭の仇を討つことしか考えておらず、内蔵助の言葉に対して聞く耳を持とうとはしなかった。こうした〝急進派〟の者達の動きに対し、内蔵助は早急に手を打たねばと考えた。

その頃、幕府、吉良家、上杉家、そして浅野家の目が内蔵助をはじめとする赤穂浅野家の浪士達の周りに光っていることを内蔵助は薄々と感じていたが、その中で最も厳しい目を向けているのは浅野家だった。赤穂浅野家の浪士達の行動が浅野一族の破滅を招きかねないと危惧していたからである。

そうした監視の目は内蔵助だけでなく、山科の家へ出入りしている者達は勿論、江戸の同志達の周りにも光っていて、軽はずみな行動は、命取りになるということも、この時の〝急進派〟の者達には分からなくなっていた。

結局、内蔵助は〝急進派〟を抑えるために九月下旬に原惣右衛門、潮田又之丞、中村勘助の三人を、次いで進藤源四郎、大高源五の二名を江戸に下向させたが、〝急進派〟の者達を説得できず、原惣右衛門などは逆に同調してしまう始末で、逆に〝急進派〟の者達を勢いづかせることになってしまった。

この時、内蔵助と〝急進派〟の者達は二派に割れるという最大の危機を迎えていた。そして、このままでは御家再興の望みも、吉良上野介を討つという望みも全てが水泡に帰すことは火を見るよりも明らかだった。

結局、内蔵助は〝急進派〟の者達を説得するために十月二十日に奥野将監、河村伝兵衛、岡本次郎左衛門、中村清右衛門らを伴って江戸へ下り、芝三田松本町の元浅野家出入りの日雇い頭前川忠太夫の家を宿にして、江戸の同志を集めて会議を開くことにした。だが、〝急進派〟の者達は、内蔵助がわざわざ江戸まで出向いて来たのは討ち入りの打ち合わせのためと思っていた。

「御家老はどのようにお考えですか？」

最初に高田郡兵衛が尋ねたが、内蔵助は
「どのようにとは？」

と、わざと聞き返した。

「吉良の屋敷への討ち入りでございます」

「吉良殿の屋敷へ討ち入り？」

「左様でございます。この度江戸へ参ったのもその打ち合わせのためでは？」

「いや、そのようなことが目的ではない」

「では、何のために江戸へ？」

「荒木十左衛門、榊原采女の両目付に再度御家の再興を懇願するためである。それに瑤泉院様へご挨拶にでもと思っておる」

「ご家老は我らの手紙をお読みになっていないのですか？」

「全て読んでおるが……」

「では、今が吉良を討つ絶好の機会とは思われませぬか？」

「まだその時ではないと思うておる」

「何故でございます？　吉良は屋敷替えをしたばかり。今なら警固も手薄なはず。これほどの機会は二度とないと我々は思っております」

「まあ、それほど慌てることもない。第一、我らの目的は大学様による御家の再興のはず」

「我らの主君は内匠頭様のみ。大学様をたてて浅野家を再興しても何の意味もござらん」

それまで黙っていた堀部安兵衛がそう言った瞬間、内蔵助の表情が変わった。

「その方っ、今の言葉をもう一度申してみよ」

その時の内蔵助の顔は、今まで家臣達に見せたことが無い、まさに〃鬼のような〃という言葉そのままの形相だった。

「よいかっ、よく聞けっ。我らの第一の目的は赤穂浅野家の再興だったはず。その浅野家も内匠頭様が亡くなった今となっては大学様を守りたて、〃閉門〃が解けるのをお待ちするのが我らの務め。今の我らにとっての藩主は大学様なのだということがそち達には分からぬか」

内蔵助の余りの剣幕に〃急進派〃の者達は誰一人として言葉を発することができなかった。

「吉良殿のお命を頂戴するのは赤穂浅野家再興の夢が破れてからでも遅くない」

内蔵助の言葉は何時もの穏やかな口調に戻っていた。

「だが、吉良殿を討つといっても容易なことではない。我らの手元には吉良殿の屋敷の絵図面があるか?」

「今、手に入れようとしているところでございます」

安兵衛はそれだけ言うと再び黙ってしまった。

「それに、この中で吉良殿の外出などの日程を探り出した者はおるか?」

内蔵助にそう尋ねられ、〝急進派〟の者達は互いの顔を見合うだけだった。

「一人もおらぬようじゃな。それすら準備もしていなくては討ち入りなど夢のまた夢。討ち入ったが、その時吉良殿が外出をしていたなどとなったら末代までの笑い者になるだけじゃ」

内蔵助は江戸へ出てきてよかったと思った。そうでなければ〝急進派〟の者達はまともな準備が出来ないうちに上野介を襲っていたに違いなかったからである。

「改めて申すが、ここに居る者は全員この内蔵助と〝神文誓書〟を取り交わしたはず。今後、決して軽挙妄動に走らないとお約束願いたい」

こうして最大の危機は免れることは出来たが、内蔵助は同志達の様子を見て更に念を押した。

「来春の内匠頭様の一周忌までには大学様に対する幕府の処分も決まるであろう。我々が吉良殿にどのように対処するかはそれからでも遅くはないと思うが如何かな？」

もはや誰一人として内蔵助に反論する者はいなかった。

「それでは我々も来春まで待つといたそう」

郡兵衛の言葉に安兵衛達は黙って頷いた。

「だが、吉良殿の監視は怠ることがないように。それから吉良殿も方々に手を入れているに違いないから今の屋敷の絵図面を何としても手に入れておいてもらいたい。当分の間はこれ以外の動きは無用」

その日の集まりはそれで終わった。だが、内蔵助は〝急進派〟の者達を信用したわけではなかった。何かあればそれをきっかけに再び騒ぎ出す恐れがあると思ったからである。

数日後、内蔵助は奥野将監と共に荒木十左衛門、榊原采女の両目付の屋敷を訪れた。表面上は江戸へ出てきた挨拶と、赤穂城の明け渡しを無事に終えることが出来たことへの礼だったが、内蔵助の本心が赤穂浅野家再興の嘆願にあることは両目付にも分かっていた。内蔵助は最初に荒木十左衛門の屋敷を訪れた。

十左衛門はできるだけ話題を逸らそうとした。赤穂で浅野家再興の件を老中に伝えることを約束したものの、その後これといった進展がなかったからだった。十左衛門の態度からそのことは内蔵助にも分かったが、そのままにしておくわけにはいかず、世間話をしながらその機会を待った。

「その後、大石殿はどちらにお住まいかな？」

「京都山科に」

「大石殿ほどの力量があれば方々から仕官の口がござろう？」

「いや、今のところ他家への仕官など考えておりませぬ」

「大石殿がそう思っても、周りが放っておきますまい」

「仕官をするより、今の暮らしのほうが気楽で、拙者には向いているようでございます」

「おしいのう」

話がここで途切れた瞬間、内蔵助はすかさず切り出した。

「ところで、再三お願い致しました赤穂浅野家再興の件、その後如何なりましたでしょうか？」

荒木十左衛門の返事ははっきりしなかった。

「一応老中達にはそのことは伝えたが、まだ何も言って参らぬ。折を見てもう一度話してみるが、もう暫く待たれよ」

内蔵助にはその言葉から浅野家再興の話はほとんど進んでいないことが分かった。それは奥野将監も同様で、十左衛門の屋敷を出ると、

「忘れてはおられぬようですな……」

と皮肉を込めて言ったきりで、前川忠太夫の家へ帰り着くまでの間、二人はほとんど言葉を交わすことはなかった。

翌日、内蔵助と奥野将監は榊原采女の屋敷を訪ねたが、榊原采女の話も荒木十左衛門とほとんど変わらなかった。その日以降、二人の心に大きな変化が生まれた。奥野将監は時折一人何かを考えていることが多くなり、言葉をかけられても気付かないことが度々あった。そして内蔵助も、この頃から〈祐海の線はまだ切れてはいない〉と思いながらも、次第に御家再興から吉良上野介を討つことに気持ちが傾いていった。

山科に戻った内蔵助は、翌元禄十五年一月十一日に原惣右衛門、大高源五、小山源五右衛門、進藤源四郎、岡本次郎左衛門、小野寺十内らを山科に招集し、現状について協議をした。その時の議題は「御家再興」だったが、戸田氏定をはじめとする浅野家一門、荒木十左衛門、榊原

采女の両目付の支援があてにならず、頼みは祐海の線だけという八方塞がりの状況ではこれといった妙案が出てくることはなかった。

「御家老は大学様による御家の再興は九分九厘無理とお考えですか？」

そう尋ねられた時、内蔵助は黙って頷くしかなかった。

「だが、諦めたというわけではない。幕府からはまだ何の御沙汰も無いからの。よいか、幕府からの御沙汰があるまでは決して軽挙妄動をしてはならぬ。我らの目的はあくまで御家の再興。吉良殿の命ではないことを肝に銘じておいて欲しい」

この言葉はその場に集まった者達への言葉だったが、それは内蔵助が己に言い聞かせた言葉でもあった。

内蔵助は追い詰められていた。筆頭家老としての意地で〈どのような形でもいいから、何としてでも成し遂げねばならぬ〉と思っていた御家再興の夢が潰えようとしていたからである。

三月十四日、その日は内匠頭が殿中に於いて吉良上野介に刃傷に及んで丁度一年が過ぎた日であると同時に内匠頭の命日でもあった。内蔵助は赤穂・花岳寺で内匠頭の法要を営んでいる。

数日後、上方に居る同志が、自然と山科の内蔵助の家へ集まり、この一年のことを酒を酌み交わしながら語り、帰っていった夜、内蔵助は一人起きると庭に出た。月の光に照らされた庭はまるで霜が降りたかのように白く映し出されていた。

「覚悟を決める時がきたようだ」

内蔵助はそう呟いた。

内蔵助の覚悟とは、御家再興の夢を捨て、吉良上野介を討つことだった。幕府の動きを見ているとそう決断せざるを得ないのである。だが、内蔵助は主君内匠頭の仇を討つために上野介を襲うのではなかった。筆頭家老の意地として御家再興にかけたこれまでの情熱を、内蔵助個人の意地として上野介を討つことに替えたのである。

四月十五日、内蔵助は妻りくと離別し、長男主税《ちから》のみを残し、長女くう、次男吉千代、次女るりはりくとともに但馬豊岡の岳父石束《いしづか》源五兵衛のもとへ帰した。この時りくは身籠っており、七月五日に三男大三郎を産んでいる。

七月十八日、幕府は大学長廣に対する処分を決定し、大学長廣は閉門を解かれたうえで、広島浅野安芸守綱長に永《えい》の預かりとした。これは赤穂浅野家の再興が絶望となったことを意味した。この報せを受けた内蔵助の心には動揺は無かった。すでにこうなることを覚悟していたからである。

その後の内蔵助の行動は素早かった。十日後の七月二十八日に京都円山安養寺塔頭重阿弥に上方にいる同志を集め、正式に吉良邸への討ち入りと抜け駆けの禁止などを告げたが、この時に、集まったのは大石内蔵助・主税父子、小野寺十内・幸右衛門父子、間瀬久太夫・孫九郎父子、原惣右衛門、堀部安兵衛、潮田又之丞、大高源五、武林唯七《ただしち》、中村勘助、不破数右衛門、貝賀弥左衛門、矢頭右衛門七、大石孫四郎、大石瀬左衛門、岡本次郎左衛門の十八名だった。

そして翌二十九日にこの会議の結論を以て、堀部安兵衛と潮田又之丞が江戸へ下向し、江戸にいる同志達にこの時に決定した事項を伝えた。

そして、八月五日に大高源五と貝賀弥左衛門を上方の同志のもとに派遣すると、前年三月の大評定の時に取り交わした〝神文誓書〟を返し、改めてそれぞれに向背《こうはい》を決めさせた。

内蔵助がそうしたのは、この一年間に脱盟者が続出したからである。そしてその数は大学長廣が広島浅野家へ永の預かりとなり、赤穂浅野家の再興が絶望となってから急激に増えた。それまで常に内蔵助と行動を共にし、何かと相談相手となっていた奥野将監すらも内蔵助と袂を分かったのである。

〈これからは一人の脱盟者も出してはならない〉

内蔵助のその気持ちが〝神文誓書〟を返すという行動に繋がったが、実際に脱盟者は討ち入りの三日前まで続き、最後に残ったのは僅か四十七人だった。

脱盟者

細川家の屋敷で幕府の裁定が下るまでの間、内蔵助は途中で抜けていった同志のことを思い出すことがあった。だが、不思議と内蔵助はそれらの人間に対して憎しみや恨みといった気持ちが湧いてくることはなかった。

脱盟していった者達を単に〝裏切り者〟と呼ぶ者もいたが、内蔵助はそのように思ったことは一度としてなかった。〈脱盟していった者達にもそれなりの事情があったのだ〉と内蔵助は思っていたし、恐らくそれらの者も、内蔵助達に済まないという気持ちがあったのではないかと思うのである。その証拠に内蔵助達のことを吉良や上杉、幕府に訴え出た者は一人としていなかった。

年配の者の中には、時々内蔵助と同じような気持ちになる者もいて、脱盟していった者との思い出話を面白可笑しくすることがあったが、若い者達にはそれらの人間は、やはり裏切り者であり、軟弱者としか思っていなかった。

一度、脱盟者達のことを懐かしそうに話す者がいた。一人が如何にも不快だというような顔をしたが

「いいじゃないか、もう全て終わったことだ」

と言ったことから口論となったことがあった。二人の言い合いは暫く続き、部屋全体が気まずい雰囲気に包まれた時、年配の者が間に入って二人の口論を終わらせたが、その時以来誰も脱盟者の話をする者はいなくなった。

最初の脱盟者は高田郡兵衛だった。それを知った者は皆一様に意外に思った。郡兵衛は堀部安兵衛、奥田孫太夫と並ぶ〝江戸急進派〟の一人で、最初から赤穂浅野家の再興より、吉良上

野介を討つべきだと主張していたからである。三人の過激な言動を抑えるのに内蔵助も随分と苦労したが、内蔵助にとってはそんな高田郡兵衛が懐かしく思い出される時があった。

そして、郡兵衛を思い浮かべる時必ず一緒に脳裡に浮かぶのは萱野三平であった。三平は内匠頭刃傷の第一報を早水藤左衛門と共に知らせ、内蔵助と〝神文誓書〟を交わし、赤穂城開城の後は故郷（摂津国萱野郷）に帰って討ち入りの時を待っていた。ところが、元禄十五年の正月早々に三平は父親重利から領主の旗本大島家への仕官をすすめられ、結局進退きわまって一月十四日に内蔵助へ遺書を送り自刃したのである。

同じ脱盟者でありながら他の者達は郡兵衛を憎み、三平を憐れだと言うが、内蔵助にとってはどちらも同じように、内匠頭の犠牲になった人間に思えた。いや、赤穂浅野家の家臣とその家族だけでなく、浅野家本家をはじめ、内匠頭と姻戚関係にある全ての者が何らかの形で被害を蒙っていた。

だが、内蔵助にとって〝脱盟者〟という言葉は特別な響きを持っていた。

赤穂藩の中で内蔵助と親戚の関係にあったのは小山源五右衛門父子、近藤源八、進藤源四郎、奥野将監父子、岡本次郎左衛門、大石孫四郎・瀬左衛門兄弟、山上安左衛門父子、長浜六郎左衛門父子、河村伝兵衛父子らだったが、このうち仇討ちに加わったのは大石瀬左衛門ただ一人だった。そのため、内蔵助は肩身の狭い思いをしていたのは事実だった。

それは瀬左衛門も同様で、元禄十五年七月二十八日の京都安養寺塔頭重阿弥での会議（通称・円山会議）の後に、一族の進藤源四郎、小山源五右衛門が脱盟するがその後を追うようにして八月十二日に脱盟した兄の孫四郎とは義絶し、この後は伯父の大石無人を頼るようになった。

内蔵助の親戚の者で脱盟した者は、奥野将監を除いては皆その旨を書状で送ってきたが、脱盟にあたっての詳しい事情を書いた者は一人もいなかった。やはり何処か後ろめたい気持ちがあったに違いない。〝脱盟者〟と聞くと、内蔵助は自然とこれらの親戚の人間を思い浮かべてしまうのである。

奥野将監が山科の内蔵助の家を訪れたのは、八月五日に内蔵助が大高源五、貝賀弥左衛門の両名に上方に住む同志に〝神文誓書〟を返し、各自に最後の向背を決めさせる〝神文返し〟を行って数日後のことだった。

その日、内蔵助はこれからの方針をあれこれと考えていた。

内蔵助が一番気にしていたのはやはり吉良邸の絵図面のことだった。堀部安兵衛が手に入れた絵図面があるにはあったが、それは松平登之助が住んでいた時のもので、その後、上野介も手を加えているに違いないから、それほど役に立たないように思われた。

〈何としても新しい絵図面を至急手に入れるよう、催促せねば〉

内蔵助がそう思っていると、瀬尾孫左衛門が将監が訪ねてきたことを伝えにきた。内蔵助はこれからのことを将監と相談したかったし、確かめておきたいこともあったので、好都合だった。

　しかし、その前に内蔵助が確認したかったのは、将監の本心が何処にあるかだった。前年の十一月十四日に荒木十左衛門、榊原采女の屋敷に御家再興の嘆願に行った時の両目付の応対を見てから、将監は会議でも発言することが少なくなり、時折他のことを考えているようで、返答を求められてもまともに答えることができないことがあったが、そのようなことはそれまでの将監にはなかったことだった。そして、御家再興の望みが全く無くなった後の「円山会議」に将監は姿を現わさなかった。この会議は今後のことを決定するうえで重要な会議であり、同志達にも前以てそのことは伝えてあった。実際、内蔵助はこの時、上野介を討つことを決定している。

「将監殿は？」

　将監が定刻になっても姿を現わさないため、他の者が尋ねた。内蔵助は
「じきに参ろう」

　と答えたが、半刻程たっても現われないので話をすすめることにしたが、結局その日、将監は来なかった。会議を終えた時、誰からともなく将監のことが出てきた。

「将監殿が欠席とは珍しい」

「急病かもしれぬな」

「だったら誰か使いの者をよこせばいいものを」

「それでは、帰りに見舞ってみよう」

その時、誰一人として将監が同志から抜けるとは想像していなかった。行ってみると将監は留守だったが、その日の集まりに行かねば、必ず誰かが訪ねてくるに違いないと思い、わざと将監は出掛けていた。将監の心はすでに同志から抜けることで固まっていたのである。

「今日はどのような用件で？」

内蔵助は普段と変わらぬ口振りで尋ねたが、目の前に座っている将監には冗談や軽口を言えるような雰囲気はなかった。長い間の沈黙の後、将監は重い口を開いた。

「今日は拙者個人の問題で参りました」

「将監殿個人の問題でござるか？」

「左様」

将監がどのようなことでやってきたのか内蔵助にはおおよその見当がついたが、そんな素振りは見せず、すぐに用件を切り出した。

「拙者も用事があって将監殿の所へ参ろうかと思っておったのだが……」

「御家再興の望みが断たれた今、これからどうするかということですかな？」

内蔵助は何も言わずにただ頷いた。

「これからが大変でござる。吉良殿の屋敷の絵図面すら無いありさまですからな。将監殿にも色々と骨を折ってもらわねば」

内蔵助がそこまで言った時、将監は内蔵助の言葉を遮った。

「大石殿、それ以上の言葉は無用に願いたい。恐らく、大石殿は拙者が今日何のために参ったのか分かっているはず」

内蔵助は〈やはり〉と思った。

「同志から抜けるおつもりか？」

「そのつもりで参った。今日まで共にやってきた同志を裏切ることは拙者としても心苦しいのだが、今日を最後に同志を抜けさせていただく」

「何故《なにゆえ》に？」

「荒木十左衛門、榊原采女の両目付の屋敷に伺って以降、拙者はこのまま同志に加わっているべきか、抜けるべきかずっと迷っていたが、やっと決心がついたので、今日、大石殿を訪ねて参ったのです」

もはや将監の顔には迷いの色はなかった。

「拙者は赤穂の侍として生きたかった。そのためにはたとえ千石でも二千石でもいいから御家が再興されることだけを夢見ていたのですが、大学様が浅野家本家にお預けとなってその夢も潰えました。大石殿はどのように思うか拙者には分かりかねますが、拙者は吉良上野介殿を討とうとは一度も考えたことはなかったのです。大石殿はお気付きだったのでは？」

「いや。拙者にはそのようなことはとんと。実を言うと某《それがし》も御貴殿と同じでござる。不思議なことに吉良殿を討つと決めた今も、心の中には吉良殿に対する憎しみの気持ちは湧いてこないのです」

「時折、殿が何故に吉良殿を殿中で斬り付けたのか考えることがありましたが、どれも己を納得させることができませんでな……。大石殿は何故に殿が吉良殿に刃傷に及んだのか御存じか？」

無論、内蔵助にもその理由は分からなかった。

「結局、〈何のために吉良殿を襲うのか〉、そのことばかりこの数日考えておりました。同志の中には問答無用と言う者も居るがそれでは夜盗、強盗の類いと何ら変わりがない」

将監の言葉には〝急進派〟の者達と、結局彼らの言葉に屈したような形になった内蔵助に対する批難の気持ちが込められていた。

「お笑いになられるかもしれませぬが、拙者にとっては赤穂の地が全てだったのです。時折無性に赤穂の地に帰りたいと思う時があります」

「それは拙者も同じこと。今でも時折赤穂の夢を見ることがあります」

それは内蔵助の本心だった。これといったこともなく、毎日をのんびりと過ごした頃が無性に懐かしく思える時があった。

「しかし、将監殿が羨ましい」

「拙者が、ですか？」

「某も筆頭家老でなければ……」

内蔵助はそこまで言って黙ってしまったが、将監には内蔵助がその後に何を言いたかったのか、十分過ぎる程分かっていた。

「このようなことを言っても愚痴になりますが」

内蔵助はそう言うと寂しげな微笑を浮かべた。

「将監殿はこれからどうなさるおつもりじゃ？」

「まだ、決めてはおりませんが、何処か赤穂からさほど遠くない所に家を買い、百姓の真似事でもしながら暮らそうかと思っております」

「やはり羨ましい」

「大石殿は何時頃江戸へ？」

「まだまだやらねばならぬこともあるが、十月頃には」

「では、討ち入りは年内に？」

「そのように考えておりますが、どうなることやら。ただ、それ程引き延ばすことができぬことは確かです。だが、この後、再び拙者と神文を取り交わす者がどれほどいるか、それに取り交わした人間のうち何人が最後までこの大石についてくるか誠に心もとない限り……」

「大石殿は最後までついてくる人間はどのくらいとお考えかな？」

「六十人」

「六十人？」

「これは拙者の望みの数字ですが、そこからも抜ける人間が相当出てくると思っています」

「では、神文を再度取り交わしても抜ける者が出るとお考えか？」

「恐らく。何時吉良殿を討つことができるか分からぬのですから、抜ける者が出ると考えるのが自然かと。結局同志の者を最も苦しめるのは金でしょうな」

内蔵助のこの言葉は当たっていた。この後多くの同志が何時上野介を討つことが分からぬ中での貧しさに耐えかねて脱盟していくのである。

「それでは大石殿と会うのも今日が最後ということに？」

「多分そうなりましょうな」

それから暫くの間、内蔵助と将監は赤穂時代の思い出話をしたが、討ち入りのことが二人の話の中から出てくることはなく、将監が帰ったのは日が傾き始めた頃だった。

「それでは、これでお暇致す」

「お身体に気を付けて」

お互い普段と変わらぬ挨拶をして、将監は帰って行った。将監はこの後、赤穂の近くに住み、田畑を耕しながら享保十二年（一七二七）に八十一歳で没している。

将監が同志から抜けたことは他の者達に少なからず動揺を与えた。高禄の者達が最初から同志に加わらなかった中にあって、ただ一人内蔵助を支え続けた将監が、この時期になって同志を抜けるとは誰も想像すらしていなかったからである。

その影響もあって八月から九月にかけて脱盟する者が相次いだ。主な者だけでも田中権右衛門、糟谷勘左衛門、岡本次郎左衛門、大石孫四郎、山上安左衛門、多川九左衛門、多儀太郎左衛門、平野半平、杉浦順右衛門、田中代右衛門、近松貞六、井口忠兵衛、井口庄太夫、河村伝兵衛、月岡治右衛門が脱盟している。このうち、多川九左衛門、月岡治右衛門の両名は、御家再興のための「嘆願書」を荒木十左衛門、榊原采女に渡すことに失敗した者だった。

続出する脱盟者に危機感を持った内蔵助は十月五日に江戸に向かうことに決めた。何時頃吉良邸へ討ち入るのか、確たることが分からないままで毎日を過ごして行くことに多くの浪士は金銭的にも精神的にも限界に達していたのである。同志の人数は五十余人になっていた。将監との話の中で最も怖れていたことが現実のものとなっていくことに内蔵助は焦りを感じ始めていた。

こうした状況を打開するには、内蔵助他上方の同志が江戸へ行くしかなかった。それにより残っている者達に〈討ち入りは間近に迫っているに違いない〉と思わせることができるかもしれない。それは内蔵助にとっても一つの賭けだった。

最初に江戸へ向けて旅立ったのは吉田沢右衛門、間瀬孫九郎、不破数右衛門、岡野金右衛門、武林唯七、毛利小平太らで、九月二日に江戸へ到着した。続いて十月四日には、大石主税、間瀬久太夫、大石瀬左衛門、小野寺幸右衛門、茅野和助が江戸へ到着している。そして内蔵助、潮田又之丞、近松勘六、早水藤左衛門、萱谷半之丞、三村次郎左衛門は、十月七日に京都を出立し、十月二十三日に鎌倉に到着すると、雪ノ下の旅館・大石陣屋に泊まり、三日後の二十六日に川崎平間村の百姓、軽部五兵衛の家の離れに着くと十日ほど滞在した。内蔵助は幕府、吉良家、上杉家、浅野家の間者の目を避ける意味もあって、その後も何度かここを訪れ、討ち入りの準備に取り掛かっている。

この間の最大の朗報といえば、冨森助右衛門が吉良邸の新しい絵図面を手に入れたことだった。これによって、内蔵助達の討ち入りの準備は大幅に進んだことになるが、その後も脱盟者は討ち入りの直前まで出るのである。

十一月には中田理平次、中村清右衛門、鈴田重八、田中貞四郎。そして、十二月に小山田庄左衛門、足軽の矢野伊助、内蔵助の家来・瀬尾孫左衛門、更には毛利小平太が脱盟した。この時、小山田庄左衛門は片岡源五右衛門宅から金子三両と小袖、布団を盗んで逐電している。

内蔵助は脱盟者が出たと聞いてもほとんど落胆の色を見せることはなかったが、瀬尾孫左衛門が同志から抜けたと知った時は、愕然とした。孫左衛門は内蔵助が山科に住むことになった時も内蔵助に従い、同志との連絡役を務めていたからである。また、川崎の平間村の百姓、軽部五兵衛の家の離れは孫左衛門が借り主になっていた。

そして誰もが意外に思ったのは毛利小平太の脱盟だった。当初から同志に加わり、中間や小物に身を替え、吉良邸の奥深くまで入り込み、様子を探るなどの働きをしていたが、討ち入りの三日前の十二月十一日に突如姿を消し、討ち入りに加わらなかったのである。脱盟者が現れると次の脱盟者を出すという〝負の連鎖〟は内蔵助にも止めることが出来なかった。

内蔵助は運命論者ではなかったが、あの日、吉良上野介を討つことが出来たのは〝運〟以外の何物でもなかったと思っている。もしあのまま討ち入りが出来ずに一月、二月と経った時には、どのくらいの脱盟者が出るか内蔵助にも想像出来なかった。

散り往く花

この数日間、内蔵助は何度も幕府の裁定を、〈遅い〉と不審に思っていた。別に死に急いでいるわけではなかったが、昨年の十二月十五日の払暁《ふつぎょう》に吉良上野介の屋敷に討ち入り、細川家に預けられてから一ヶ月以上が経つが、幕府からは何の沙汰もないのである。
〈殿の時は即日切腹であったのに我らの場合は……〉
と思うと内蔵助は苦笑を禁じえなかった。幕法によれば、内蔵助達は迷うことなく死罪なのである。

そのころ、幕閣は揺れていた。というより将軍綱吉の心が揺れていたというのが正しいのかもしれない。狭い空間の中に居ても、内蔵助達の耳には幕府内や大名達、そして江戸市中の町人らの様子が大凡耳に入ってきた。堀内伝右衛門が内蔵助達の部屋を訪れる時に世間話でそれらの話をしていくからである。

幕府内では内蔵助達に対して〝助命論〟が起こっていた。林大学頭信篤、室鳩巣達がその中心で、それに対し、断固処罰すべきと唱えていたのは荻生徂徠、太宰春台達で、両者が真っ向からぶつかっていた。内蔵助が望んでいたのは〝時をおかずに切腹〟だった。筆頭家老としての意地で御家再興の夢に全てを賭け、その夢が叶わぬ時は幕府の裁定に異議を唱える形で、吉良上野介の命を狙うという目的が達成された今、内蔵助には生きることへの執着は無かった。そして内蔵助は討ち入りに加わった四十六人全てが〝生〟への執着を捨てて欲しかった。だが、当初はそのつもりでいても、時間《とき》が経つにつれ必ずその思いは変わってくるものである。事実、時折そうした気配を見せる者がいた。

内蔵助は伝右衛門に他家へ預けられている者達の様子を尋ねてみた。

「こちらと変わらず、みな書見をしたりして穏やかな日を送っているようですな」

それを聞いて内蔵助は内心ほっとしたが、伝右衛門から、

「そなた達が助命された折には、十七人全員を召し抱えるつもりで、殿が全員の大小等を揃えさせている」

と聞いた時には、内蔵助は心の中で、

〈無用のことを〉

と思った。自分達が〝助命〟されることは有り得ないだろうし、有ってはならないことだと内蔵助は信じていた。奥野将監が言っていたように、自分達の行動は、それがどのような理由にせよ、夜盗、押し込みの類いと何ら変わることがないのである。

だが、そんな内蔵助の心とは裏腹に、内蔵助達赤穂の浪士達の人気は日毎に高まっていった。江戸の市民は内蔵助達の助命嘆願のために増上寺、東照宮へ押しかけたのである。

「とにかくすごい人でござる」

「幕府もこのままにはできまい」

「まあ、遠島が妥当なところでござろう」

これは伝右衛門の気持ちではなかった。内蔵助達に心を寄せる大名達の見方であった。

「助命」

伝右衛門はその言葉をよく口にするようになった。幕閣内でも意見が分かれ、どうやら〝助命〟に意見が傾いているようだという噂が伝右衛門の耳にも度々入っていたからである。そのせいかもしれない。内蔵助達の中にもそれまで内蔵助が感じたことの無かった何となく浮《うわ》ついたようなものが流れ始めていた。内蔵助はそれを〝生〟への執着が生まれ出ている証《あかし》だと思ったが、それは内蔵助が最も怖れていたものだった。

だが、年が明け正月二十二日になると、細川家、松平家、毛利家、水野家の留守居役が老中・稲葉丹後守に呼び出され、浪士それぞれの『親類書』を提出するように命じられた。『親類書』の提出が命じられたということは、内蔵助達一同の処罰が決定したことを意味する。『親類書』とは各自の縁者の名前、続柄などを書いて差し出すもので、江戸時代は〝連座制〟が用いられていたため、幕府は『親類書』に基づき、縁者達の処罰も決定したのである。『親類書』を書いていて、〈この計画が成就した〉と思うと、内蔵助は晴れやかな気持ちになっていた。

内蔵助が待ち望んだ日は二月三日にやってきた。幕府の使者が細川家の屋敷へ来て内蔵助達の処分を伝えたのである。それは細川家が望んでいたものとは反対で、「一同切腹」というものだった。

夜四つ過ぎ（午後十時頃）、吉弘嘉左衛門と堀内伝右衛門の二人が内蔵助達の世話をしていると、細川綱利の書状を持った使いの者がやってきて、

「只今、上屋敷から書状が参り、御預かり人の両座敷に花を飾りつけよとの仰せでございます」

と両名に告げた。

〝花を飾りつけよ〟とは、明日が内蔵助達の処刑の日だということを意味した。

部屋の中には重い沈黙が流れ、若い者の中には一瞬〈意外だ……〉という表情を見せた者がいた。やはり一度は捨てた命だったが、その後の助命の動き、大名達の同情、そして将軍綱吉

の心の揺れなどの話を聞かされているうちに〝生きたい〟と思う気持ちが生じてきていたのは当然のことだった。

そうした重苦しい雰囲気を払うように、冨森助右衛門と大石瀬左衛門が、

「今夜はここで互いの世の見納めと思って、芸尽くしを御覧に入れ申す」

と言って枕屏風を建てまわし、その陰で境町の踊り狂言の真似を始めたのを皮切りに、若い者達が交替で芸を披露し、この世の名残の宴は夜遅くまで続いた。

笑いの中で若い者達の顔を見ているうちに内蔵助は物悲しい気持ちになった。お道化てみせることで〝生〟への執着、未練を断ち切ろうとしているように見えたからである。

明けて四日、老中からの奉書が細川家へ御徒衆松村弥右衛門、千種平十郎の両人によって届けられたが、内容は内蔵助達十七人の切腹を御目付・荒木十右衛門（十左衛門より改名）、御使番・久永内記を派遣して行うというもので、老中・稲葉丹後守、秋元但馬守、小笠原佐渡守、土屋相模守、阿部豊後守の連名によるものだった。

そして、松平家には目付・杉田五左衛門、使番・駒木根長三郎が、毛利家には目付・鈴木次郎左衛門、使番・斎藤治左衛門が、水野家には目付・久留十左衛門、使番・赤井平右衛門が遣わされるという奉書が届けられた。

その日は朝から心尽くしの料理が出され、浪士達は風呂に入った後、早目に夕食を終えた頃

に着替え用の浅黄無垢の麻裃、黒羽二重の小袖上下が渡された。

着替えを終えた内蔵助達が上使の来着を待つ間に、荒木十右衛門、久永内記が現われ、内蔵助達一人ずつの名前を呼び、十七人がいるのを確認したうえで、「申し付け状」を読み上げた。


浅野内匠、勅使御馳走の御用を仰せ付け置かれ、其の上時節柄殿中を憚《はばか》らず、不届きの仕形に付、御仕置き仰せ付けられ、吉良上野介儀、御構い無く差し置かれ候処、主人のあだを報じ候と申し立て、内匠家来四十六人徒党を致し、上野介宅へ押込み、飛道具抔《など》を持参、上野介を討ち候儀、始末公儀を恐れず候段、重々不届きに候。

之に依り切腹申し付けるもの也。


これに対して内蔵助は一同を代表する形で、

「如何ようの重科にも処せらるべき所、切腹仰せ付けられる段、有難き仕合せに存じ奉ります」

と答えたが、この時、十右衛門は内蔵助達を思いやって、吉良家はお取り潰しになり、左《さ》兵衛義周《ひょうえよしちか》は信州諏訪の高島藩へ永のお預けになったことを告げた。その瞬間、浪士達の間に喜

びの表情が広がり、内蔵助は十右衛門に対して
「この期に及んで左兵衛の処分を承り、洵《まこと》に忝《かたじけな》く存じまする」

と礼を述べた。しかし、内蔵助の胸中は複雑で、何処か釈然としないものがあった。内蔵助は切腹までの僅かな間、内匠頭の刃傷の原因を冷静に考えてみた。この二年近くの間に様々な話を聞いたがどれも単なる憶測の域を出ないものばかりで、結局は今となっても刃傷の原因は分からないままである。何か分かればと伝右衛門が言っていたが、最後までそのことに触れなかったということは、幕府に於いても何も分かっていないに違いない。とするなら、吉良上野介には何ら瑕疵《かし》はなかったことになる。

そこまで考えて、内蔵助はそれ以上そのことを考えるのを止めた。間もなく世を去る自分にとって、それ以上考えることは無用のことに思えたからである。

その時、上使が、

「御支度なさるように」

と言い残してその場を去って行った。内蔵助が細川家の接待係宮村団之進、長瀬助之進に細川綱利への礼を述べた後、一同は手を洗い、口を漱《すす》ぎ、身を清めるとそれぞれ支度を整え、最後の下命を静かに待っていた。

細川邸での内蔵助達の切腹の場所は大書院前の広庭で、屏風を背にして目付・荒木十右衛門、使番・久永内記が検使として控え、少し下がって細川家家老・三宅藤兵衛以下がその近くに控

えていた。

内蔵助達の控えの場所には、大書院脇の「役者の間」が充てられ、廊下には十七人の介錯人が並んでいた。

切腹の場所は検使の座から真っ直ぐ正面にあり、そこには三畳の畳が敷かれ、その上には白布の敷布が敷かれている。そして、後ろには屏風と白の幔幕が張り巡らされていた。

申の上刻（午後三時頃）、荒木十右衛門が内蔵助の名を呼ぶと、「役者の間」に控えていた吉弘嘉左衛門、八木市太夫が受け継いで内蔵助を呼び出した。

細川家に預けられていた十七人の切腹が全て終わったのは酉の上刻（午後五時）近くであった。

また、他の松平家、毛利家、水野家でもほとんど同様であった。

大石内蔵助以下四十七人の〝意地〟はほぼ完全な形で達成することが出来た。だが、その後、内蔵助達の行動は思わぬ形となって語り継がれることになり、それまで漠然としていた〝武士〟というものの存在が、内蔵助達を通して一つの形が作り上げられていくのである。そして人々は、内蔵助をはじめとする赤穂浪士達を〝武士の鑑〟と褒め称えるが、それが後の武士達を精神的に苦しめることになるのである。

第一章　義周無惨

幕府の沙汰

元禄十六年（一七〇三）二月四日、大石内蔵助以下四十六名の赤穂の浪人達が、預かり先の細川家、松平家、毛利家、水野家に於いて切腹した日、吉良左兵衛義周《さひょうえよしちか》は評定所へ呼び出されていた。この度の赤穂の浪人達の吉良邸への討ち入りに関し、吉良家及び義周への裁定の申し渡しのためである。

義周は、どのような裁定が下されるかは余り心配はしていなかった。当夜受けた傷のその後の具合を聞かれたうえで、「養生に専念するように」との言葉をかけられるぐらいだろうと気楽に考えていた。

二年前の元禄十四年三月十四日、浅野内匠頭によって、養父上野介が斬り付けられた時、幕府は内匠頭には即日切腹を命じたのに対し、上野介に対しては傷の養生に専念するように言っただけで、何の処罰も無かったからである。だが、この日幕府から言い渡された裁定は、義周が思いもかけぬ〝吉良家取り潰し〟という厳しいものだった。

当日、荒川丹波守、猪子左太夫の両人に連れられ、評定の席に赴いた義周に対して告げられたのは、赤穂の浪人達が討ち入った時の義周の態度は不埒なものだった由、その領地を召し上げたうえ、その身柄は信濃諏訪高島藩主・諏訪安芸守忠虎へお預けというもので、これに連座する形で上杉綱憲《つなのり》、吉憲父子も〝遠慮〟を仰せ付けられることになった。

その瞬間、義周は全身から血の気が引いていくのを感じた。そして、暫くの間は何を言われているのか全く理解できず、ただ、「不埒なもの」という言葉だけが頭の中でカラカラと回っていた。

義周の目には何も映っていなかった。その義周を現実の世界に引き戻したのは老中の一人がした大きなくしゃみだった。義周の中で「何故？」という疑問が生まれた。そしてこの疑問は、義周が死ぬまで続く。

可笑しなことに幕府ははっきりとした理由を告げることなく、裁定だけを義周に言い渡した。夜半に押し入ってきた赤穂の浪人達に対し、義周は小長刀を持って闘ったが、この時の行動の何が〝不埒なもの〟だったのか、目の前にいる幕府の人間に聞きたかった。しかし、義周がそれを問うことは許されなかった。たとえその裁定にどれだけ不満であろうと、黙って従うより他になかったのである。

そして、この日の裁定をもって、鎌倉時代中頃に三河国守護・足利義氏の長男・足利長氏が同国吉良庄を譲られて本領としたことに始まる〝三河吉良氏〟は断絶することになった。

高島藩は、江戸時代、二百六十余年の間に六人もの流人を預かっているがその中で、特に知られている人物が二人いた。一人は、寛永六年（一六二九）に諏訪因幡守頼水《よりみず》が預かることになった徳川家康の六男松平忠輝《ただてる》だが、その原因は家康との確執《かくしつ》とされている。

忠輝の不運は家康に嫌われたことだったが、忠輝の母親の身分が低かったことと、その容貌が長兄の信康に似ていたのがその原因だと言われている。信康は織田信長の女《むすめ》徳姫と結婚して岡崎城城主となった。器量は優れていたが、不行跡も多く、そのため家康や妻徳姫との対立が激化し、妻が信長へ送った訴状に端を発し、天正七年（一五七九）九月十五日に遠江二俣城に於いて切腹を命じられている。後に信康の器量を恐れた信長が家康に信康の切腹を迫ったと言われるが何の確証もない。

その信康に忠輝は似ていたのである。元和二年（一六一六）四月、家康は死去するが、今際《いまわ》の際《きわ》に秀忠をはじめ他の兄弟は家康の枕元に呼ばれたが、忠輝だけは呼ばれることはなかった。忠輝は駿府までやってきていたが、家康は会うことを許さなかった。

家康が死去した三ヶ月後、秀忠は忠輝の越後高田藩六十万石の改易を命じた。理由は大坂夏の陣の際、大和から大坂に攻め入る総大将を命じられながら遅参したためだが、出陣の途中で秀忠の旗本二人を無礼があったとして斬り捨てたことも影響している。更に大坂夏の陣の戦勝を朝廷に奏上する際、家康は忠輝に共に参内するよう命じたが、病を理由に参内せず、嵯峨野の桂川で舟遊びに興じていたことも改易の理由の一つだった。

忠輝は伊勢朝熊《あさま》に流された後、元和四年に飛騨高山藩に、寛永三年には信濃高島藩に流され、天和三年（一六八三）七月三日に高島城南の丸に於いて死去している。九十二歳の高齢だった。

そして、もう一人の人物が、四代目藩主諏訪安芸守忠虎が預かることになった、吉良左兵衛義周である。


義周は〈悪い夢でも見ているのではないか〉と思いたかったが、自分が罪人の身となったのは事実だった。義周は耐えるしかなかった。この先、気の遠くなるような歳月を高島藩の高島城の一隅という限られた世界の中で生きていかなければならないが、そこにあるのは絶望だけだった。罪人としての日々から解放されるには、幕府による恩赦を待つしかないが、それが何時あるのか、そして、その対象が義周となるかは分からない。この時、義周は十九歳だったが、義周に自制を促したのは高家という誇りと、吉良家という名門の家柄に対しての誇りであった。

義周は評定所から羅掛（網掛）の乗り物（駕籠）に乗せられ、騎馬、徒歩足軽ら総勢約百五十人に囲まれて諏訪安芸守忠虎の屋敷に引き取られた。

諏訪に着くまでの間、義周は毎夜のように夢を見た。その夢の中に出てくるのは義周が二度と会うことのできない人達ばかりであった。養父母である上野介、富子（祖父母）、実父の上杉綱憲、そしてその中には碧《みどり》の姿もあった。

碧は義周の小姓、山吉新八郎の妹だったが、新八郎は義周の小姓であると同時に、剣の指南役でもあり、兄のような存在でもあった。

義周が碧を初めて見たのは、供の者を連れてこれというあてもなく歩いている時だった。新八郎が浅草の茶屋で、瞳の大きな、笑顔が魅力的な若い娘と親しげに話しているのを偶然見掛け、義周は一目でその娘が気に入ってしまったのである。その娘が碧だった。その夜、義周は新八郎に娘のことを聞いてみた。

「そちもなかなか隅に置けぬな」

「何のことでございましょう?」

「正直に申せ。あの娘はそちの何じゃ?」

「娘?」

「とぼけるか?　今日浅草の茶屋で……」

義周がそこまで言うと新八郎は微笑した。

「ああ、あれは妹でございます」

「妹?　そちに妹がおったのか?」

「はっ、腹違いでございますが」

「今年幾つになる?」

「十八でございます」

「もう、嫁いでおるのか？」

「いえ。まだ、独り身でございます」

独り身と聞いて、義周は安心した。

「生まれつき体が弱いために滅多に表へ出ることもございません。今日は随分と気分が良いので何処かへ連れていってくれと申しますので」

「医者には診せたのか？」

「はい」

「で、医者は何と？」

「もって一、二年かと」

「一、二年？」

「そのように申しております」

翌日から義周は何かと理由をつけては新八郎の家を訪れるようになった。碧の顔を見るためである。新八郎もそんな義周の心を察して時折碧を呼ぶと、三人でたわいもない話をした。歳は義周のほうが若かったが、義周には碧のほうが年下のように感じられた。それは碧がほとんど外に出ることもなく、家の中ばかりに居るせいかもしれなかった。

碧は体調が優れない時が多く、義周が行っても床に臥《ふ》せっていることが多かった。あの日、浅草まで行ったのは碧の体の具合が余程よかったからだろう。結局、義周は何時も家の中で碧と話して帰るしかなかった。

そんなある日、碧が
「義周様今度、芝居に連れてって下さい」

と言い出したが、碧が義周に何かをねだるのは初めてだった。

「芝居？」

「私、芝居には一度しか行ったことがないんです。それも随分と昔に」

「そなたは芝居が好きか？」

「好きも嫌いも一度しか観ていませんから。でも、すごく綺麗で華やかで……。前々からもう一度行きたいと思って兄に頼んでいますが、人混みの中はお前の体によくないからと言って連れてってくれませんの。ですから、義周様に」

「新八郎もけしからぬ奴じゃ。可愛い妹の頼みを聞いてやらぬとは。よし、今、出し物は何が面白いか調べて、今度芝居見物に連れて行ってあげよう」

「本当でございますか？」

碧は心の底から嬉しそうな顔をした。

「ああ、本当だ。だが、春になってからにしよう。今はまだ寒いからな」

碧は小さく頷いた。その時、碧の青白い顔にほんの僅かであったが赤味がさしたようだった。

「今は二月、一月《ひと》か二月《ふた》もすれば暖かくなるから芝居見物でも何処へでもそなたの好きな所へ行こう」

「楽しみにお待ちしています」

だが、その約束は叶うことはなかった。元禄十四年三月十四日に殿中に於いて、浅野内匠頭が吉良上野介に刃傷に及ぶ事件が起こり、義周は芝居見物どころではなくなったのである。そして事件の五ヶ月後の八月十九日には本所一ッ目回向院裏の旧松平登之助信望邸への屋敷替えを幕府から命じられたため、引っ越さなければならなかった。この間、義周は碧のもとを二度程しか訪れることができなかった。それも僅かな時間であった。

ひと通り落ち着いた後、義周が訪れた時は十月になっていた。

「芝居へはもう少ししたら」

義周が申し訳なさそうに言うと、碧は
「あの約束は忘れて下さい。今の義周様は芝居どころではないはず」

と義周を気遣うように言った。

「知っておるのか?」

義周は、家の中に居てほとんど外へ出たことのない碧が、今回の事件を知っていることに驚いた。

「はい、知っています」

「新八郎に聞いたのか?」

「いいえ、兄はそのような話をここではいたしません」

「では、何故碧殿が知っているのだ？」

「今度のことは江戸市中でも話題になっていますから、自然と私の耳にも入ってくるのです」

「吉良の評判は悪いだろう？」

上野介の悪評は義周の耳にも入ってきていた。その多くは根も葉もないものだったが、やはり余りいい気持ちはしなかった。一度、そのことを新八郎に言うと、新八郎は笑いながら、

「そのようなことを気になさっているのですか？」

と言った。

「そのようなこととは何だっ」

「そんな噂は聞き流すことです。それとも義周様は一々『いや、そうではない』と言ってまわるおつもりですか？」

新八郎の言葉ももっともだと思った義周は、それからは出来る限り平静を装うことにしていた。

「私はそのようなことは気にしておりません。世間の噂などというものは無責任なものです。そのようなものを私は信じません」

碧の言葉は、努めて平静を装っていたものの世間の風評に流されそうになっていた義周にとってどれだけ励みになったかしれなかった。

「本当にそう思ってくれるか」

「はいっ」

この日から義周のそれまでのどこか頼りない一面が消えていた。碧の一言が義周を変えたのである。

その後、碧の病状は一進一退を続けていた。

翌年の七月下旬の夜遅く、新八郎が義周の部屋を訪れた。

「新八郎がこのような時刻に来るとは珍しいな」

「申し訳ございません」

「構わん。丁度話し相手が欲しかったところだ」

「義周様、お願いの儀が……」

義周には新八郎の声の様子からそれが碧のことだとすぐに分かった。

「碧殿のことじゃな」

「お忙しい中、このようなことをお頼みするのは誠に恐縮と存じますが、明日か明後日でも結構ですから碧と会っていただきたいのです」

「そういえば、随分と会っておらんな。碧殿は元気にしておるか?」

「実はここ暫くの間、碧の容態が……」

「悪いのか?」

「はい」

「医者はどのように言っておる？」

「はい、医者はこの二、三日が山と……」

義周は新八郎を怒鳴りつけていた。

「何故早くに知らせなかった」

「碧が嫌がりまして。義周様は今大変な身、私のことで義周様をわずらわせたくないと」

新八郎の目には涙が光っていた。

「それが、今朝見舞った時に左兵衛様にお会いしたいと。恐らく己の命があとどのくらい持つかを悟ったのではないかと……」

「碧殿の病は何なのじゃ？」

「以前申しましたように、元来体が弱かったのですが、今年の春に胃の腑がひどく痛むというので医者に診せましたところ、胃に腫れ物ができていると申しておりました。暫くの間は薬の効き目があってよくなったようですが、また痛み出したので医者に診てもらったところ、医者はすでに手の施しようがないと」

「そうか」

義周はひどく後悔した。そして、

〈その気になれば行けたではないか〉

と、己を責めずにはいられなかった。

「明日は朝から参ると碧殿に伝えてくれ」

「有り難うございます。妹も、どれ程喜ぶことでございましょう」

明くる日、義周は朝早くに碧のもとへ行った。碧はすでに髪に櫛を入れ、薄らと化粧をしており、その姿は一瞬息を飲む程の美しさだった。

「済まなかった」

義周がしばらく会いに来なかったことを詫びると碧は首を左右に振り、微笑んだ。

「私のほうこそ義周様が今どのようなご様子か兄から聞いているのに、我が儘を申しまして」

「そのように起きていて大丈夫か？　横になっていてはどうじゃ？」

「いえ、今日はいつになく気分がよいのです」

「そうか。碧殿には一日も早くよくなってもらわねばならぬ。まだ、約束を果たしておらぬかならな」

「芝居見物でございますか？」

「そうじゃ」

「あれはお忘れになって下さい」

「そうはいかぬ。約束は約束じゃ」

「それでは、義周様が落ち着いてからということに致しましょう」

「では、それまでにそなたも病を治しておくのだぞ」

碧は嬉しそうに頷いた。それから一刻ばかり碧と二人だけの時間を過ごした後、義周は碧を横にならせ、眠るのを待って屋敷へ戻った。

義周はその日の碧の様子からまだ持つかもしれないような気がしたが、それから五日程して夜遅く新八郎が部屋へやってくると
「義周様。つい先程、碧が息を引き取りました」

と告げた。

「死んだ?」

「はい」

「嘘であろう。あれ程元気に話していたではないか?」

「事実でございます。左兵衛様がお帰りになられてから数日の間は多少元気になったのですが、昨日の朝から容態が急変いたしまして、先程息を引き取ったという報せが参りました」

「そうか」

義周は障子を開け縁側に出ると、遠くを見るような目で空を見上げた。空には見事な満月と無数の星が輝いていた。

義周が何時までも空を眺めていると、傍らに新八郎がやってきて、

「碧の形見でございます」

と言って、守り袋と笛を義周に渡した。

「守り袋はこれから何が起こるか分からない義周様のお体を守ってもらうためのもの。笛は形見としてお受け取り下さいとの碧の言葉でございます」

義周はそれを受け取ると、

「済まぬ」

と碧に詫び、碧が形見に残していった笛を吹いた。透き通るような細い音が流れ、吹く義周もそれを聞く新八郎も共に泣いていた。


義周の諏訪への出立は二月十一日と決まったが、義周を何処に留めるかという問題に突き当たった。この時、義周の配所となる高島城南の丸は改築修理中だったからである。

途中で何事も無い限り義周が諏訪に着くのは十六日か十七日だが、高島城南の丸の改築修理はどんなに急いでもそれまでに間に合わないので、義周の身柄は改築修理が終わるまで藩士の志賀利兵衛宅で預かることになった。

義周は家来の中から二名の者を連れて行くことを幕府に願い出て、聞き入れられたので左右田孫兵衛と山吉新八郎を供として連れて行くことにした。

この時、左右田孫兵衛は六十七歳。元禄十四年十二月十二日に義周が吉良家を相続した時に家老となっている。赤穂の浪人達が討ち入った時、息子の源八郎は壮絶な最期を遂げたが、孫兵衛は生き残ったために、一時は家老の斎藤宮内《くない》と共に怖くなって逃げたに違いないという風聞が流れたが、義周はそんな噂など気にする様子もなかったし、この時の源八郎の働きはそのような噂を打ち消すのに充分であった。

山吉新八郎は寛文十一年（一六七一）に米沢藩上杉家の物頭・山吉七郎左衛門盛俊の次男として生まれ、元禄五年八月十九日、二十一歳の時に義周付の小姓を命じられ、九月十一日に江戸の吉良邸に入り、吉良家では三十石五人扶持を与えられている。

二人とも義周が心を許すことのできる家臣だった。

元禄十六年二月十一日、義周は江戸を発った。諏訪家の警固の者は約五十人。そして義周の供の者は左右田孫兵衛と山吉新八郎の他に外科医の金沢良玄が従った。義周の持ち物は長持二棹、葛籠《つづら》一、寝具が入った長持一棹。供の孫兵衛、新八郎の両名も葛籠、鋏《はさみ》箱を持って行くことが許されたが、これは義周の祖母であり養母である富子の願い出が聞き入れられたからで、碧の形見の笛と守り袋は新八郎が義周の長持の中へ入れた。

義周が諏訪に着いたのは当初の予定通り、五日後の十六日だった。途中多少の雨が降ったが大したことはなく、一行を難儀させることもなかったが、それよりも義周、孫兵衛、新八郎の三人を悩ませたのは江戸とは比較にならない寒さで、江戸で生まれ、育った義周には殊の外こたえた。

諏訪に着くまでの間、義周は二人と言葉を交わすことは禁じられていた。その間、義周の慰めとなったのは上野介、富子の養父母、実父の上杉綱憲との思い出であり、碧との思い出であった。どれもが、ともすると陰鬱になりがちな義周の心を励ましてくれたのである。

義周にとって上野介、富子は養父母であると同時に祖父母でもあった。

富子は米沢藩藩主上杉綱勝《つなかつ》の妹で、上野介と富子は万治元年（一六五八）十二月二十一日に夫婦となるが、先に見初めたのは富子のほうであった。そして、二人の間に長男・三郎（後の四代米沢藩藩主上杉綱憲）が生まれたのは、五年後の寛文三年のことで、上杉家、吉良家とも穏やかな日々が続いていた。

しかし、翌寛文四年に米沢藩を揺るがす大事件が起こったのである。四月に参勤交代で江戸へ来た綱勝は、五月二十二日に将軍家綱に拝謁すると、翌月の閏五月一日に吉良家を訪れた。この時の綱勝の目的は妹の富子と会うことであったが、それ以上に三郎の顔を見ることを楽しみにしていた。綱勝にはまだ嗣子がなく、この甥《おい》が可愛くてたまらなかったからである。

その日、綱勝は茶、料理をご馳走になり、上機嫌で屋敷へ帰って行ったが、夜半頃から激しい腹痛に襲われ、侍医・内田法眼らが付き切りで手当てをしたが、七日の卯の刻（午前六時）に綱勝は死去した。ここで綱勝に嗣子がいないことが重大な問題となる。綱勝の正室には将軍家綱の大叔父にあたる保科正之の娘、志保がいたが、万治二年七月に十九歳の若さで急逝している。そこで翌年、四辻大納言公理《きみさと》の娘、富子を継室として迎えたが、二人の間には子がなかった。前もって綱勝の兄弟の中から一人を綱勝の養子とし、世継ぎに決めておけばよかったのだが生憎綱勝の兄弟はみな早世し、嫁いでいる姉達にも男は一人しか生まれておらず、その一人も鍋島家を継ぐ身だったのである。

嗣子のいない場合、御家は改易という幕法に従えば、米沢藩上杉家はお取り潰しになるはずであったが、この時救いの手を差し伸べたのが保科正之だった。正之は綱勝の死後、直ちに上野介の長男三郎を綱勝の生母・生善院の養子とすることで、幕府から上杉家存続の内諾を得たのである。他の藩ならこのようなことは許されないのだが、二代将軍秀忠の三男という保科正之の尽力で上杉家は改易を免れたのである。だが、全く無傷というわけにはいかなかった。六月五日、酒井雅楽頭《うたのかみ》忠清は吉良三郎の家督相続を認める代わりに、養子届出の不備により、米沢藩三十万石のうち十五万石を召し上げるとの上意を伝えてきたのだ。上杉家は改易という最大の危機を乗り切ることができたが、石高が半減したうえ藩は家屋の数をほとんど減らそうとしなかったため、この後慢性的な財政危機に陥ることになった。

後に綱勝の死は上野介が上杉家を乗っ取るための陰謀だという噂が広まるが、何ら根拠の有ることではなく、次第に人々から忘れ去られることになる。

だが、三郎が上杉家へ養子に行ったことで新たな問題が起こった。今度は吉良家に嗣子となる子供がいなくなってしまったのである。幸い延宝六年（一六七八）、上野介と富子の間に待望の男子が生まれた。綱憲と同じく幼名を三郎と名付けたが、この子供は八歳で夭逝してしまう。そこで吉良家では綱憲の次男春千代を養子に迎えたが、この春千代が義周だった。

義周の実母は紀州家の徳川綱教《つなのり》の妹で、これによって吉良家と徳川家は繋がることになり、上野介の三人の娘は、長女の鶴子は薩摩藩藩主島津綱貴に、次女の阿久利は津軽家の分家の津軽政児《まさたけ》に、そして三女の菊子は大老・酒井忠勝の分家、酒井忠平にそれぞれ米沢藩上杉家の養女として嫁いでいる。

吉良家への裁定が厳しいことに対し、驚き、意外に思う者が多かったが、それは御三家の紀州家にまで繋がりを持つ吉良家のこの閨閥《けいばつ》によるものだった。

諏訪に着くまでの間、義周は江戸城での刃傷沙汰から赤穂の浪人達の討ち入りと、その後の裁き、そして吉良家に対する裁定をあれこれと考えていたが、そのうちにそれらの事件を一つの絵図として描いている者がいるように思えた。最初義周は、その人間は吉良家に余り良い思いを持っていない、否、憎しみさえ持っている者に違いないと思ったが、それにしては余りにも仕掛が大き過ぎることに気付き、吉良家の取り潰しだけでない何かがその先にあると思うようになっていた。

義周は老中、若年寄達を一人一人吟味していったが、これだけのことをやってのける人間は浮かんではこなかった。

義周は、柳沢美濃守吉保の存在を忘れていた。だが、それも無理のないことで、上野介と柳沢吉保とは大層親しくしていたからである。しかし、冷静になって考えてみればその頃の幕府内でそれを考えるだけでなく、実行し、実現できる力を持っていたのは柳沢吉保だけだった。

全ての発端となった元禄十四年三月十四日の浅野内匠頭の刃傷事件について、その後上野介は余り語ることはなく、義周が刃傷の原因を尋ねても、上野介は
「何故《なにゆえ》内匠頭が斬り付けてきたのか何度考えても分からぬ」

と答えるだけで、そのうち内匠頭の名前が出るだけで不機嫌そうな顔をするようになっていた。

事件当初から上野介に対する風当たりは強く、内匠頭の肩を持つ者が多いことは義周も感じていた。そして、〈日が経つにつれてそうしたことも無くなるだろう〉という上野介や義周の思いとは裏腹に、そうした気配は一向に止む様子がなく、そのうちに上野介というより吉良家に対する幕府の態度が明らかに変わっていた。義周はそこに何か嫌なものを感じたが、上野介は別に意に介する様子もなく、何ら変わらぬ毎日を過ごしていた。

八月十九日、幕府は吉良家に対して呉服橋門内から本所一ツ目回向院裏の旧松平登之助信望邸への屋敷替えを命じているが、義周は大いに不満だったが上野介はさほど気にもせず、

「以前より、少し不便になるのう」

と茶や俳句の会へ行くのに以前より時間がかかることを心配するだけだった。江戸城での刃傷沙汰の後、役職を辞し、旗本寄合となっている上野介にとってはそれだけが楽しみだったからである。

無論、上野介の耳にも大石内蔵助をはじめとする赤穂の浪人らの不穏な動きは入っていたが、桂昌院の従一位叙爵の問題が順調に進み出した今、幕府が自分をぞんざいに扱うことはないであろうという過信が上野介にあった。そのため、上野介はこれまでと同様に外へ出たがったが、上杉家からも義周からも再三外出は控えるように言われたこともあり、次第にその回数は減っていた。

義周は新しい屋敷の手入れを急がせると共に、領地の三河から多くの家臣を呼び寄せ、上野介の警護を厳重にさせた。しかし義周はそれでも不安だった。赤穂の浪人達が襲ってくるとすれば内匠頭が切腹を命じられてからの一年の間が最も可能性が高いと思っていたからである。

〈何としても父上を守らねばならぬ〉

義周がその手立てを新八郎に相談すると、新八郎は

「ございます」

と平然と答えた。

「どのような方法だ?」

「大殿を座敷牢に入れておくことですかな」

「そのような真似ができるかっ。真面目に申せっ」

「それならば……」

新八郎は急に真剣な眼差しになった。

「大殿を上杉家に引き取ってもらうしかないかと存じます」

「上杉か」

「それも江戸ではなく、米沢に」

「それでは父上は承諾すまい」

「しかし、それ以外に確実に大殿を守る手立てはないと思われます」

「いつ頃までに？」

「遅くとも年内。早ければ早い程よいかと」

「果たして父上が聞き入れるか……」

「何としても聞き入れていただかねばなりませぬ。赤穂の浪人共が大石内蔵助の下に集まり、何やら不穏な動きを見せているようでございます」

「不穏な動き？」

「この屋敷への討ち入りでございます」

「その噂なら知っている」

だが、義周は上野介の警護を厳重にする一方で、〈本当だろうか？〉と疑っていた。

「新八郎はこの噂を真と思うか？」

「思います」

「しかし江戸でだぞ」

「ほとんどの人間が〝まさか〟と思うからこそ、そこが狙い目なのでございます。幕府だけではなく、上杉、そして浅野の手の者も大石の住居に出入りする者、江戸に残っている赤穂の浪人達の動きに目を光らせておりますが、間違いなく大石達はこの屋敷への討ち入りを考えているようでございます」

新八郎は内蔵助、赤穂の浪人達の動きを義周に話した。

「では、大石らが討ち入ってくるとすればいつ頃と思う？」

「そう遠くはないはず。日が経つにつれ討ち入りに加わる人間が減っていきますからな。大石の手元にどれ程の金子があるか分かりませぬが、その金子が底をつく前に必ず討ち入ってくるはずでございます」

「大石達はどのくらいの人数で討ち入ってくると思う？」

「それは分かりませぬが、少なくても八十人から九十人は必要かと」

「八十から九十か……」

「それだけの人間を食わせるだけでも相当な金子が必要なはず。ですから、時間が経てば経つほどこちらに有利になるわけでございます」

「そのために上杉へ預けるのか」

「左様でございます」

元禄十四年十二月十二日、義周に吉良家の家督が譲られた。上杉綱憲はこれを機に上野介の身を上杉家に引き取ろうと思っていたが、それは江戸家老の色部又四郎の考えでもあった。

「その方はどのように考える」

「万一のことを考えれば、やはりこちらへ移っていただくのが上策かと」

「やはりそう思うか」

「米沢へ来ていただくのが一番よいと存じますが、上野介様はご承知なさらぬと思いますので、この屋敷に来ていただくしかないかと」

綱憲はその旨を上野介に伝えたが、上野介は承知しなかった。結局、吉良邸の警固を今以上に厳重にすることで落ち着いたが、年が明け、三月十四日に内蔵助は赤穂・花岳寺で内匠頭の一周忌の法要を営んだだけで、さしたる動きは見せなかった。

次第に義周にも上杉家にも油断が生まれてきた。そして、多くの脱盟者が生まれたという知らせはそれを更に増長させることになったのである。

襲撃

元禄十五年十二月十四日、吉良邸では大友近江守、小笠原佐渡守達を招いての茶会が開かれていた。会は一年の慰労を兼ねた極《ごく》親しい人間達の集まりで、警固の者達にも酒が振る舞われ、会は夜遅くまで続いた。無論、赤穂の浪人らに対する警戒は怠ってはいなかったが、内匠頭が切腹してから一年九ヶ月の歳月が隙を生んでいた。

何処かで喧嘩でもしているのか、人と人が言い争うような声がした。義周は布団の中で〈またか〉と思った。この頃奉公人同士の言い争いが度々あったからである。暮れになって赤穂の浪人らが吉良邸に討ち入るかもしれないという噂が急速に広まりだし、それが徐々に信憑性を持ってきたために、義周はそれまでの奉公人の大半を辞めさせ、その代わりに三河から身元の確かな者ばかりを呼び集めたのだが、それが奉公人の間の諍いが増える原因となった。江戸勤めの者と三河から呼んだ者達の間がしっくりといっていなかったうえに、三河にいた時から反目し合う者同士がそれをそのまま江戸に引き摺ってきたためだった。

喧嘩はすぐには止みそうもなく、益々ひどくなっていたので、義周は誰か人を行かせ、喧嘩を鎮めようと思ったが、その時、方々から

「火事だっ」

「火事だぞっ」

という叫ぶ声が聞こえてきた。

〈あれほど火の元には用心するよう言っておるのに〉

義周はそう思いながら、人を呼んだ。

「誰かおるか」

「はっ」

「大分騒がしいようじゃが、行って参れ」

義周に命じられ、供の者はすぐに出て行ったが、一人として戻ってくる者はいなかった。その時になっても、義周は大石内蔵助率いる赤穂の浪人達が、襲撃しているとは思っていなかったのである。

上野介、義周をはじめ吉良家の者や上杉家の者は、〈赤穂の浪人達が襲ってくるなら、内匠頭の一周忌の頃が最も可能性が高い〉と思い込んでいたが、内匠頭の一周忌の法要が済んでも赤穂の浪人達が吉良邸を襲ってくることはなかった。だが、上野介、義周のもとにはその後も大石内蔵助を中心とする赤穂の浪人達が吉良邸を襲うことを画策しているという情報は入ってきた。しかし、日が経つにつれ、脱盟者が続出していることが分かると、このままでは討ち入りを諦めねばならない状況に追い込まれるに違いないと吉良家も上杉家も思うようになっていたのである。

しかし、大石達は吉良邸への討ち入りを断念したわけではなかった。上野介、義周は大石達の討ち入りにかける執念を軽く見ていたのである。

この時、吉良家、上杉家にとっての不運は綱憲が病に倒れていたことだった。

綱憲は上野介や義周のように大石達を甘くは見ていなかった。どのような形でも、その気になれば襲撃を企てることは可能だからである。この事を絶えず綱憲に進言していたのは江戸家老の色部又四郎だった。しかし、綱憲は夏の頃から体調を崩し、床に臥していたのである。そして色部又四郎も、十一月に亡くなった実父、長尾権四郎景光の服喪中で、喪が明け再び出仕してきた時は全てが終わった後のことだった。

義周は様子を見に行かせた者が戻ってこないことに苛立っていたが、その時、或る者は赤穂の浪人達との闘いに巻き込まれ、或る者は逃げ出してしまっていたのである。義周が

〈何かが起こったに違いない〉

と思った瞬間、方々から

「赤穂の浪人共が討ち入ったぞっ」

という叫び声が聞こえてきた。

義周は「しまった」と心の中で叫ぶと同時に、長押《なげし》の小長刀を手に取ると、上野介の寝所を目指した。赤穂の浪人共の狙いが上野介の首だということは分かりきっているから、何としてもそれを阻止しなければならなかったのである。

その頃、新八郎は赤穂の浪人三人と渡り合っていた。

長屋の外へ出ようとした新八郎に、いきなり赤穂の浪人が斬りかかってきた。咄嗟にそれを避けた新八郎は部屋の中へ戻って刀を取ると、雨戸を蹴破《けやぶ》り義周の寝所を目指そうとしたが、その前に近松勘六ら三人組が立ちはだかったのである。

「赤穂の者共かっ？」

「亡君内匠頭の仇を討ちに参った」

「内匠頭の仇討ち？」

「そうだっ。邪魔立てする者は斬る」

新八郎は、その場を走り抜けようとしたが、三人は新八郎を取り囲むようにして前を遮った。

最初に斬りかかってきたのは近松勘六だったが新八郎は一刀の下に斬り捨て、矢頭右衛門七《やとうえもしち》と間十次郎《はざま》が怯《ひる》んだ隙に義周のもとへ急いだ。この時、勘六は足を滑らせ、泉水に落ちたために事なきを得たが、もし、新八郎が義周のもとへ急いでいなければ勘六は斬られ、一命を落としていたに違いなかった。

その頃、義周は武林唯七《たけばやしただしち》達と闘っていた。唯七達は義周と数度斬り合ううちに相手が相当の使い手だと知って警戒するようになり、強引に斬ってこようとはしなかった。だが、この時義周には一刻も早く上野介のもとへ行かねばという焦りがあった。その焦りのために義周に隙が生まれ、唯七が横に払った刃が額を掠《かす》め、流れ出た鮮血が目に入ったために目の前が見えなくなったのである。義周が一瞬よろめくと、その瞬間を捉え、唯七が斬り込み、止めを刺そうとしたが、その時須藤与一右衛門と新八郎が助太刀に入ったため、〈面倒〉と思った唯七らはその場を離れて行った。

義周は上野介の寝所に立てかけてある屏風の前に倒れていた。肩から背中に受けた傷は思いの外深かったが、意識はしっかりとしていた。

「新八郎か？」

「はっ」

「わしの傷の手当てよりも父上を何としてもお守りしろ。よいか。あと一刻か一刻半もすれば明るくなり、大名達も登城する。そうなれば赤穂の浪人共も諦めざるを得ないはず。よいかっ、新八郎、頼んだぞ」

義周はそれだけ言うとその場に崩れるようにして倒れた。与一右衛門が慌てて抱き起こそうとしたが新八郎は、

「大丈夫、気を失っただけだ。今はそのままにしておいたほうがよい」

と言って、その場を去ろうとした。

「しかし……」

「それよりも殿が『大殿を何としてもお守りしろ』と命じたであろう」

「しかし、このままでは……」

「殿のご命令だ」

新八郎は与一右衛門を一喝した。

「だが、大殿は何処におられる？」

「このまま二人一緒に捜しても仕様がない。二手に分かれよう」

新八郎が暫く行くとその前に現れたのは矢頭右衛門七だった。右衛門七の剣をかわした刹那《せつな》、新八郎は右衛門七の胴を斬ったがその瞬間、異様な手応えを感じた。右衛門七は父親譲りの胴丸を着込んでいたのである。

この胴丸のおかげで右衛門七は傷を負うことは無かったが、新八郎の剣の衝撃は凄まじく、右衛門七の体は三尺ほども後ろに飛ばされ、手にしていた刀を落としていた。この時、右衛門七と新八郎の間に入ったのは間十次郎と大高源五だった。

間十次郎が鑓で突いてきたので、新八郎はそれを払ったが体勢を崩したため、大高源五の刃をかわすことができず、鬢の先から口の脇まで斬り付けられ、その場に倒れたのである。

ほんの僅かの間新八郎は気を失っていたが、幸い止めを刺されることがなかったため、我に返ると再び上野介を探しに行ったがその前に奥田孫太夫と勝田新左衛門が現われた。だが、新八郎にはそれ以上闘う体力はほとんど残っていなかった。しかし、赤穂の浪人を一人でも二人でもそこに釘付けにしておかなければならないという気持ちが新八郎を奮い立たせた。義周が言ったように、その日は式日なので大名達は江戸城へ登城しなければならず、その頃になってでも赤穂の浪人達の襲撃が続いていたなら、間違いなく幕府が動き出すに違いなかった。そのためには何としてでも上野介を守り通さねばならないのである。

「あと一刻……いや、一刻半の辛抱」

新八郎は己を叱咤し、赤穂の浪人達と斬り合いを続けていた。刀はささらのようになっていたが、新八郎はほとんど無意識の中に闘っていたのである。だが、次第に意識は薄れていき、遂に義周の寝所続きの座敷で意識を失い、再び起き上がることは出来なかった。

上野介と行き合うことができたのは須藤与一右衛門のほうだった。体に数箇所の傷を負っていたものの上野介は清水一学と鳥居利右衛門に守られながら逃げ延びていたのである。

上野介の体の傷は赤穂の浪人と斬り合った証しであったが、相手は自分の目の前にいるのが上野介だとは分からなかったのである。

「ご無事でございましたか？」

与一右衛門の言葉に上野介は軽く頷いただけであった。

「赤穂の浪人共は鎖を着込んでいるため、こちらの刃はまったく役に立たぬ」

清水一学は吐き捨てるように呟いた。

「このままでは……」

利右衛門はそこまで言うと押し黙ってしまった。誰もその先は言わずとも分かっていたからである。

「もう暫くの辛抱でございます。このまま夜が明け、大名達が登城してくれれば赤穂の浪人共も上野介様のお命を狙うことを諦めるしかないのですから」

与一右衛門のこの言葉で、上野介の顔に生気が甦ってきた。

あちこちで吉良家の家臣と赤穂の浪人達の斬り合う音と、獣のような叫び声が聞こえていた。互いに斬り合う音、叫び声は上野介達がそうしている間にも次第に少なくなっていたが、それは上野介の身がそれだけ危うくなってきているということだった。

しかし、この時、与一右衛門達は決定的な誤りを犯した。炭小屋に隠れたのである。万一発見され、周りを赤穂の浪人達に囲まれた時には、もう逃げ出す術はない。ここはとにかく逃げ回り、まだ無事でいる吉良方の家臣と一緒になって血路を開き、何としても上野介を屋敷の外へ逃がすべきだったのである。

この頃内蔵助の心の中にも焦りが生じていた。このまま上野介が見付からず、大名達が江戸城へ登城し始めたら、その時点で全てが水泡に帰してしまうからであった。それは他の者も承知していることで、それにより諦めの気持ちが生じることを内蔵助は怖れていたのである。

内蔵助は何度も空を見上げたが、辺りが次第に明るくなってきたような気がした。

「おいっ、この炭小屋の中は調べてみたか?」

武林唯七は吉良邸の絵図面を思い出しながら、傍らに居た間十次郎に尋ねた。

「俺は調べてないが、唯七は調べたのか?」

「俺もまだだ」

「一応調べてみるか」

それまでに上野介が隠れていそうな場所はあらかた調べ、井戸の中や厠の中まで調べたが上野介の姿は見当たらなかった。

「では、開けるぞ」

唯七がそう言うと、周りにいた者達は一様に身構えた。唯七が炭小屋の戸を思い切り蹴破ると、人の気配がした後、炭俵が投げつけられ、須藤与一右衛門と鳥居利右衛門が飛び出してきた。二人は取り囲んだ赤穂の浪人達と暫くの間斬り合ったが、多勢に無勢ですぐに斬って捨てられた。そして、二人の後に飛び出てきた清水一学も同様だった。

その後、間十次郎が鑓で炭俵を突くと、中から脇差を持った老人がよろよろと出て来たが、その老人こそ吉良上野介だったのである。それは一年九ヶ月に及ぶ内蔵助以下、四十七人の赤穂の浪人達の執念が実った瞬間であった。


この時の吉良方の死者、負傷者は後の資料によって若干の違いがあるものの、死者は十五〜十九名。負傷者は十七〜二十三名。そして逃げ出した者は三〜十二名となっている。

一方、赤穂の浪人達のほうは吉田忠左衛門、堀部弥兵衛、近松勘六、木村岡右衛門、前原伊助、横川勘平、原惣右衛門、神崎与五郎、間十次郎、奥田貞右衛門、武林唯七、岡島八十右衛門の十二人が傷を負ったがいずれも軽く、まさに吉良方の完敗だった。

この時義周が受けた傷は、左の額に四寸程度、その他にも胸と腕に軽い傷を負ったが、一番大きな傷は右の肩から背中にかけて長刀で斬られた傷で、その後、その傷が痛む度に義周は赤穂の浪人達に襲撃された時のことを思い出した。

義周は上野介の寝所の屏風の間に倒れていたことで命拾いをした。何人もの赤穂の浪人達が気を失って倒れている義周の傍らを行き来したに違いないが、誰一人として義周には気付かなかった。もし、見つかっていたら義周の命はなかったかもしれない。

どれ程の時間が経ったか分からなかったが、義周は、

「殿、殿」

と呼ぶ声で我に返った。誰かが応急の手当てをしてくれたようだったが体中、特に肩から背中にかけての痛みがひどかった。そして喉の渇きは耐えられない程で義周は擦れた声で水を持ってくるように命じた。

運ばれてきた水を一気に飲み干し一息ついた義周は、家臣達が止めるのも聞かずによろけながら庭へ出た。家臣達に支えられ、一歩進む度に体中に激痛が走ったが、昨夜の闘いの跡を義周はこの目にとどめておきたかったのである。特に理由はなかった。ただ、吉良家がこのまま滅びていくのではないかという予感めいたものを感じていたからだった。

やっとの思いで辿り着いた庭先で義周が見たものは、家臣達の屍と、傷の手当を受けている

者、呻《うめ》き声を上げている者の姿であった。それはまさに戦場だった。そしてその戦《いくさ》に吉良家は敗れたのである。

義周は傍らの者に尋ねた。

「赤穂の浪人共は？」

「すでに全員引き揚げております」

「それは分かっておる。赤穂の浪人で死んだ者や傷を負った者はいないのかと聞いているのだ」

「それが一人もおりませぬ」

「一人もか？」

「はっ」

義周の心に怒りと無念さがこみ上げてきた。

「一人もか」

「しかし、赤穂の浪人共は全員が戦支度をしておりました故……」

「言い訳は無用じゃ」

赤穂の浪人達全員が武装していたことは義周も分かっていた。斬り合った者の中には普通であれば間違いなく倒れていた者が、ものともせずにいたからである。だが、そんなことは単なる言い訳に過ぎない、心の隙が、油断が、このような結果をまねいたのだと義周は思った。

義周は、部屋へ戻り横になろうとしたが、その時隣の部屋に横たわっている者に気が付いた。

〈赤穂の浪人共に殺された者か？〉

と思った義周は
「あれは誰じゃ？」

と傍にいる家臣に尋ねた。

「山吉新八郎でございます」

「新八郎？」

「左様でございます」

「死んだのか？」

「いえ、深手を負ってはおりますが、幸い一命はとりとめております」

新八郎が生きていると知って、義周は心の中に一筋の光がさしてくるような気持ちがして、心の中で
「そうか、新八郎は生きておったのか」

と何度も呟いた。

赤穂の浪人達との闘いで吉良方の人間で最も働いたのは新八郎だった。近松勘六、矢頭右衛門七、間十次郎をはじめとして、十人前後の赤穂の浪人達と闘ったのである。赤穂の浪人達が武装していたのに対し、ほとんど寝間着のままで闘った新八郎の剣の腕前は図抜けていたとい

える。

義周は声をかけたが、新八郎はまだ意識が戻らずにいた。

「父上は如何いたした？」

義周にも邸の様子で赤穂の浪人達に上野介が討たれたことは分かってはいたが、それでも万一ということを思い、周りの家臣達に尋ねてみたのである。

「大殿は……」

家臣達はそう言ったきり、その先は言葉に出来なかった。

「赤穂の浪人共に討たれたのか」

義周がそう問いかけると、家臣達は黙って頷いた。

「上杉は？」

義周にはその場に上杉家の家臣の姿が見えないことが不思議だった。

「まだ参りませぬ」

「報せは届いていないのか？」

「いえ、そのようなことはないはずでございます」

義周は〈遅い〉と不審に思ったが、それを口に出すことは無かった。そして、〈今となっては〉と何度も繰り返し思うだけだった。

上杉家に、赤穂の浪人達が吉良邸に押し入ったことを最初に知らせたのは、吉良邸に出入りしている豆腐屋だった。はじめ、上杉家の家臣は半信半疑だった。浅野内匠頭が切腹してから一年と九ヶ月もの時が過ぎている今、赤穂浅野家の浪人達に集団で討ち入るような力が残っているとは思えなかったし、泰平の世になり、大勢の武士達が互いに斬り合うというようなことが想像できなかったからである。それは何も上杉家だけのことではなく、この時代の多くの武士にも言えることだった。徳川幕府ができて百余年という歳月が武士というものを変えていたのである。

その後、間もなく吉良家の裏門門番足軽・丸山清右衛門が同様のことを知らせに来たことで、上杉家も俄に騒然となった。その時、藩主綱憲は病床に臥せていたが、江戸家老色部又四郎は不在であったため、やむ無く病床の綱憲の指示を仰ぐことになった。

家臣の様子にただならぬものを感じた綱憲は、体を支えられながら起き上がると、

「何事じゃ」

と聞いたが、その顔にはまるきり生気がなかった。

「只今、吉良邸から急使が参り、赤穂の浪人共が討ち入ったとのこと」

「赤穂の浪人共がか?」

「はっ」

「で、父上のご様子は?」

「それはまだ」

「それならこれから吉良邸へ」

　そう言って立ち上がろうとしたが、綱憲はその場に崩れるようにして倒れた。己の体が思うようにならないことが腹立たしかったがどうすることも出来ず、綱憲は
「警固の者を残して残りの者はすぐ吉良の屋敷に向かえ」

　と言うのがやっとだった。だが、その時、老中の命により畠山下総守義寧《よしやす》が上杉家の桜田の屋敷に駆け付けてきた。義寧は吉良邸へ向かおうとする上杉の家臣達に、

「待たれい。上杉家の家臣は一人たりとも吉良邸へ行くことまかりならぬ」

　と言ったが、綱憲の命令なのである。上杉の家臣はそれでも吉良邸へ向かおうとしたため、義寧は
「これは、御老中からの命令、幕命でござるっ」

　と再び叫んだ。〝幕命〟という言葉は上杉家の家臣達の足を止めるのに充分な効果があった。義寧は門番に門を閉めるように命じると
「わしはこれから綱憲殿と会って参る。よいか、その間に決して吉良邸へ向かってはならぬ。それによって、上杉家はお取り潰しになるやも知れぬことを忘れるでないぞ」

　と言って供の者を数人その場に残し、綱憲の部屋へ向かった。

　老中からの使者と聞いて綱憲は床から起き上がり、使者を迎える用意をしようとしたが、そ

こに現われた義寧は
「いや、そのままに」

と言いながら手で制した。普段の場合ならまず綱憲の病状を見舞う言葉をかけるところだが、事は急を要することなので義寧はすぐに用件に入った。

「綱憲殿はいかがなされるおつもりか？」

「無論、家臣達を吉良邸へ差し向け、赤穂の浪人共を討ちに参る所存」

「それでは余りにも事が大きくなりはせぬかな？　そうなれば、この上杉家も無傷で済みますまい。御老中達もそれを心配しておる」

「それでは、このまま父上が討たれるのを黙って見ていよと」

「幕命でござる」

綱憲にはそれ以上何も言うことができなかった。

「これも上杉家の安泰のためでござるぞ」

綱憲の目には無念の涙が溢れ、か細い声で上野介と義周の名を呼んだ。

「赤穂の浪人共の裁きは必ず幕府で行うことをお約束する」

憔悴しきった綱憲の姿を見て、義寧はそう言うのがやっとだった。

結局、上杉家が〝検使見舞い〟として深沢平右衛門、野本忠左衛門以下三十八人と御典医・飯田忠林、有壁道察の二人を吉良邸に向かわせたのは大分経ってからのことで、その時には大石内蔵助ら赤穂の浪人達に追いつくことは不可能であった。

「なんだ、この様《ざま》はっ」

吉良邸に着いた上杉家の家臣はその場の様子に呆然とする者、驚きに大声を張り上げる者と様々だった。

吉良邸の戸という戸は全て打ち破られ、蹴破《けやぶ》られており、あちこちに怪我人とそれを手当する者の姿、そして屍が散乱していた。その屍の中には首の無い上野介の遺体もあった。

その光景は間違いなく二千五百五十坪という吉良邸の中で繰り広げられた戦の跡であり、泰平の世の中で育った上杉家の家臣達も初めて見る光景だった。そして、勝敗は誰の目にも明らかだった。

「赤穂の浪人の死骸は無いようだな」

「先程吉良家で生き残った者に聞いたが、赤穂の浪人共は全員が武装していて、鎖を着込んでいたようだ」

「それでは勝負になるまい」

上杉家の家臣達は幕府の目付の到着を待ったが、その間、その場にある物を片付けることはできなかった。

幕府の目付、安部式部、杉田五左衛門が吉良邸に着いたのは八つ（午後二時頃）過ぎであった。そして、目付をはじめ幕府の人間が受けた衝撃は上杉家の家臣達が受けたものと変わらなかった。

安部、杉田の両目付は先ず生き残った者達の吟味を終えると、義周の寝ている座敷へやってきて、赤穂の浪人達が押し入った時の様子を事細かに聞いた。

義周は最初に「火事だ」という叫び声が聞こえたこと、その後すぐに「赤穂の浪人が押し入ったぞっ」という声が聞こえたので、小長刀をとって上野介のもとへ行こうとしたこと、その途中で赤穂の浪人達との斬り合いとなったが、相手が完全武装をしていたために歯が立たず、このような結果になったことを順序立てて話した。

両目付にとって義周の闘いぶりは意外な気がした。それは普段彼らが高家に対して持っている〝脆弱〟という印象がそう思わせたのである。

「義周殿、追って幕府から呼び出しがござろうが何よりも療養が第一。先ずは体の傷を治すことが肝要でござる」

両目付はそう言うと、その他の手負いの者達にも当夜の話を聞いて回り、その後、内蔵助達が残していった兵具やそれぞれの名前を記した首札などを座敷に集め、一つ一つを帳面に記すとすぐに引き揚げようとしたので、義周は上野介の首がどうなったかを尋ね、取り戻したい旨を伝えた。

上野介の首級は内蔵助が亡君浅野内匠頭の墓の前に供えるために切り落とし、その後泉岳寺に置かれたままになっていたのである。

その後、寺社奉行・安部飛騨守正喬の命により、泉岳寺はすぐに上野介の首級、はな紙袋、お守りの三品を義周のもとへ届けてきた。そして上野介の亡骸は十八日の夜に牛込の萬昌院へ移され、そこに葬られることになった。

この日から世論は大石達赤穂の浪人を称賛し、吉良家は貶《さげす》まれることになる。傷の養生をしながらその様子を冷めた目で見ていた義周は、そこに幕府の意向というものを感じた。いや、幕府の誰かの作意のようなものを感じた。そして、〈誰が、何のために〉義周は絶えずそのことを考えていた。

別離

高島藩では義周、孫兵衛、新八郎の警護に関して実に細々としたことにまで及ぶ通達が家臣達に出されていた。

一　吉良義周の居所は申すに及ばず、左右田孫兵衛、山吉新八郎のことは一切話してはならない。

一　孫兵衛、新八郎には油断しないこと。

一　世間の噂話をしないこと。

一　孫兵衛、新八郎には家の様子を知らせないこと。
一　番人は義周へ無礼なきようにつとめること。
一　衣類は御定めの通り、木綿とすること。
一　義周の前に出る者は脇差、扇子、鼻紙袋を番所に置いてからにすること。
一　他所の者は一切城内に入れないこと。

最初に義周が目にしたのは、義周の鼻紙を家老の千野兵部が箱に入れて封印し、それを受け取った諏訪図書が長持に納めるという異様な光景だった。義周が外部と連絡をとらないための行動だったが、この時、義周は己が罪人であることを改めて知らされるのである。

また、義周に関することは家臣では決めることが出来ず、一々飛脚を立て、参勤で江戸にいる藩主・諏訪忠虎の判断を仰ぎ、許可をもらわなければならなかった。

最初に忠虎の許可をもらうために飛脚を立てた内容は、

「義周殿が眼病を患った時の医師は宮坂養漸に、また、左右田孫兵衛、山吉新八郎の両名が患った時、腫れ物が出来た時の治療は大山了仙にやらせたいが如何？」

というものだった。その後も時には毎日のように忠虎への飛脚が立てられた。

二月二十一日には、

「義周殿は絵を描くことを好んでいるが、慰みのために紙や絵筆を与えてもよいか？」

翌二十二日には、

「義周殿の月代《さかやき》、髭を剃る時は鋏を使うべきか、剃刀を使ったほうがいいか？」

を問い合わせる飛脚が立てられたが、このようなことも忠虎に伺いを立てなければならなかったのである。その後も、

「義周殿が煙草を呑むことを望んでいるが、これを許してもいいか？　もし、許した場合は煙草は出したままにしておき、寝る時に片付けたいが、それで如何か？」

こんなことまで忠虎の指示を仰いでいる。そのお陰で、義周は何をするにも十日近くの時間が必要だった。無論、それに対し義周も孫兵衛、新八郎も不服を申し立てることは許されなかった。

「殿、暫くの間の辛抱でございます」

孫兵衛が、短気な所のある義周の性格を心配して言うと、義周は、

「心配するな、孫兵衛。このようなことで腹を立てていたら、わしは毎日腹を立てていなければならなくなる」

と言って笑った。

この間、義周は病気をすることもなく毎日を過ごしていたが、義周が実父綱憲に似て体が弱いので、孫兵衛、新八郎はひと安心だった。

だが、義周は面には出さなかったが全てが規制だらけの中での生活に次第に戸惑いと憤りを積らせていた。そして、そのことが次第に義周の体を蝕んでいったのである。

高島藩の家臣達の中には、そんな義周に接しているうちに同情を寄せる者も次第に増え、義周、孫兵衛、新八郎の衣服の替えが充分でなかったので、江戸の忠虎宛に、

「義周殿の衣類は替え着も無く、昼夜同じ物を着ているために垢が付いていたので孫兵衛、新八郎の両名に義周殿の衣服の洗濯をするよう申しつけました。また、両名には当分の間、紬《つむぎ》の普段着を下されたら如何でございましょう」

という内容の書状を送っている。

孫兵衛も新八郎も義周の着物を洗濯しながら泣いた。洗濯をすることを屈辱と思って泣いたわけではない。垢の付いた着物でも着ていなければならない義周の心を思うと、無念さで自然と涙が出てくるのであった。

「何時《いつ》までこのような屈辱に耐えなければならないのでしょう」

新八郎は若いだけに心の中の思いをそのまま口にした。

「そんなことは分からぬ……」

孫兵衛は怒ったように一言言ったきり、あとは黙ったまま義周の着物を洗っていた。

孫兵衛は義周のためならどのような屈辱も甘んじて受けようと覚悟を決めていた。内蔵助達が襲撃してきた時、吉良家の家老として上野介を守れなかったばかりでなく、義周も守れず、吉良家が改易となったことで、孫兵衛はずっと己を責め続けていたのである。孫兵衛は吉良家がどのような形でも再興されるのか、しかと己の目で見ようと思っていた。自分だけでない、

義周にもその日まで何としても生き延びてもらいたかった。

洗い物をしながら孫兵衛は新八郎に尋ねた。

「今日は何日だ？」

「三月の十日ですが」

「十日か。間もなく月命日になるな」

早いもので赤穂の浪人達に、上野介が討たれてから三ヶ月が経とうとしていた。それは孫兵衛が倅の源八郎を喪ってから同じだけの時間が経ったことでもあった。

「私はまだ夢の中にでもいるような気がします」

「それはわしも同じだ。何が何だか分からないうちに、今、諏訪に来てこんな毎日を送っている」

三月も下旬になり、諏訪にも春の気配が濃くなった頃、義周の傷はほぼ治り、医師の大山了仙の診るところではもはや膏薬を付ける必要もなくなっていた。そして新八郎も同様に回復していた。瀕死の重傷だった二人の傷が僅か三ヶ月で治ったのはやはり若いだけあって回復力も早いのだろうが、了仙は、

「治ったと言ってもそれは表面上のこと。傷も癒えないうちに江戸からの長旅をなさったうえに、水も変わっていますので、決して油断なさらずに養生をお続け下さい」

と忠告して帰っていった。

三月の晦日、義周に袷《あわせ》が与えられた。

この間、義周、孫兵衛、新八郎の新居となる南の丸の建築は順調に進んでいたが、義周にとって残念だったのは、望んでいた茶の湯を楽しむことができる場所がなかったことだった。幼い頃から上野介と富子から茶の湯の手解きを受けていた義周は、茶を点てながら心のうちで上野介、富子、綱憲、そして碧とゆるりと話をしたいという気持ちを持っていたが、それは叶わぬことになった。

四月十六日、いよいよ義周達は完成した南の丸へ移ることになったが、この時、義周の乗り物には錠がかけられ、孫兵衛、新八郎にはそれぞれ警護の者がついた。

南の丸に着いた義周は、今までに比べはるかに広々とした中で生活できるだけでもほっとしたが、義周にとっては息の詰まるような毎日から解放されるのだからそれも当然だった。

南の丸の中をひと通り歩き回った後、義周は一人庭に出てみた。するとすぐに数名の高島藩の家臣が義周の後について来て、離れた場所から義周の様子を探っていたが余り気持ちの良いものではなかった。

「殿が逃げないように監視しているのでしょう」

何時の間にか新八郎が義周の傍らに来てそう言いながら笑った。

「誰も逃げはせぬのにな」

「あの者達も殿と同じ考えでございましょうが、命令とあればああするよりないのでしょう」

「誰の命令だ？」

「忠虎様……いや、幕府の命令でしょう。まあ、幕府は口に出して言いませぬが」

「ご苦労なことだのう」

住む所は広くはなったが、監視された中での生活に変わりがないことに気付き、義周は嫌な心持ちがした。そんな義周の心を見透かしたように新八郎は、

「まあ、住めば都と申します」

と言って、快活に笑った。

その月、義周達にとって大きな喜びがあった。以前から孫兵衛が高島藩の家臣、五味吉左衛門を通して願い出ていた身内の者との手紙のやり取りの許可が二十五日になって下りたのである。

義周はこれ以降、今は梅嶺院と名を改めた富子と手紙のやり取りをするようになる。無論、手紙を出す時も受け取る時も高島藩の人間が中を改めるという条件付きであった。しかし、これによって義周は綱憲の体の具合などを知ることが出来るようになったのである。それは孫兵衛、新八郎も同様だった。

だが、手紙の内容で許されたのはそれぞれの現在の健康状態についてのみで、赤穂の浪人達の襲撃以後の吉良家に対する世間の評判などを尋ねることも伝えることも禁じられた。これは幕府の意向であり、高島藩の考えであった。殊に高島藩としてはそれらによる義周への精神的

な影響を怖れていた。しかし、手紙の内容がどのようなものであれ、そんなことは義周にとっても孫兵衛、新八郎にとっても些細なことであった。三人にとって肉親の者と手紙を交わし、互いが健康であり、無事に毎日を送っていることを知らせることのほうが重要だったのである。

五月に入ると、孫兵衛、義周は相次いで病気に罹《かか》ったが、この後、三人揃って健康でいる時のほうが珍しいという状態になった。江戸と諏訪の水の違いがそうさせるだけでなく、義周と新八郎は了仙が言ったように傷は癒えたものの、本復はしていなかったのである。

最初に孫兵衛が眼病になったが、これは以前からのものが再発しただけで大事にはいたらなかった。

次に病を発したのは義周で、五月六日に持病の疝気を発病するが、この時の病状は軽く、医師延川雲山の処方した薬により三日後の九日には完治している。だが、この後に義周は度々病を発するようになっていった。

六月になると風邪をひき、七月十日からは瘧《おこり》（高熱による震えが起こる病）が八月十七日まで続いた。

こうした中、八月の晦日に参勤を終えて諏訪に帰ってきた忠虎が義周を見舞った。吉良家に対して厳しい見方をする風潮が強い中にあって、忠虎は吉良家に対してというより義周に対して同情的だった。それは忠虎が義周に、諏訪の地に五十八年生き続け、天和三年七月三日に九十二歳で死んだ松平忠輝の姿を重ね合わせていたからであった。

忠輝は上野国藤岡に蟄居《ちっきょ》を命じられた後、元和二年七月六日に伊勢国朝熊《あさま》に配流となり、次いで四年三月五日に飛騨国高山城城主・金森重頼に預けられるが、忠輝の生活は荒れに荒れ、遂に重頼は役目の辞退を申し出た。この間忠輝は元和七年に生母・阿茶の死の報せを受け、二年後の同九年には仲の良かった結城秀康の嫡男・松平忠直の豊後への配流の報に接している。

松平忠輝が諏訪に流されたのは寛永三年、初代藩主・諏訪頼水の時であり、忠輝は三十四歳だった。その後忠輝は、二代藩主・諏訪忠恒、三代藩主・諏訪忠晴の時代を過ごしたが、忠虎が知る忠輝は大人しく、穏やかな人間だった。生母の死と親友の配流が忠輝を変えたのである。殊に忠輝の心の支えになっていた阿茶の死以降、年と共に忠輝の心にも落ち着きが生まれた。ただ、それは諦めの気持ちがそうさせたのかもしれない。寛永十年には、忠輝が阿茶の侍女・お竹に生ませた子の徳千代が岩槻城城主の阿部家へお預けになっている時、自室に火を放って自殺するという悲劇に遭っているが、その報せを聞いた忠輝は別に取り乱すこともなく、ただ静かにその報せに耳を傾けていただけだった。この時、忠輝は四十一歳である。

「風邪のほうは如何かな」

忠虎は部屋へ入ってくるなり義周に尋ねた。

「すでに全快いたしました」

「それは何より」

義周が春頃から病気がちだと聞いて、義周の体のことを案じていた忠虎だったが、思いの外元気そうなので安心した。

忠虎は義周に忠輝のように諏訪の地で果ててほしくなかった。義周はまだ二十一歳。この後十年でも二十年でも生きていれば大赦によって江戸に帰ることができる可能性があるのだ。幕府では何か祝い事がある時に大赦を行うことがあったが、その最たるものは新しい将軍が生まれた時であり、義周の場合、それは五代将軍綱吉の死を意味していた。

忠虎は綱吉の年齢を数えてみたが、綱吉は五十八歳で、この後十五年も二十年も生きている可能性は極めて低い。忠虎は心の中で、

「あと、十年か二十年の辛抱ですぞ」

と義周を励ましていた。

大名の中には冷静に判断して、この度の幕府による吉良家への裁定が余りにも過酷過ぎると思う者も多く、忠虎もその中の一人だった。だが、それを口にする者はいなかった。というよりも口にできなかった。それは将軍綱吉を批判することになるからだった。更に赤穂の浪人達の人気の高まりと、吉良上野介と、脱盟していった赤穂の浪人達に対する反感は尋常と言えない程で、迂闊に吉良家を擁護できるような雰囲気ではなかったのである。

忠虎は赤穂の浪人達の吉良邸への襲撃は、単なる押込み強盗と何ら変わらないと思っていた。それだけに配流の身になった義周を哀れに思い、出来得る限りのことをしてやろうと思ってい

たが、幕府の目もあり、それにも限界があった。

「このように部屋の中ばかりにいるのは体にも毒。少し庭に出ましょう」

忠虎はそう言って義周を庭に誘い出した。庭の隅には義周を監視している家臣達の姿が見えたので忠虎は、

「その方達は暫くの間、下がっていよ」

と命じた。

日差しはまだ夏のものだったが、時折吹く風は秋を思わせ、心地よかった。

「あのような者達に一日中監視されていて、さぞ窮屈な思いをしていると思われるが……」

「いや、私の立場からすれば当然のことと思われます」

忠虎は義周の受け答えに妙に大人びたものを感じた。

「諏訪に参られてからどのくらいに？」

「半年余りになります」

「もう半年になりますか」

「あっと言う間です」

「やはり江戸が恋しいと思われますか」

「思わないと言えば嘘になります。しかし、幕府の命令とあれば致し方のないこと。それに、この諏訪の地で生涯を終えた松平忠輝様もおります」

「義周殿は忠輝様のことをご存じか?」

「多少は」

「忠輝様が亡くなって、早いものでもう二十年の歳月が流れております」

「忠輝様は諏訪の地に五十八年も生き続けたとか」

「左様」

「我らはまだ半年にしかなりません。そのうちに諏訪の水に体も慣れて参りましょう。それに母上からの手紙で江戸の様子なども知ることができますから」

「江戸のことも書いてあるのですか?」

「いや、誰が何をしたとか、何があったということだけですが、多少のことは分かります」

義周や孫兵衛、新八郎が親類の者とやり取りする手紙は必ず藩の者が検閲をすることになっていたが、当初内容に関して厳しかった検閲も、今ではほとんど形式的なものになっていた。無論そのような指示を出したのは忠虎だったが、義周達のほうでもどこまで書いてよいのかが分かるようになっていた。

その頃、義周にとって心の支えとなっていたのは、梅嶺院と名を改めた富子との手紙のやり取りと、何時の日か実父・上杉綱憲と再会することだった。

忠虎は義周を見つめながら、強い口調で、

「義周殿……決して諦めてはなりませんぞっ」

と言った。

「拙者はそれ程遠くない時期に幕府からの許しが出ると思っております。まあ、それまでは諏訪での暮らしを楽しんで下され。江戸のような華やかさはござらぬが、田舎には田舎の独特な味わいがあって、これはこれでいいもので、参勤で江戸に居る時、無性に諏訪に帰りたくなる時があります。そんな時は、諏訪の景色が夢の中にまで出て参る。ただ、冬の寒さだけはどうも……。寒いのがちと苦手でしてな」

忠虎はそう言うと大声で笑った。

「義周殿がお望みの物があれば何なりと家臣に申し付けて下さい。まあ、全てがお望み通りというわけには参りませぬが、出来得る限りのことはやらせていただきます」

忠虎がそう言って立ち上がろうとした時、義周は、

「それでは笛を」

と言った。

「笛？」

「はい」

「それは構いませぬが、当家にある笛で義周殿の気に入る物があるかどうか。一両日中に家臣の者に持って来させますから、その中から義周殿のお気に入りの物をお選び下され」

「いや、笛は持ってきております」

義周が持ってきた笛というのは、碧の形見の笛のことだった。

「左様でござるか。それでは明日にでも持って来るように命じておきましょう。拙者も義周殿の笛を聞きたいのですが、この後用事がありましてな」

「それでは笛を吹いても？」

義周は嬉しそうに聞いた。

「お好きな時に心行くまで。幕府も野暮なことは申しますまい」

翌日、忠虎が約束した通りに家臣の者が義周の笛を届けにきたので、その日から義周は日に一度必ず碧の形見の笛を吹くようになった。

ある日のこと、夜半に月の明かりの下で義周は笛を吹いていた。何故か碧のことがしきりと思い出されて寝付くことが出来なかったからである。

「妹が殿に初めて吹いた曲ですな」

何時の間にか義周の後ろに座っていた新八郎が懐かしそうに言った。

「何時からそこに座っておった？」

「殿が笛を吹き始めて間もなくでございます」

「そうか。全く気付かなかった」

「それだけ笛を吹くことに心を奪われていたのでしょう」

「今夜は何故か碧殿のことが思い出されてな。それで形見の笛を吹いていたのだが」

「今日は妹の生まれた日でございます」

「今日は何日じゃ？」

「九月六日でございます」

「そうか。碧殿が誕生日の祝いにと笛を一曲求めたのかも知れぬな？」

「かも知れませぬ。殿はまだ妹のことを？」

義周は軽く頷いた。暫くの間、義周も新八郎も空にかかる月を見ていたが、義周は再び笛を吹き始めた。

笛を吹いている間、義周は出会った頃からの碧の顔、姿を思い浮かべ、新八郎は若くして死んだ妹のことを偲んでいたが、義周が妹のことを忘れずにいてくれたことが嬉しかった。幼い頃から病弱だったためにほとんど外へ出ることもなく、男を愛することもなかったであろう碧にとって、義周は碧が愛した唯一人の男だったに違いないからである。


元禄十七年の正月は、義周達が諏訪で迎える初めての正月だったが、前年の十二月の晦日に忠虎から義周、孫兵衛、新八郎の三人に小袖が二枚ずつ与えられただけで、料理も普段とさほど変わらない寂しいもので、義周は上野介が生きていた頃の華やいだ正月を思い出さずにはいられなかった。

年が変わっても義周の生活はさしたる変化がないまま過ぎた。気が向けば絵筆をとって庭の梅の樹や部屋から見える景色を描いて過ごしていた。

義周、孫兵衛、新八郎は、この頃、江戸、上方では大石内蔵助達の評判が日増しに高まり、それにつれて上野介は大変な敵役となっていることなど知らずにいた。忠虎が家臣は無論、出入りの者にもそのような話をすることを厳しく禁じていたからである。

年が明けて暫くすると、義周の部屋への孫兵衛、新八郎の出入りはこれまでより自由になっていた。それは忠虎の意向だったが、家臣達にしてみれば、出来得る限り三人を分けておきたかった。そのほうがそれぞれの監視がやりやすかったためで、義周に何か不都合なことが起こった場合、それは藩全体の問題になりかねなかったからである。

義周、孫兵衛、新八郎にとって三人で集まって話をすることは、何よりの楽しみだった。これと言って特別なことを話すわけではなく、江戸での日々を懐かしむだけのことだったが、僅か数ヶ月前の赤穂の浪人達に襲撃されたことも遠い昔のことのように思えていた。

時折、義周は綱憲の容態について二人に尋ねることがあったが、無論、手紙を検閲されているために二人とも知る由がなかった。義周にとって一番気がかりだったことは、その後の綱憲の容態であった。

大石達に襲撃された夜の吉良邸での茶会、俳句の会に綱憲は健康上の理由で参加することが出来なかった。その後、義周が諏訪に流されるまでの間に、義周は度々綱憲を見舞い、家臣に綱憲の容態について尋ねたが、

「以前とお変わりなく」

という返事だけだった。

義周からの手紙にそのことを書くことは憚られたし、梅嶺院からの手紙にも綱憲のことは触れていなかった。

義周は綱憲の病は快方に向かっているのだと思うようにしていた。上野介や多くの家臣を失った心の傷は癒えてはおらず、これ以上身近な者を喪うことには耐えられなかったからである。ましてやそれが自分と血の繋がりのある人間なら尚更であった。

しかし、そんな義周の思いを裏切るように六月二日に綱憲の訃報が届き、続いて二ヶ月余り経った八月八日に、それまでずっと義周を励まし続けてくれた梅嶺院が亡くなったという報せが届いたが、それは義周を支え続けてきた二本の柱が崩れ去ったことを意味した。

高島藩から八月十四日に三沢猶右衛門がお悔やみを述べに訪れ、続いて家老・千野兵部が弔意を述べに義周のもとを訪れている。

二人は義周の顔を見て、その容貌の変わり様《よう》に内心驚きの声を上げた。義周の頬はこけ、体全体から生気というものが感じられなかったからである。

〈悲しみの余り、死ぬのではないか〉

義周の前を下がった二人は同様のことを思ったが、それ程義周の落胆ぶりは凄まじかったのである。

孫兵衛、新八郎も同じように危機感を持っていたが、憔悴しきった義周に掛ける言葉は無かった。

幸いにも、義周は次第に心の平静を取り戻していったが、描く絵から大らかさは失われ、時折吹く笛の音にもただ悲哀のような響きだけが感じられるようになっていた。

新八郎は、何とか義周に昔のような心の明るさを取り戻して欲しいと願っていたが、梅嶺院の死はあまりにも大きく、義周は人と会うのを嫌うようになっていたため、なかなか二人きりで話す機会はないままだった。

或る日、新八郎は義周の部屋へ行くと、

「久し振りに殿の笛が聞きたくなり、やって参りました」

とだけ言った。

「笛?」

「左様でございます。ここ暫くの間、殿は笛を吹いておりませぬ」

「そう言われれば、吹いておらぬの」

「笛ばかりか、絵も描いておられぬ様子」

「確かに描いておらぬが、今は何となくそのような気持ちになれぬのだ」

「そこを一つ、この新八郎のためにお願い致したい。笛も絵も両方と欲張ったことは申しませぬ。今日は是非笛をお聞かせ下さりませ」

義周はその気になれなかったが、何度も求められたため、ようやく笛を吹いた。音はどこまでも物悲しく、まるで死者の魂魄を呼び寄せているかのようだった。

〈殿の心にはもう綱憲様、上野介様、梅嶺院様、そして碧の四人しかいないに違いない〉

新八郎には、そのように思えた。

笛を吹き終えると義周は立ち上がり、縁側から外の景色を暫く見つめていた。いつの間にか木々の葉は黄色や紅色に染まり出している。義周が悲しみに沈んでいる間に季節が秋へと変わろうとしていた。

「殿、庭に降りてみましょう」

新八郎は強引に義周を外に連れ出した。わずかに吹きつける風にも秋の匂いが感じられた。

「如何でございます。殿はほとんど外へ出ようとはなさらぬようですが、こうやってたまに外へ出て自然の息吹に触れるのもお体のためになります」

「そうだの」

義周は気のない返事をした。

「殿は江戸へお帰りにはなりたくないのですか?」

新八郎は強い口調で義周に聞いた。

「帰りたくないわけはあるまい」

「ならば何故もっと心を強くお持ちになられませぬ。今のままでは殿が江戸に帰れるなどは夢のまた夢」

「夢？」

「左様。こう言っては何でございますが、殿は元々お体が強いほうではございませぬ。今のような状態が続けば江戸には帰ることはできますまい」

義周は黙ったまま新八郎の言葉を聞いていた。

「殿はこのままこの諏訪の地で果てるおつもりか？」

「そんなつもりはない」

「ならば江戸に帰るためにもお心を強くお持ち下さい」

「何時まで？」

「それは分かりませぬ。ただ、これだけは忘れずにいていただきたいのです。殿は、幕府とお一人で闘っているのだということを。一日でも十日でも長く生き続けることが殿の戦なのでございます」

「長生きせよということか？」

「左様でございます。幕府が根負けして、殿を江戸に帰すまで生き続けるのです」

「幕府が根負けするほど長生きをするか」

義周の顔に微笑が浮かんだ。

「上野介様も綱憲様も梅嶺院様もそのことをお望みのはず」

「碧もそれを願っておるか」

「勿論でございます」

その時風が強く吹いてきた。

「これは長居をしすぎました。お部屋にお戻り下さい」

その日以来、ともすると弱気になる義周を励ますことが新八郎の役目となった。

宝永二年（前年の三月十三日から元号は元禄から宝永に変わっていた）の正月は過ぎ、春から初夏へと季節は移っていた。

「新八郎。もうすぐ父上と養母《はは》上が亡くなって一年になるな」

「もう一年になりますか。まことに時が経つのは早いものでございますな」

「我らが諏訪に来てから三年目じゃ。江戸に戻ることは出来るだろうか？」

「何を気の弱いことを。幕府との根競べですぞ」

「そうだったな。わしは生きている間に一度でよいから父と養母の墓参りをしたいと思っておる。それに、碧の墓もな。今はただそれが望みじゃ」

「今少し御辛抱なさいませ。この諏訪の地にこうしているのもそう長いことではございませぬ」

「そうかな？」

「この度のことで吉良家に何の落ち度がございましたでしょうか？　今回ばかりではございま

せん。江戸城に於ける浅野内匠頭の刃傷でも大殿に何の罪がございましたか？　みな浅野の逆恨みから出たこと。赤穂の浪人達も内匠頭の裁きに不満があれば幕府に申し出ればよかったまでのこと。それだけの度胸も意気地もないがために、その不満を吉良家に向けてきただけのことではございませんか」

義周は新八郎の言葉を黙って聞いていた。

「幕府は何の落ち度もない者を罰しているのですから、後二、三年、いや五年もしたら晴れて江戸へ帰ることが出来ましょう」

「しかし、理屈はいくらでもつけられる。わしの場合もあの夜の所業《しょぎょう》がけしからぬということだったが、子として親を守ろうとするのは当然のこと。幕府は子が親を守ってはならぬと言いたいようじゃのう」

「殿、ここはゆっくり待ちましょう。それよりも何か花の絵でも描いていただきとうございます。拙者は花を活けたりすることは全くできませぬから、殿の描いた絵を見て楽しみたいと思います」

「花の絵をか?」

「今すぐにでなくても結構でございます。殿の気が向いた時で結構でございます」

「分かった。近いうちに何か描いてやろう」

「楽しみにしております」

だが、義周はその後も絵筆をとろうとはせず、あれほど吹いていた笛もほとんど吹くことはなくなっていた。新八郎には義周が心身共に更に弱ってきているように思えた。食事をとる回数は変わらないが、明らかに食が細くなっていたからである。

十月十三日、義周は持病の疝気を発病した。この時は幸いにも良庵の薬により軽く済んだが、二十一日には高熱と全身の震えが出てくるようになった。

義周の病状は、幕府の役目で大坂に居た忠虎にも逐一飛脚によって知らされたが、書状を受け取った忠虎は、何としても義周に病に打ち勝ってもらいたいと願った。諏訪に帰った忠虎は義周と四度ほど会ったが、何時かこの若者に惹かれるものを感じた。多分に同情の念があったには違いないが、義周とは何度でも会って話をしてみたくなる魅力があった。しかし、忠虎が大坂での役目を終え諏訪に帰ったら、また義周と心行くまで話をしたいと楽しみにしていた矢先に、これまでにない重い病状を告げる書状が届いたのである。

悪寒と発熱、震えを繰り返す義周は、十一月六日に一時快方に向かったが、十二月一日に病が再発したのである。

孫兵衛と新八郎は五日の日から義周の枕元に付きっきりの状態になった。

ひどく苦しむ様子はなかったが、生きることへの執着が義周から感じられず、ただ静かに己に死が訪れるのを待っているかのように感じられた。

義周自身、江戸へ帰ることを願って、生きることへの執着心を持った時があったが、やはり上野介、梅嶺院、綱憲、そして碧の死は義周から徐々にその気力を奪っていったのである。

　時折義周は目を覚ますが、暫くの間孫兵衛と新八郎の顔を黙って見つめているだけで、何も語ることもなく、再び眠りについてしまう日々が続いていた。

「殿、忠虎様から小袖を頂戴いたしました」

　新八郎が、二十七日に正月用にと小袖を渡されたことを義周の耳元で告げると、義周は
「今日は何日じゃ?」

　と尋ねた。

「二十七日でございます」

「もうすぐ正月じゃのう」

「はい。それまでに殿も病を治し、孫兵衛殿と三人で盛大に新年を祝いましょう」

「盛大にか?」

「はいっ」

　義周の目にも、新八郎、孫兵衛の目にも涙が浮かんでいた。

「江戸にいた頃のようにか?」

「左様でございます」

　だが、孫兵衛にも新八郎にも義周が新年を迎えることが出来るかは分からなかった。

　再び義周は眠りについたが、暫くして目を覚ますと嬉しそうな声で新八郎に話し掛けた。

「私は今夢を見ていた」

「どのような夢でございました？」

「養父上《ちち》と養母上《はは》が出て参ったが二人とも何も言わず、ただ微笑んでいるだけでな。私には二人が『早く来いっ』と呼んでいるように思えた」

新八郎は義周の言葉に不吉なものを感じ、義周の言葉を打ち消した。

「いや、お二人とも殿のお体を心配なさっておられましたが、快方に向かっていると分かって喜んでいるのでございます」

「そうかな」

「間違いございません。先ほど殿がお休みの時に良庵殿に殿のお体の様子を聞きましたところ、あと四、五日もすればお加減も大分よくなると申しておりました」

「そう言っておったか」

「はっ。これで拙者も一安心といったところでございます」

だが、新八郎の言葉は嘘だった。良庵は、

「まことに申し上げにくいことでございますが、義周様のお体はもって一月か、二月でございましょう」

と答えたのである。

「それほど悪いのか？」

良庵は黙って頷いた。

「一番の問題は義周様に何処か諦めのようなものが感じられることでございます」

「諦め？」

「はいっ。生きることへの諦めと申せばよろしいかと。これでは薬の効き目も半減致します」

義周は、

「疲れた」

と言うと眠ってしまった。人と僅かな時間話をしただけですぐに疲れるほど義周には体力も気力も無くなっていた。

義周の寝顔を見ているうちに新八郎は涙が溢れてくると共に、幕府への激しい怒りがこみ上げ、「何故ここまで吉良を憎む！」と新八郎は心の中で叫んでいた。

義周の病状は逐一大坂に居る忠虎のもとに知らされた。忠虎はその書状を読みながら、義周の歳を思うと、ひどく哀れに思え、今年の正月は幕府の手前質素なものにしたが、今度の正月は普通に祝うようにと命じた書状を家臣に送った。忠虎は、これまでの義周の書状の内容から考えて、義周にとって今度の正月が最後になるに違いないと思ったからである。

幸いにも義周の病状は幾分持ち直し、宝永三年の正月は高島藩の家臣達も加わり、前年の正月とは打って変わって賑やかな正月となった。孫兵衛も新八郎もこれが義周と迎える最後の正月になるという覚悟は出来ていたが、そのことを悲しむより、義周と共に新しい年を迎えられた喜びのほうが大きく一時は良庵に年を越すのは難しいのではないかと言われただけに尚更であった。

義周との新年の祝いは一刻ほどで切り上げることにした。義周の顔には疲労の色が濃く滲んでいたからである。

それから数日の間、義周は体の調子が良いのか、床から起き上がって暫くの間孫兵衛、新八郎と長い時間話をすることはあったが、その後は再び以前と同じ状態に戻ってしまった。

ある日、新八郎が義周の枕元に碧の形見の笛が置かれているのに気が付き、その笛を手にとって見ていると、何時の間にか義周が目を覚まし、

「それは孫兵衛に頼んでそこへ置いてもらったのじゃ。気分の良い時にでも吹こうと思ってな」

と言った。

「左様でございましたか。その時は拙者を呼んで下さい」

しかし、義周は力無く首を左右に振った。

「そちには申し訳ないが、わしにはもうその笛を吹く力は無いようじゃ。その方は笛が吹けるか?」

「殿のように見事には吹けませせぬが、多少は」

「何だ、その方、笛が吹けたのか」

「はっ。昔、妹に習いましたが、どうやら拙者にはそのほうの才能はないようで、余り上達もせず、何時しか止めてしまいました」

「剣のようなわけにはいかぬか？」

「ですから、今まで、人前で吹いたことはございませぬ」

「一度もか？」

「一度もございませぬ」

「だが、今、わしのために吹いてくれぬか」

義周の急な言葉に新八郎は戸惑ったが、

「それでは」

と義周に一礼した後、碧に教えてもらった曲を吹いた。笛を吹く間、涙が新八郎の頬を伝って落ちた。

義周は目を閉じて新八郎の笛を聴いていたが、新八郎が吹き終えると、

「碧の好きだった曲だな」

と懐かしげに言った。

「どうも殿のようには参りませぬ」

新八郎は笑いながらそう言うと、笛を袋に入れ、元あった場所に戻した。

「礼を言うぞ」

それが義周の最後の言葉だった。その夜から義周の容態は急に悪化し、十九日の夕方には危篤に陥り、小便が出なくなると共に息も荒くなってきた。

「殿」

「お気を確かに」

「生きて江戸へ帰るのではなかったのですか」

孫兵衛、新八郎は叫び続けたが、義周にはそれに応える力はもはや無かった。

義周の危篤を知らせる飛脚が大坂の忠虎と江戸の幕府に出されたが、翌二十日卯の刻（午前六時頃）、義周は二十一年という短い生涯を閉じたのである。その亡骸は幕府の検死のため、塩樽の中に入れられ、塩漬けにされた。

義周死去の報せは、危篤を告げる飛脚の後を追うようにして江戸と大坂に送られた。

義周の訃報を受けた忠虎は、暫く呆然としていた。

「殿、如何なされましたか？」

「二十日の朝に義周殿が亡くなられたそうじゃ」

「左様でございますか」

家臣の者には忠虎がひどく落ち込んでいるように見えた。

「義周殿には何としても生きていて欲しかった。生きていれば江戸に帰ることが出来たかもしれぬのに。二十一か。若いのう、若すぎる」

忠虎は義周が死んだことが口惜しくてならぬと同時に、残念でならなかった。

忠虎の耳には一度だけ聞いた義周の笛の音が甦ってきたが、細く、物悲しいその音色は義周の生涯そのものだったように思えた。

忠虎は家臣に義周を丁重に弔うよう命じた。

「幕府の手前もあると存じますが」

家臣は聞き返したが、

「幕府の検死役の者が帰った後なら如何ようにもなる」

「では、義周様の供の者と相談して決めようかと存じますが、それでよろしゅうございますか?」

「そうしてくれ」

「では、さっそくその旨を書状にし、飛脚を出します」

その夜忠虎は家臣の者を遠ざけ、一人酒を飲んだが、それは義周を弔うためのものだった。

江戸には両角十郎右衛門、沢茂兵衛の両名が遣わされたが、両名が諏訪を発ったのは二十日の卯の下刻（午前七時頃）で、江戸に着いたのは二十二日の昼前だった。

義周の死の報せを受けた幕府の対応は、実に冷淡なものだった。

幕府は二十七日に御書院番の石谷七之助を検死役として高島藩に派遣することに決めたが、七之助が江戸を発ったのは二十九日であった。その後二月三日に下諏訪に泊まり、翌四日の午《うま》の刻（昼頃）に柳口役所に着くと、昼食をとった後に南の丸の義周の亡骸の検分を済ませ、すぐに柳口へ戻ってきたが、僅か半刻のことだった。そして七之助は家臣の者に、

「何処か、適当な場所へ埋めておくように」

と命じただけであった。

柳口に戻ると、七之助には三汁九菜の料理と蕎麦が、そして供の者にも二汁五菜の料理と蕎麦が出された。

その日、七之助は下諏訪に泊まり、五日には江戸へ帰って行ったが、それはまるで義周の検死に名を借りた物見遊山のようなものだった。石谷七之助の振る舞いには孫兵衛、新八郎だけでなく高島藩の家臣達も激しい憤りを覚えたが、七之助が居る時にそれを面と向かって言う者はいなかった。七之助は義周の遺骸《いがい》を、

「取り捨てにしておけ」

と命じたが、それを確認することもなく、すぐに下諏訪へ向かったので孫兵衛、新八郎、高島藩の家臣達は義周の亡骸を密かに運び出し、法華寺に埋葬した。法華寺は臨済宗妙心寺派に属し、吉良家の菩提寺の華蔵寺と同宗だったからである。

義周の亡骸を埋める時、新八郎は碧が義周に形見に残した笛も一緒に埋めてもらうことを高島藩の家臣に願い出た。

「恐れ入りますが、この笛も一緒に埋めていただけまいか」

「これは御貴殿が義周様の形見として持っていたほうがよろしいのでは？」

「いや、これはある者が自分の形見にと殿に残していったもの。何卒、殿と一緒に埋めていただきたい」

「左様の物ならば」

「その前に」

新八郎は義周に対する永遠の別れを告げるため、以前義周の前で吹いた曲を吹いた。


二月十五日に孫兵衛と新八郎は諏訪を発って、江戸へ向かうことになった。

二人は十日の間、帰る支度に追われていたが、六日には大坂より忠虎の代理の者が遣わされ、義周へのお悔やみを述べている。そして忠虎の命により、孫兵衛と新八郎の休息所と泊まりは次のように決まった。
一　十五日、休息は金沢町。泊りは台ケ原。
一　十六日、休息は韮崎。泊りは勝の沼。
一　十七日、休息は黒野田。泊りは犬目。
一　十八日、休息は四瀬。泊りは日野。
一　十九日、休息は高井戸。江戸着。
この他にも人足、馬に関する細々とした指示が忠虎の代理人の赤沼七郎右衛門によってなされた。

そして、藩が預かっていた義周、孫兵衛、新八郎の私物は一つ一つ確認のうえ両人に返された。

いよいよ十四日、江戸へ発つ前日、孫兵衛と新八郎は
「殿の御墓所に石塔を自然石で建てて欲しいのですが」

と三両の金子を添えて申し出た。無論、寺も喜んで引き受け、立派な石塔が建てられて、そこには「宝永三丙戌天　宝燈院殿岱獄徹宗大居士　神儀　正月廿日」と刻まれた。

十五日、大勢の高島藩士に見送られ孫兵衛、新八郎は江戸へ向かった。江戸までの道中の間、二人は余り言葉を交わすことはなかった。しかし、明日は江戸に到着するという十八日の夜に、孫兵衛と新八郎は互いの苦労を労うように、酒を呑みながら諏訪でのことをあれこれと語りあった。

「三年ですな」

新八郎はぽつりと言った。

「三年になる……。長いようで短い三年間であったな」

孫兵衛は溜息をつきながら同じことをもう一度言った。

「殿と一緒に江戸に帰りたかった」

新八郎はそう言うと障子を開けた。吹く風は冷たく、空には月が煌々と輝いていた。

江戸に戻り挨拶を済ませると、新八郎は米沢に、孫兵衛は吉良にと、それぞれの郷里に帰って行った。後に諏訪でのことを聞かれても二人はほとんど話そうとはせず、同じように、

「つらい三年だった」

と答えるのみだった。

この後、孫兵衛は静かに余生を送り、享保八年（一七二三）に死去している。享年八十八歳だった。そして新八郎は、五石三人扶持で再び上杉家に仕え、宝暦三年（一七五三）に死去している。享年八十三歳。

義周が死去してから約七ヶ月の後に、将軍綱吉の生母桂昌院の一周忌法要が行われ、大赦が行われた。この大赦によって伊豆大島に流されていた吉良邸襲撃に加わった赤穂の浪人達の遺児も許され、九月七日に江戸に帰ってきている。

そして三年後の宝永六年（一七〇九）一月十日、五代将軍綱吉が没し、同年五月一日に甲府宰相綱豊を六代将軍家宣として宣下したのに伴って、八月二十日に将軍綱吉薨去《こうきょ》による大赦が行われた。

これにより、宝永七年二月十五日に吉良家は分家の蒔田《まいた》義俊によって再興され、浅野家も同年九月十六日に大学長廣が赦免され、下総国夷隅《いすみ》郡の内新知五百石を賜り、旗本寄合に列することで、再興されたのである。

第二章　吉保の謀略

閑日月

宝永七年（一七一〇）九月十六日、浅野大学長廣が幕府から下総夷隅《いすみ》郡に五百石を賜り、旗本寄合に列せられたことで浅野家は再興され、大石内蔵助の願いはその死後七年半にして叶えられたのである。

これで、元禄十四年（一七〇一）三月十四日に江戸城に於いて赤穂浅野藩の藩主浅野内匠頭長矩《ながのり》が筆頭高家吉良上野介義央《よしひさ》に対し刃傷に及んだことに端を発し、翌元禄十五年十二月十五日に大石内蔵助以下四十七名の赤穂の浪人達が吉良邸へ討ち入り、上野介の首級を挙げた一連の騒動の全てが一応の決着をみたことになる。

この間、十年の歳月が流れていたが、幕府内でも大きな動きがあった。

宝永六年一月十日に五代将軍徳川綱吉が六十四歳で没し、同年五月一日、綱吉の養子となり、名を家宣としていた甲府宰相綱豊《つなとよ》が六代将軍となったが、浅野大学長廣がどのような形であれ浅野家を再興できたのは、この時の大赦のおかげだった。

そして、綱吉の下にあって幕閣随一の権勢を誇った柳沢美濃守吉保《よしやす》は六月三日に職を辞し、家督を長子吉里《よしさと》に譲ると、駒込の別邸〝六義園《りくぎえん》〟に引き籠もり、訪れる客も余り無い穏やかな日々を送っていた。

六義園での吉保は、書見をする時以外は綱吉とのことをあれこれと思い返す日々を送っていた。幼少の頃に綱吉の小姓となり、四十年余の間綱吉に仕えてきた吉保にとって、そうした日々は自分の半生を顧みることでもあった。

吉保の父、安忠は最初幕臣だったが、後に綱吉の家臣となり館林藩の勘定頭として知行百六十石と蔵米三百七十俵を得ていた。吉保は延宝三年（一六七五）、十七歳の時に家督を相続し、その後、小姓番頭に進んでいる。そして延宝八年八月に吉保にとって大きな転機が訪れる。綱吉が五代将軍となったのである。この時に、吉保も幕府に入ることになるが、それは綱吉も吉保も想像もしていなかった出来事だった。

三代将軍徳川家光の四男として生まれた綱吉は、将軍の座など望んでいなかった。というよりも、望みようが無かった。四代将軍の徳川家綱は病弱なうえに世継ぎがいなかったが、綱吉の兄、綱重は健在で、家綱に万一のことがあった時には誰もが綱重が五代将軍となると思っていたからである。

将軍の座の代わりに綱吉が熱中したのは学問だった。綱吉の学問好きは生涯にわたり、元禄三年に湯島に聖堂（後の昌平坂学問所）を創建するほどであった。

綱吉は一日の大半は書物を読んで過ごしていた。だが、次第にそれでは物足りなくなり、遂には家臣達を集めて『大学』や『中庸』の講釈をするようになったのである。吉保も九歳で綱吉にお目通りをした時に『大学』の講釈を受けたが、九歳の吉保にとって、それは退屈極まりないものだった。

これといった変化の無い綱吉の生活は延宝六年九月十四日に兄の綱重が急死したことで一変した。この時、家綱にはまだ嗣子がいなかったために綱吉が五代将軍となる可能性が出てきたのである。

綱吉を取り巻く空気が突然変わったことは綱吉の側に仕えていた吉保にもすぐに分かった。それまで比較的穏やかだった綱吉の周囲が突如言いようのない、重苦しい緊張感に包まれ出したのである。それは権力の持つ魔力が綱吉の家臣達の心を捉えたためだった。無論家臣だけでなく、綱吉自身も明らかに将軍の座を意識するようになっていた。この時から綱吉の周りにあった何処かおっとりとした伸びやかな雰囲気は消えていた。

延宝八年の春先に家綱は病の床に就いたが、病状が回復する見込みはなく、家綱の容態は日に日に悪化していった。そのため、幕閣の要人達は五代将軍を誰にするかを急いで決める必要に迫られた。だが、この時、大老の酒井雅楽頭忠清《うたのかみただきよ》と老中の堀田備中守正俊《まさとし》が真っ向から対立することになった。

酒井忠清は皇族から有栖川《ありす》宮幸仁親王《がわのみやゆきひと》を迎え、五代将軍とすることを主張したが、酒井忠清がそう主張するにはわけがあった。その頃、大奥には家綱の子を身籠もっている者がいたのである。酒井忠清の主張は、もし五代将軍に綱吉か御三家の一人が就いた場合、その後に男子が生まれた時の騒動は火を見るより明らかである。そこで権宜《けんぎ》の策として皇族を迎えれば、万一男子が生まれた時も容易に廃することが出来るというものだった。

これに対し堀田正俊の主張は、綱吉という正統な血筋の人間がいるのに、そのような策を弄《ろう》する必要はないというものであった。

酒井忠清の意見を聞いた幕閣の人間は、誰もが北条氏が源家から幕府を簒奪《さんだつ》したことを思い浮かべていた。

鎌倉幕府の三代将軍源実朝が甥の公暁《くぎょう》に殺されると、執権北条義時と北条政子は四代将軍として京から九条頼経《よりつね》を迎えた。そして五代将軍は頼経の子の頼嗣《よりつぐ》が継ぎ、その後も六代将軍には宗尊親王《むねたかしんのう》、七代将軍に惟康親王《これやすしんのう》、八代将軍に久明親王《ひさあきしんのう》、九代将軍に守邦親王《もりくにしんのう》が就いたが、いずれも飾り物でしかなく、幕府滅亡まで北条氏が実権を手放すことはなかった。

その頃、老中には大久保加賀守忠朝《ただとも》、土井能登守利房《としふさ》、堀田備中守正俊、板倉石見守重種《しげたね》が就いていた。老中の誰もが酒井忠清が第二の北条氏となることを恐れていたが、堀田正俊以外は酒井忠清に反対する者はいなかった。酒井忠清を恐れたからである。形勢は圧倒的に正俊に不利であった。

四代将軍徳川家綱の治世の前半、忠清は先代家光以来の老中、酒井讃岐守忠勝、松平伊豆守信綱、阿部豊後守忠秋、松平和泉守乗寿《のりなが》らと共に幕政に参画《さんかく》していたが、忠勝、信綱亡き後は酒井忠清が中心となり、幕政のほとんどは忠清の意によって決定されていたと言っても過言ではなかった。

忠清の専横が目に余るとして、岡山藩藩主池田光政は書状を送って忠清を諌め、また家綱の後見として政務を助けた阿部忠秋も多少は控え目にするよう何度か忠告したが、忠清はそういったものに対し一切聞く耳をもたなかった。

忠清の屋敷が江戸城大手門下馬札の側にあったところから人々は忠清を〝下馬将軍〟と呼び、その権勢は将軍をも凌ぐほどであった。

忠清がこれほどの権勢を誇ることが出来たのは、その政治手腕が優れていたこともあったが、やはり、家柄によるところが大きい。

忠清の遠祖酒井《さかい》広親《ひろちか》が徳川家の祖徳川親氏《ちかうじ》の長男であるうえに、その母は徳川家康の義弟松平定勝の娘だったのである。そのため、承応二年（一六五三）に忠清は二十九歳の若さで初めて幕政に参与することが許されたが、その時、忠清は諸老臣達の上座に座っており、これに異を唱える者はいなかったという。

結局、五代将軍を誰にするかは忠清の意向に従うしかないと、幕閣の誰もが思い、忠清自身もそう思い込んでいた。

そこに油断が生まれたのである。

正俊だけは諦めていなかった。正俊は病の床にいる家綱が危篤になる時を待っていた。そのために正俊は、家綱の病床の側に仕えていた大久保忠直を自分の味方に取り込んでいた。この忠直から家綱の細かな病状は、正俊の許《もと》へ逐一《ちくいち》知らされていたのである。さらに正俊は、忠直を通して奥医師達にも手を回し、家綱の病状に関する第一報は必ず自分に届け、自分の許可が出るまでは誰にも知らせてはならないと厳命していた。狙いは家綱危篤の報が忠清にすぐに伝わらないようにするためだった。

正俊はその機会を待った。全てが不利な状況を逆転できる機会は、家綱の危篤の時しかなく、その時を待つしかなかったのである。

そして延宝八年五月六日、遂にその日はやってきた。その日も将軍継嗣の問題は酒井忠清、堀田正俊の両者が譲らず決着がつかなかった。議論が尽くされ、誰もが明日に持ち越しにするしかないと思っていた時、正俊の許へ大久保忠直から家綱危篤の急使がきたのである。正俊は胸が高鳴り、全身が震えるような思いがしたが、努めて平静を装い、他の老中達が御用部屋から退出する時も、「ちと、調べることがあって」と一人残り、綱吉の許へ「至急、登城するように」との急使を走らせたあと、密かに家綱の病床に伺候《しこう》すると、綱吉を養子にするよう迫り、了承を得たのである。この時、正俊は余計な事は一切言わず、綱吉を五代将軍とすることが正道であるとのみしか家綱には言わなかった。危篤状態にある家綱に多くの言葉は無用だった。

家綱は無言のままだったが、それは「忠清と相談せよ」という意志の表れだった。

「このままでは、忠清殿が北条家となります」

初め、家綱は正俊の言葉を理解できなかった。

「将軍は飾り物となり、実権は忠清殿が握るということでございます。京から将軍を迎えると言っているのはそのため」

病のために判断が鈍っていた家綱も事の重大さが飲み込めた様子で、やっと綱吉を養子とすることに同意した。その瞬間、正俊は忠清有利の形勢を覆したのである。

その後の正俊の行動は迅速だった。本来このような重要なことは『老中奉書』に記し、全員が加判することが決まりになっていたが、緊急時に限って一名の加判による『一名奉書』が許されていたのを利用し、独断で奉書を発行したのである。

正俊の急報を受け、急ぎ登城した綱吉はすぐに家綱の病床へ行き、家綱の養子となった。これで綱吉が五代将軍の座に就くことが正式に決まったのである。

正俊は全てを終えた後に、家綱の危篤を知らせる急使を、忠清をはじめ他の老中の許へ走らせたが、酒井忠清が登城した時は全てが決まった後で、忠清の権勢を以てしてもそれを覆すことは不可能だった。

綱吉が将軍に就くということは酒井忠清が権勢の座から転げ落ちることを意味したが、それは実にあっけないものだった。

この二日後の延宝八年五月八日に家綱は薨《こう》じ、八月に綱吉が五代将軍の座に就くと、吉保も幕府に入ることになる。

酒井忠清は綱吉が将軍の座に就くと大老の職を免じられ、その屋敷も没収された。忠清が没したのはその翌年の天和元年（一六八一）で、五十七歳だったが、一時権勢を恣《ほしいまま》にした人間の最期としては実に寂しいものだった。

正俊は忠清が没した年に大老となり、閣内随一の権力者となったが、それは酒井忠清の居た席に堀田正俊が座ったことを意味したが、この時、吉保は綱吉の傍らに居て権力を巡る争いの激しさと、権力の持つ怖さ、そして脆さを知ることになり、後に側用人として閣内一の実力者となった吉保にとっていい教訓となっていた。

吉保が最初に命じられたのは、将軍の雑用を行う〝小納戸役〟だった。館林時代からの家臣が傍らに居てくれることは綱吉にとって心強かったが、それは吉保にとっても同様だった。二人とも江戸城では新参者だからである。

綱吉が将軍の座に就いて最初に行ったのは、大目付、目付、寺社奉行、町奉行、勘定奉行全ての入れ換えだった。それまでも将軍が代わると老中が代わることはあっても、これだけの人間が一度に代わることはなかった。これは家綱までの幕府の政治を一新することを狙いとしたもので、勿論それは正俊の意向に沿ったものだった。正俊には幕府の中から忠清の色を消そうとする狙いがあったが、それは綱吉も同様で、この点に関しては正俊と綱吉の思惑が合致していたと言える。

将軍の座に就いてから暫く経つと、綱吉は時折苛立った様子を見せることがあった。それはほんの僅かな表情や立ち居振る舞いの変化であり、吉保以外は気付く者はいなかった。館林時代から綱吉の側に仕えている吉保だからこそそれを見逃さなかったのである。そして、その原因が大老の堀田正俊であることに吉保は気付く。正俊の話をする綱吉の言葉から当初のような親しみが消えていたからである。

正俊の厳格な性格に綱吉は息苦しさを感じていた。常に正俊の存在を気にせずにいられない自分に対して苛立っていたのである。だが、綱吉は正俊を罷免することが出来なかった。自分を将軍の座に就けてくれた恩義だけでなく、正俊の政治手腕を高く評価していたためである。

綱吉が将軍の座に就いた頃、江戸時代初頭から続いていた経済成長は頂点に達しており、そのため様々な矛盾が吹き出し、幕府財政の立て直しを図らなければならない時期だったがそのためには正俊の力が必要だったのである。正俊は徹底した支出の削減を行った。その一つが万一の時に将軍が江戸城を脱出するための御座船「安宅《あたけ》丸」を平和な時代には不要のものとして、廃棄したことである。また正俊の倹約は大奥にも及び、天和三年閏五月四日には、衣装の、刺《ぬい》繍《とり》、金紗のあるものの着用を禁止している。そのため、大奥での正俊の評判は頗る悪かった。

このような極端な政策は正俊の評判を悪くしていったが、あらゆることに口を出し、権勢を振るっていた正俊に対し、綱吉は自分がないがしろにされているようで面白くなかった。しかし、これといった瑕疵《かし》がない以上、綱吉もどうすることも出来なかった。綱吉と正俊の間の溝は次第に深くなっていった。何時の頃からか綱吉は、全てを自らの判断で行うことが出来たらどれほど気分がよいだろうと思うようになっていた。そして、同時に正俊に対し憎悪に似た感情を持つようになっていた。

結局、綱吉にとっての正俊は、家綱にとっての忠清と同様の存在だった。だが、性格の大人しい家綱は忠清に従ったが、積極的な性格の綱吉は家綱のように何時までも正俊の言いなりになることに我慢することが出来なかった。無論、綱吉のそうした心の動きは正俊も十分に分かっていた。正俊も心の奥底では綱吉に対し嫌悪感を持つようになっていた。その結果、綱吉と正俊はお互いを憎むようになっていたが、半面、どちらもお互いを必要としていたため、それが二人の対立を回避させていた。そして、何時しか正俊の行動には忠清と同様に傲慢さが現われるようになっていた。

吉保は、そのうちに綱吉と正俊がぶつかるに違いないと思っていた。綱吉の性格が今の状況に甘んじるとは思えないからである。綱吉と正俊の対立は将軍と大老の権力闘争で負けた側はその相手がいる限り頭を下げ続けなければならない屈辱を味わうことになる。それだけに、互いに相手に対する攻撃は陰湿なものとなった。

ところが、二人の衝突は意外な形で終わることになる。

綱吉が将軍の座に就いて四年後の貞享元年（一六八四）八月二十八日、幕府を揺るがす事件が起こった。大老堀田正俊が老中稲葉《いなば》正休《まさやす》に、御用部屋に於いて斬り付けられ、正俊は屋敷に戻った後に絶命したのである。正休の刃傷の原因は諸説あったが、この時、正休はその場にいた老中達によって惨殺されてしまったために調べようがなく、結局、真相は藪の中となった。稲葉正休の背後に綱吉の影を感じる者が多かったが、吉保も漠然とではあったがそう感じた一人だった。この頃になると、綱吉と正俊の間は抜き差しならないものになっていたからである。だが、それを裏付ける確証は何一つとしてなく、そのため、誰もがそのことには触れずにすませたのである。

酒井忠清、堀田正俊が消えたことによって、老中達の中にはその後釜を狙う野心を持った者がいたに違いなかったが、皮肉なことに正休の刃傷がそれを不可能にした。

これまで将軍は「中奥」で老中以下の幕府役人と政務を執っていた。「中奥」の中での将軍の居間は「御座の間」と呼ばれ、そこは将軍の居る「上段の間」「下段の間」と「二の間」「三の間」「大溜」に分かれていて、老中達は「大溜」に居た。そして「上段の間」に居る将軍と直に相談しながら政務を行っていたのである。ところが、正休の刃傷を契機として綱吉は「大溜」を廃止し、老中・若年寄を遠ざけることにした。代わりに老中・若年寄のために「御用部屋」を作り、そこで政務を行わせることにして、空いた場所に綱吉の側近や御側衆を置いたのである。これによって老中・若年寄はこれまでのように綱吉に直接ものを言うことが出来なくなり、取次役が必要となったのである。綱吉は御側衆の中の特定の者をその役に任じたが、それが〝側用人〟だった。最初に〝側用人〟として登用されたのは牧野備後守成貞《なりさだ》で、天和元年のことである。だが、成貞の時〝側用人〟にはまだ力がなく、それほど重要な意味を持つものではなかった。

その後、綱吉の時代には御側御用人として松平《まつだいら》伊賀守忠易《いがのかみただやす》、喜多見《きたみ》若狭守重政《わかさのかみしげまさ》、太田《おおた》摂津《せっつの》守資直《かみすけなお》、宮原重清《みやはらしげきよ》、牧野《まきの》伊予守忠広《いよのかみただひろ》、南部《なんぶ》遠江守直政《とおとうみのかみなおまさ》、柳沢出羽守保明（後に美濃守吉保）、金森出雲守頼時《かなもりいずものかみよりとき》、相馬《そうま》弾正少弼昌胤《だんじょうしょうひつまさたね》、畠山民部《はたけやまみんぶ》大輔《だいふ》基玄《もとはる》、酒井《さかい》左衛門尉忠真《さえもんのじょうただざね》、松平《まつだいら》右京亮輝貞《うきょうのすけてるさだ》、松平《まつだいら》紀伊守信庸《きいのかみのぶつね》、戸田《とだ》大炊頭忠利《おおいのかみただとし》が登用されているが、その中でも吉保が力を持つようになり、遂には幕閣随一の権力者へと登り詰めることになる。

吉保の出世はこの時から始まったが、それは大老堀田正俊の死がもたらしたものだったと言える。

この後の吉保の出世はそれまでない異例の速さだった。

貞享二年十二月に従五位下出羽守に叙任されたのを皮切りに、元禄元年十一月に南部遠江守直政と共に側用人に昇進し、一万石を加増されて大名に取り立てられる。そして三年後の元禄三年三月には二万石の加増を受け、十二月には従四位下に昇進しているが、吉保が〝出羽守〟を名乗るのはこの時からだった。

翌元禄四年三月に綱吉は初めて吉保の邸を訪れている。綱吉の吉保の邸への訪問は綱吉が薨《こう》じる前年の宝永五年十一月まで毎年行われ、その回数は五十八回にも及んだ。無論、綱吉は吉保以外の者の邸も訪れているが、この五十八回というのは異例の多さだった。

綱吉にとって吉保の邸で過ごす一時は、館林の時代に帰ることのできる唯一心の安らぎを覚える時だったが、それは吉保も同様であった。

綱吉は一通りの饗応が終わると、吉保をはじめ家人達に『大学』を講じるのが常だったが、そのうちに吉保達も己の得意とする学問の講義を行うようになり、講義を終えた後、一同で猿楽を楽しみ、綱吉自身が「難波」「橋弁慶」「羽衣」などを舞うこともあった。また、時として城中では言えぬ政治向きのことも綱吉は吉保の判断を求めることがあった。だが、吉保は決して自ら結論めいたことを言うことはなく、僅かに指針めいたことを言うに留めていた。綱吉がそれを求めていることを吉保は承知していたからである。

「吉保はそう思うか」

これが綱吉の最後の言葉だった。

綱吉が吉保の邸を度々訪れるのは、単に館林時代を懐かしんだり、政治向きの話をしたりするためだけではなく、もう一つの理由があったと言われている。

天和三年に長子徳松が五歳で夭折《ようせつ》した後、世継ぎに恵まれない綱吉にとって、吉保の長子安《やす》貞《さだ》（吉里）の成長ぶりを見ることは大きな楽しみだったのである。綱吉が初めて吉保の屋敷を訪れた時、安貞は四歳だったが、綱吉は安貞の姿に徳松の姿を重ねて見ていた。

だが、このことはあらぬ噂を呼ぶことになった。その噂とは、安貞は吉保の側室染子が産んだ子だが、実は綱吉が父親で、綱吉が度々吉保の屋敷に行くのは、我が子の成長を見るためだというものだった。無論、その噂は吉保の耳にも届いていたが、吉保は別段気にもしなかった。だが、吉保がその噂を聞いてから暫くして、屋敷に訪れた綱吉が、

「吉保は気にしておらぬのか？」

と言い出したのである。吉保には綱吉が何を言っているのか、咄嗟のことで理解できなかった。

「何をでございましょう？」

「安貞のことじゃ」

「そうだ。安貞のことでございますか？」

「安貞のことで何かそちの耳に入っておらぬか？」

吉保はどのように答えるべきか迷った。

「私の耳には何も」

綱吉は暫くの間吉保の顔をじっと見ていたが、

「そうか」

と言っただけで、その後は何事もなかったように振る舞っていたが、この時吉保は綱吉を心底恐れた。どんな些細なことでも綱吉の耳に届いているのである。吉保はそのようなことまで知っている綱吉を怖れた。そして綱吉から「あらぬ野望を持ってはならぬ」と釘を刺されたよ

うに思えたのである。

その日、帰り際に綱吉は吉保に、

「これからはそちも大変じゃのう」

と言った。吉保の加増、昇進はこの後も続いた。

元禄五年十一月に三万石の加増を受けると、同七年一月には一万石の加増を受け、領地を改めて、武蔵国入間・新座・比企・高麗・埼玉、和泉国泉・大鳥、河内国渋川、摂津国川辺・住吉の十郡の内で七万二千三十石を領し、武蔵国川越城城主となった。そして、十一月には初めて評定の席へ出ることを許され、十二月には老中格に昇進した。

これだけでも異例の昇進、加増だが、吉保の昇進、加増はまだ終わらない。

元禄十年七月、武蔵国入間・新座・比企・高麗、和泉国泉・南の六郡の内で二万石加増。翌元禄十一年七月、左近衛少将に任じられ、大老格となったのである。

吉保が〝小納戸役〟として幕府に入ってから、この間、僅か十八年だった。

その後、元禄十四年十一月には松平姓を賜り、保明《やすあき》から吉保《よしやす》に変わると共に、出羽守から美濃守となっている。翌元禄十五年三月、大和国山辺・葛上・葛下・平群・式下・広瀬・高市・添上の八郡の内で二万石加増。そして、宝永元年十二月には、綱吉が甲府藩藩主徳川家宣を後嗣と決めた時の功績により三万九千二百石を加増され、家宣の旧領甲斐、駿河両国の内十五万二千石を与えられた。宝永二年三月には、駿河国の領地を甲斐国に移され、吉保は山梨・八代・巨摩《こま》三郡を領することになったが、甲斐は徳川一門以外が封じられることがなかった土地だった。

綱吉は吉保に対して加増、昇進を行っただけではなかった。吉保の家臣九名も幕臣に登用しているのである。


最初のうちは己の加増、昇進を吉保は素直に喜んでいたが、その速さに何時の頃からか戸惑いと怖れを抱くようになっていた。その出世に対し、嫉妬する者、敵意を持つ者が必ず現われるからである。これといった後ろ盾となるような門閥を持たない者が、異例の出世をした時、己を引き立ててくれた権力者を失うと瞬時に権力の座から引き摺り降ろされ、本人のみならず一族までもが非業の最期を遂げる例を吉保は数多く知っていた。

加増、昇進が続いている間、吉保は自分の身と一族を守る術を常に頭の隅で考え続けていた。吉保は出過ぎることがないように気を配り、そして己の力を過信することのないよう、常に自らを戒めていたのである。酒井忠清も堀田正俊もその権力が絶頂の時に無残な形で権力の座から引き摺り降ろされたのである。酒井忠清は失脚し、堀田正俊は惨殺だった。「己の権力は借り物」。吉保は絶えず心の中でこう呟いていた。

吉保は幕閣内で物事を決定する時、第一に綱吉の意向が何処にあるかを判断の基準とし、それに沿った線で落とし所を探り、決定していくようにした。そして、決して自分の考えを押しつけることはせず、常に合議制を採ることにしたのである。

だが、綱吉から直接、

「吉保はどう思う?」

と尋ねられた時は、自らの考えをはっきり言うことにしていた。多くの場合、老中達と綱吉の考えとに大きな隔たりがある時、綱吉はそうして老中達に再考を促すからだった。

しかし、周囲の人間は吉保のそんな苦労は知らない。全ての決定権は吉保にあり、その権力は将軍綱吉も動かすことができると錯覚し、吉保を頼って屋敷を訪れる人間はひきもきらなかった。

訪れる人間の多くは吉保にそれほど好感を持っていないことは十分承知していた。実際、ほとんどの人間は吉保に利用価値が有ると思うからやってくるのである。下級武士の出である吉保の機嫌をとらねばならないことに腹立たしさを覚えても、己の思いを実現するためには吉保に頭を下げなければならないのである。それはある種の屈辱感となり、自然と吉保に反感を持つ者も増えていったのである。

皮肉なことに、綱吉の吉保への昇進、加増は吉保を精神的に追い詰めることになった。

宝永元年十二月二十一日、山梨・八代・巨摩の三郡を領し、甲府城城主となった吉保は何らかの手を打たねばならなかった。徳川一門以外の者が封じられることがなかった地に自分が封じられたことは、徳川一門、親藩の大名達に反感を持たれることは間違いなかったからである。

そこで吉保は、翌宝永二年七月、綱吉に対し、ここ数年病気がちであることを理由に、

「拙者が登城する時、城内外とも総下座をすることになっておりますが、その度に会釈をするのはつらいので、今後はそういったことを禁止していただきたい」

と願い出たのである。これは、吉保に与えられた特権の一つを放棄することだった。この他にも、参勤交代で国に帰っている大名達が綱吉の様子を伺うために、わざわざ吉保に書簡を送ってくることの禁止も願い出た。

綱吉は治世不良の大名を次々と改易、減封した。綱吉時代に改易された大名は四十五家（一門・譜代・外様の合計）に及んだが、この数は家綱時代より十六家も多いのである。また、一門・譜代に対しても厳しくあたり、綱吉の時代に二十八家が改易されているが、この数は歴代の将軍の中で群を抜いている。それだけに諸大名は絶えず綱吉の顔色を窺っていなければならず、そのために吉保へ書簡を送り、万一の場合に備えて我が身の保全を図っていたのである。

諸大名は参勤の時や隠居する時、家督を継いだ時、更には節会《せちえ》の際に、将軍に品物を献上するにあたり吉保にも贈り物を届けていたが、それも禁止して欲しいと吉保は綱吉に願い出たのである。

吉保の心を察した綱吉はそれらの全てを聞き入れたが、それがどのくらい効果があるか綱吉にも吉保にも分からなかった。

だが、綱吉は綱吉で吉保のために手を打っていた。折を見ては、吉保が幕政に如何に重要な

人物であるかを家宣に語って聞かせると同時に、吉保の屋敷を訪れる時には家宣を伴うようにしたのである。

こうした綱吉、吉保の気配りが功を奏し、宝永六年一月十日に綱吉が薨去すると、吉保は十六日に一切の職を辞することを願い出たが家宣は許さず、吉保の隠居願いが聞き届けられるのは約半年後の六月三日のことで、長子吉里《よしさと》は家督を無事に相続することになったのである。

駒込の別邸での吉保の生活は大層穏やかなものだった。

吉保は庭の隅に畑を作り、そこで作った野菜などを家の者に振る舞うのが何よりの楽しみだった。家の者達は吉保の顔つきが変わったとよく言った。

「どのように変わった？」

吉保が尋ねると、皆、口を揃えて、

「何処か穏やかに」

と答えたが、吉保もそうかも知れぬと思った。

綱吉に仕えている間吉保は常に何処か緊張し、そして常に己を殺していた。

そんな吉保が唯一度、あくまで己の考えを押し通したのが元禄十五年十二月十五日に吉良上野介の邸に討ち入った大石内蔵助以下四十七名の赤穂の浪人達の処分であったが、それは、吉保にとっては心の中に刺さった棘のようなものとして何時までも残っていたのである。

棘

元禄十四年三月十四日、江戸城本丸に於いて赤穂藩藩主浅野内匠頭長矩が筆頭高家吉良上野介義央に対し刃傷に及んだ事件は、翌元禄十五年十二月十五日に大石内蔵助以下四十七名の赤穂の浪人達が、亡君の仇を討つために本所の吉良上野介の邸に討ち入るという事態に発展した。

この事件自体物珍しさはあっても、当初吉保にはさほど大きな出来事ではなかった。吉保にとっては同じ刃傷事件でも約七年前の貞享《じょうきょう》元年八月二十八日に起こった老中稲葉《いなば》正休《まさやす》の大老堀田正俊への刃傷のほうが衝撃的なものだった。

だが、吉保は、何か棘が刺さったような妙な思いを長い間引き摺っていたが、その原因が何であるのかを知るのは暫くしてから後のことだった。

元禄十四年三月十四日。その日は朝廷の勅使・院使に対する将軍綱吉からの返答の式が白書院で行われることになっていた。

吉保の許へ勅使饗応役の浅野内匠頭長矩が筆頭高家吉良上野介義央に刃傷に及んだとの報せが届いたのは、綱吉が行水をしている最中だった。

「まことであろうな?」

吉保は念を押すと綱吉の衣服が整うのを待ち、頃合いを見計らって事件の経過を報告した後に、勅使饗応役の後任に誰を当たらせるべきかの判断を仰いだ。

一瞬、綱吉の顔色が青白く変わった。それは綱吉の怒りの激しさを表わしていたが、綱吉は即座に、後任の勅使饗応役は下総佐倉藩藩主戸田能登守忠真《とだのとのかみただざね》とすることを命じ、高家畠山民部大輔基玄《だいゆうもとはる》と戸田民部少輔を控えの間に居る勅使・柳原大納言資兼《やなぎはらだいなごんすけかね》・高野中《たかのちゅうな》納言保春《ごんやすはる》、院使・清閑寺中《せいかんじちゅうな》納言熈定《ごんひろさだ》のもとに遣わし、仔細を話したうえで、血で穢《けが》れてしまった式場の部屋変えを行いたいが、問題はないかを至急聞いてくるようにと命じた。勅使・院使からは「問題はない」との返答があったので、式は黒書院に移して行われることになり、その日の式は多少の遅れはあったものの、滞りなく済ませることができたのである。

そして、全てを終え、老中達と、内匠頭、上野介の処分をどのようにするかを決める時、綱吉は老中達の意見を聞かずに一方的に自分の考えを告げたのである。多くの場合、老中達の合議を重んじ、その後に判断を下す綱吉にとっては珍しいことだった。

綱吉の裁定は浅野内匠頭の即日切腹だった。この裁定は異例のことであった。このような場合、日を置いて翌日に切腹させることが普通で、前例に照らしても即日切腹という例は無かったのである。

老中達から異論が出たのは当然のことだった。
「内匠頭は乱心の態《てい》にも見えるので、処分は日を置かれてからが妥当かと」

最初に稲葉《いなば》丹後守正通《たんごのかみまさみち》が、内匠頭の処分の猶予を綱吉に進言した。その後に続いた秋元但馬《あきもとたじまの》守喬朝《かみたかとも》、阿部《あべ》豊後守正成《ぶんごのかみまさなり》、土屋《つちや》相模守政直《さがみのかみまさなお》、小《お》笠原佐渡守長重《がさわらさどのかみながしげ》も同様の意見を述べたが、綱吉は聞く耳を持たなかった。

このような時、綱吉は吉保に意見を求めるのが常だったが、この時の綱吉は何も言わず、すぐに座を立って奥へ入り、土屋相模守政直を呼ぶと、念を押すように、

「即刻内匠頭に切腹を命じるよう」

と厳しい口調で言った。

内匠頭に対する綱吉の怒りが尋常でないことが誰にも分かった。綱吉がそれまでその気持ちを面に表さなかったのは、勅使・院使の手前があったからであり、勅使・院使の前でこれ以上、醜態をみせるわけにはいかなかったからであった。

綱吉の命令に対し老中達には戸惑いがあったが、それでもと反対の意見を述べる者はいなかった。浅野内匠頭長矩の即日切腹は決定したのである。その後、若年寄加《か》藤越中守明英《とうえっちゅうのかみあきひで》と稲《いな》垣対馬守重富《がきつしまのかみしげとみ》から大目付に裁定の言い渡しがあった。

浅野内匠頭儀、先刻場所柄をも弁《わきま》へず、自分宿意《しゅくい》を以《もっ》て、吉良上野介へ刃傷に及び候段、不届きに付、田村右京大夫へ御預け、其の身は切腹を仰せ付け被《ら》る。

上野介儀、御場所を弁へ、手向い致さず、神妙の至、御医師吉田意安服薬仰せ付け被れ、外

科には栗崎道有に仰せ付け被る。随分大切に保養致す可く候。右に付、高家同役差添、勝手次第に退出致す可し。

この間、吉保が自ら発言することは無かった。吉保にはその時の綱吉の怒りの激しさと、それが何によるのか分かっていたからである。

この年の勅使・院使への饗応は特別の意味を持っていた。幕府は綱吉の生母桂昌院《けいしょういん》への従一位の叙爵を朝廷へ働きかけていたが、その苦労を内匠頭が思慮の足りない行動で、全て台無しにしかねなかったのだ。そのため綱吉の怒りが尋常でなかったのである。

予想されたことであったが、この叙爵については朝廷側は難色を示していた。これまでに女性が従一位を受爵したという先例がなかったからだ。朝廷との交渉は吉良上野介に命じられていた。上野介が朝廷への年頭の祝儀を伝えに京へ上る前に、吉保は上野介に桂昌院の件がどの程度進んでいるかを聞いてみた。

「一筋縄では参りませぬ」

珍しく上野介が弱音を吐いた。

「無理だと言うのか?」

「無理というわけではございませぬが」

「上様の命令とあれば、何としてもやりとげねばならぬが……」

「柳沢様のほうは如何でございます？」

権大納言《ごんだいな》正親町公通《ごんおおぎまちきんみち》の妹・町子が吉保の側室にいたので、吉保はその筋からも働きかけていた。

「まだこれといった返事は……」

「この度ばかりは相当に手古摺《てこず》りそうにございます」

「何時もの吉良殿に似ず、随分と弱気な。公家共は何と申しておる」

「先例がないと」

「何時ものことじゃな。それでは何時まで経っても事が進まぬ。先例が無いならば作ればいいだけのこと。それが先例となる。上様の辛抱にも限りがある」

「どのように仰せで？」

「ただ『進んでおるか？』と問うだけじゃ」

上野介は朝廷側が難色を示しているわけは「先例がないから」としか言わなかったが、吉保はそれに加えて桂昌院の出自《しゅつじ》を公家共が嫌っているからだと分かっていた。否、むしろこちらのほうが大きな障害になっているに違いないと思っていた。

桂昌院は京都の八百屋仁右衛門の次女で、公卿二条家の臣、本庄宗正《ほんじょうむねまさ》の養女となった後、鷹司信房《たかつかさのぶふさ》の娘が三代将軍家光に嫁す時にその供として江戸城に入ったが、そのうちに家光の手がつき綱吉を産んだのである。

公家には家格しか誇るものが無かった時代に於いて、今でこそ将軍の生母だが、元は八百屋の娘が従一位という位を授かることに公家達は耐えられなかったのである。

「必要とあらば金子《きんす》は幾らでも使っても構わぬと申してあったと思うが」

当時、どの公家の生活も苦しく、金は喉から手が出るほど欲していた。吉保は最悪の場合、金で従一位の位を買うつもりでいた。桂昌院の叙爵に反対する理由がその出自以外に確固たるものが無い以上、金の力でどうにでもなると思ったのである。

「とにかく、急いでもらいたい。上様も随分と焦《じ》れておるからな」

「はっ」

「上様も決して気の長いお方ではない」


上野介が京から江戸へ戻ってきたのは二月二十九日のことだったが、吉保はすぐに上野介を呼ぶと叙爵の首尾を尋ねた。

「思いの外、手間どったようだが、如何であった?」

「只今のところ、可能性は六分程かと」

「六分?」

「その方の力をもってして六分か」

「はっ」

「金子は幾らでも使ってよいと申したはずじゃが？」

「公家というものはなかなか欲が深いものでございます」

「それ程か？」

「限りがございませぬ」

吉保は暫く黙った後、上野介に念を押すように聞いた。

「飴だけでは難しいということじゃな？」

「左様でございます」

吉保は穏便な形で事を進めたかったが、それでは何時まで経っても事態が進まないことを知って、京都所司代松平《まつだいら》紀伊守信庸《きいのかみのぶつね》に書状を送り、桂昌院の叙爵を何としても成功させるために朝廷への働きかけを強めるとともに、叙爵に対し異議を唱えている公家の日頃の行状を洗い浚い探るように命じた。

慶長十八年（一六一三）六月十六日に徳川家康が発した『公家衆法度』、元和元年（一六一五）七月十七日に交付された『禁中並公家諸法度』によって公家達の生活は厳しく規制されていたが、それを以て些細な罪を見つけ出し、罰することが吉保の狙いではなかった。幕府が己の身辺を探っていると知っただけでも無言の圧力となることで、桂昌院の叙爵への効果を狙ったのである。

桂昌院の叙爵をめぐって幕閣内にも苛立ちと焦りが漂っていた。そんな時に浅野内匠頭長矩の吉良上野介義央への刃傷は起こったのである。

綱吉が激怒するのは当然だった。だが、綱吉は一時の怒りの感情に流されて内匠頭への裁定を下したわけではなかった。浅野内匠頭、吉良上野介の取調べを聞いたうえでの判断だった。

浅野内匠頭に対する取調べは多門伝八郎《おかどでんぱちろう》と近藤平八郎の両名が行ったが、内匠頭は刃傷の原因を何度尋ねられても、

「前々から上野介に対して抱いていた恨みから刃傷に及んだのであり、決して乱心の上の刃傷ではござらぬ」

と答えるのみで、具体的な原因は決して言おうとはしなかった。

一方、上野介は大久保権左衛門、久留十左衛門の取調べに対し、

「内匠頭から恨みを受ける覚えは全くなく、恐らく内匠頭の乱心に相違ござらぬ」

と答えている。〝乱心〟ということであれば裁定にも温情が加えられる可能性もあったが、内匠頭はそれを拒むかのように、最後まで
「乱心の上での刃傷ではない」

と繰り返し答え刃傷の原因を言わないため、幕府としても内匠頭の上野介への刃傷を〝喧嘩両成敗〟として裁くことはできなかった。

また、内匠頭に斬り付けられた時、上野介が刀を抜かずに逃げたのは賢明だった。殿中にお

いて刀を抜けば、どのような理由があろうともその身は切腹、御家は断絶となるからだ。大老堀田正俊が老中稲葉正休に斬り付けられた時、正俊が刀を抜かなかったのは、そのためである。

後日、大名達の間ではこの時の上野介の振る舞いを臆病と笑う者が多かったが、笑われるべきは内匠頭のほうだった。五万石を失う覚悟の刃傷なら、相手を確実に殺さなければ意味がない。そのためには斬るのではなく、突かなければならなかったが、内匠頭が上野介に浴びせた二太刀は何れも相手に傷を負わせることが出来ても、仕留めることが出来なかったのである。武士なら当然の嗜《たしな》みだったが、内匠頭にはそれが無かったと言わざるをえない。後に川柳でもこのことは取り上げられ、内匠頭は町人にも笑われている。

喧嘩でも乱心でもないとするなら、綱吉のこの時の裁定は、後に多門伝八郎や多くの者に言われるような〝片手落ち〟のものでなく、即日切腹以外は至極当然のものと言えた。

だが、老中・若年寄達は内匠頭に同情した。

「五万石を投げ出しての刃傷なのだから、余程の理由があるに違いない」

「今は内匠頭も気が動転しているので刃傷の原因を言えずにいるに違いない。とにかく今日一日置いて、明日再度の吟味を行うべきではないか」

誰もがそう思っていた。だが、自らの口から綱吉には言えず、結局、吉保に頼むことになった。

若年寄加藤明英、稲垣重富が大目付に裁定の言い渡しを終えてから、両名を暫くの間待たせ

た後に阿部正成が遠慮がちに、

「柳沢殿、上様の御裁定のことでござるが……」

と切り出した。

「何か？」

「拙者は上様のこの度の御裁きは余りにも偏っているように思うが、御貴殿の存念を承りたい」

他の者達も阿部正成の言葉に続いた。

「喧嘩両成敗は昔からの習い。吉良殿にも何らかの御咎めがあってしかるべきかと存ずる。そこで、御貴殿から上様に今一度の御再考を進言していただきたいのだが」

「拙者も同様でござる」

「拙者も」

吉保は老中達の言葉を黙って聞いていたが、一同の言葉が途切れると、

「お断り申す」

と冷たく言ったが、自らの感情を面に出さぬことで己を守り続けてきた吉保にしては珍しいことだった。吉保の言葉に老中達は気色ばんで詰め寄った。

「何故でござる？」

「この度の上様の御裁定は余りにも内匠頭に過酷。このままでは上様の御名を汚すことになる

やもしれぬと思うから、このように頼んでおるのでござる」

　吉保は老中達の言葉を遮るように、更に言葉を続けた。

「拙者はそのようには思い申さぬ。内匠頭、吉良殿両名に対する取調べによれば、内匠頭は己の恨みから刃傷に及んだとしか申しておらぬ。また、吉良殿は全く身に覚えがないと申しておる。これでは喧嘩両成敗は成り立たず、悪しき先例だけを残すことになるのではと思っております」

「悪しき先例？」

「左様。殿中で〝喧嘩〟もしておらぬ者を情に流され裁いてもよいという先例を作るということでござる」

　老中達もこのまま引き下がるわけにもいかずに反論した。

「しかし、喧嘩は一人では出来申さぬ。げんに内匠頭も吉良殿に恨みがあると申しておるではないか」

「では、改めてお尋ね申すが、御貴殿方は内匠頭が吉良殿にどのような恨みを持っていたかご存じか？」

　吉保にそう聞かれると老中達は互いの顔を見合わせるだけで黙ってしまった。

「何も申されぬということは、ご存じないということでござるな」

「だが、内匠頭が刃傷に及んだのはよくよくのこと」

「我らは何も内匠頭を処分することに反対しているのではござらぬ」

「左様。もう一度内匠頭に刃傷の理由を問い質したうえで処分をしても遅くないのではないかと言っているまでのこと」

老中達に対する吉保の言葉は冷ややかなままだった。

「たとえ如何なる理由があろうとも内匠頭が場所柄も弁えずに殿中に於いて刀を抜いたのは事実。吉良殿は抜いておらぬ。御貴殿方は吉良殿の振る舞いを臆病とお思いのようだが、この度の吉良殿の振る舞いは幕法にかなったもの。何ら恥じるものではござらぬ。内匠頭に切腹の沙汰があったのは当然のことと思われる」

「とは申せ、そこは武士の情け」

「武士の情け？　これは異なことを申される。先程も申し上げたが御貴殿方は幕府の御定法を情によって変えてもよいとお思いか？」

「そういうわけではござらぬ。されど……」

吉保に圧倒され、遂に老中達は何も言えなくなってしまった。

「これほど申しても再度の吟味を上様に願い出るおつもりなら御貴殿方で勝手におやりになったら如何でござる。拙者はそのようなことは御免蒙る」

吉保はそう言い残すと御用部屋から出ていった。吉保の協力がない以上はどうにもならず、結局内匠頭の処分はその日に行われた。

御用部屋を出た吉保は〈おかしなことになった〉と思った。老中や若年寄の間に内匠頭への同情が集まり、上野介に対しては反感が集まっている。それが大名達なら吉保もあり得ないことではないと思うが、幕法を守るべき老中達も一緒になっていたからである。

元々、高家と大名達は余り仲が良くなかった。そこに今回の刃傷の原因の一つが有ると吉保は思っていた。

高家は畠山、京極といった室町幕府の重職の子孫や、織田信長、今川義元、武田信玄、大友宗麟らの子孫二十六家からなっていて、旗本だが名門のために従五位下侍従から正四位下左少将まで昇進し、国持ち大名に準じる扱いを受けていたのである。その務めは朝廷関係や幕府の儀式典礼を担当する役職で、勅使・院使の接待や、将軍名代として京への使者や日光東照宮、伊勢神宮への代参などがあった。

幕府は天和三年に吉良義央、大沢基恒《もとつね》、畠山義里《よしさと》の三名を月番で朝廷と交渉を行うように命じている。これが高家肝煎《きもいり》の始めで、この三名が高家衆の筆頭となったのである。

貞享三年に畠山義里が職を辞し、元禄十年に大沢基恒が死去したために幕府は新たに大友義孝と畠山基玄《もとはる》を高家肝煎に任じているが、これ以降、吉良義央は経験、官位、官職とも高家の第一人者になるのである。

高家は名門だけに気位が高く、ともすると大名達を軽く見る風があった。別に意識しているわけではなかったが、心の奥底にそういったものがあり、多くの大名達も敏感にそれを感じていたため、高家と大名達の仲は余り良いとは言えなかった。そして、高家肝煎の上野介にはそういった面が強いことは吉保も以前から感じており、それとなく上野介に注意したこともあったが、上野介は「お言葉は肝に銘じて」と答えただけであった。

吉保のこの心配は、すでに一度現実のものとなりそうになったことがあった。上野介は内匠頭に斬られる以前にも同様のことがあったのである。

元禄十一年に勅使饗応役の石見津和野藩藩主亀井《かめい》茲親《これちか》が上野介に斬りかかろうとしたのだ。この時は周りの者が間に入って事無きを得たが、原因は上野介の皮肉であったという。茲親は元禄三年に二十二歳で最初の勅使饗応役を務め、その後元禄七年にも同役を務めているが、三度目に勅使饗応役を務めた時に上野介とぶつかっている。上野介は同じ務めが三度目にもなるのに決まりきったことまで聞きにこられることに対し、自分を軽んじているのではないかと思い、茲親に対して言わなくてもよいことまで重ねて言ったことから、茲親は危うく刃傷に及びそうになったが、その根底には高家と大名の仲の悪さがあったのである。

田村右京太夫の邸に送られた内匠頭が切腹したのは、その日の酉《とり》の刻（午後六時）だった。この時、検使役の正使、大目付の庄田下総守安利《やすとし》と副使多門伝八郎、大久保権左衛門の間で内匠頭の切腹の場所を巡って争いが起きた。

右京太夫は小書院の庭先を内匠頭の切腹の場所としたが、そこへ莚《むしろ》を広く敷き、白縁の畳を三畳並べ、その上へ毛氈を敷き、周りに幕を打ちまわし、雨障子を掛けるといった粗末なものだった。

この処置に激怒した多門伝八郎が、田村右京太夫に詰め寄ったのである。

「内匠頭は一城の主ではござらぬか。それを庭先で切腹させるとは拙者には合点が参らぬ。たとえ粗末であっても座敷で切腹させるのが武士の情けであろう」

当初、右京太夫も内匠頭を座敷で切腹させるつもりでいた。また座敷も検使と同席では不味いので間に隔たりを置き、段違いにする予定でいたが、庄田安利から老中土屋相模守の指図だと言われ、庭先での切腹に変更したのである。

多門伝八郎の抗議に腹が立った田村右京太夫は、

「これは拙者一人の判断ではござらぬ。大目付にも絵図面を見せ、承諾を得ている」

と反論した。そこで多門伝八郎と大久保権左衛門の両名は、大書院で内匠頭の切腹の準備が整うのを待っていた庄田安利の所へ行き、切腹の場所替えを迫ったのである。ところが、これに対し庄田安利が、

「変更には及ばぬ」

と両名の申し出を撥ね付けたので両者は激しい口論となった。そしてこの時、田村右京太夫の家臣が、

「只今、内匠頭の家来で片岡源五右衛門と申す者が、『今生の暇ごいのため、一目だけでよい

から主人内匠頭のお姿を拝見したい』と申しておりますが如何いたしましょうか？」

と指示を仰ぎにきたことが両者の対立を一層激しくした。右京太夫は自分の一存ではどうすることも出来ないために、庄田安利の判断を仰いだが、庄田安利が何も言わずにいたので、多門伝八郎は独断で次の間から内匠頭を見ることが出来るように取り計らったのである。

いよいよ切腹の刻限となり、内匠頭へ庄田安利が、

「その方儀、意趣《いしゅ》これある由にて吉良上野介を理不尽に斬り付け殿中をも憚《はばか》らず、時節柄と申し、重畳不届き至極である。これによって切腹申し付ける」

と申し渡した。

「今日不調法な仕方、如何様にも仰せ付けらるべき儀なるに切腹を仰せ付けらる段は有り難く存じ奉る」

内匠頭はそう答えたあとで、

「上野介は如何相成りしや」

と二度尋ねているが、庄田安利は最初の問いの時に、

「手傷の手当てを仰せ付けられて退出された」

と答えたのみであった。これに対し、内匠頭を不憫に思った多門伝八郎、大久保権左衛門の両名は、

「手傷は二箇所あり、それも浅手のように承っているが、老人のこともあり、殊に急所を打た

れたことであるから、養生のほどは如何かと思われる」

と答え、内匠頭を安堵させている。

翌日、田村右京太夫の邸での内匠頭の切腹の様子を聞いた吉保は、切腹の場所が庭先だったと知るや呆れると同時に腹立たしい思いがした。

「何故にそのような場所で？」

吉保が尋ねても明確な返事は返ってこなかった。

「庄田下総守の指図か？」

「そのように報告を受けております」

その後、内匠頭の切腹の模様に関する報告書が届いたが、報告書は二通あった。一通は正使庄田下総守安利からで、もう一通は副使の多門伝八郎からのものだった。庄田安利からの報告書はその時の様子が事務的に書かれているだけだったが、多門伝八郎の報告書はその時の庄田安利の行いを糾弾するような文面だった。

吉保は多門伝八郎のように何かと正義を振りかざして物事を決定しようとする人間は信用できないだけでなく、嫌悪感すら覚えるのだが、この時、庭先での切腹にあくまで反対した伝八郎の行動は高く評価した。一方、それとは反対に綱吉に迎合したかのような処置をした庄田安利に対しては蔑みの目で見た。それは綱吉も同様で、内匠頭に対し切腹を命じはしたが、その後の処置は温情を働かせるべきと思っていたのである。

結局、庄田下総守安利はその五日後の十九日に御役御免を命じられている。原因は内匠頭の切腹の時の処置の不手際だった。

その後も幕府内では内匠頭に対する同情の声は高まり、上野介に対して同情する者は僅かだった。

そうした中で、他の大名達から冷たい目で見られたのは梶川与惣兵衛頼照《かじかわよそべえよりてる》だった。内匠頭が吉良上野介に刃傷に及んだ時、与惣兵衛は上野介と式のことで立ち話をしている最中だったため、与惣兵衛は上野介に斬りつける内匠頭を羽交い締めにして取り押さえたのである。そのため上野介は助かったと言える。そして、この時の働きによって、与惣兵衛は五百石の加増を受けて千二百石となり、さらには鑓奉行となっている。

与惣兵衛が内匠頭を取り押さえたのは当然のことだった。もし、与惣兵衛がただ見ていただけであれば、何らかの処分を受けたに違いなかった。だが、多くの大名は与惣兵衛を「武士の情けを知らぬ者」と批難したのである。

吉保の耳にも与惣兵衛を批難するような声が聞こえたが、その度に吉保は〈おかしなことになった〉と思った。

大石内蔵助

吉保が赤穂藩家老大石内蔵助という人間に最初に興味を持ったのは、赤穂城受け取りに向かった者達の報告を受けた時だった。吉保の中では、浅野内匠頭長矩に関する一件は内匠頭が切腹となり、赤穂城を無事に受け取ることで全て片がついていた。それよりも吉保にとっては内匠頭の刃傷によって桂昌院の従一位の叙爵の件に障害が生じたか否かのほうが重要な問題だった。

三月十五日、幕府は内匠頭の舎弟浅野大学長廣に閉門を申し渡すと共に、脇坂淡路守安照、木下肥後守公定の両名を赤穂城受け取りの使者とし、荒木十左衛門、日下部三十郎の両名を目付に、石原新左衛門、岡田庄大夫を赤穂代官にそれぞれ任命したが、日下部三十郎は役目を辞退したために代わって榊原采女が目付に任命された。

二日後、勅使・院使は京へ帰るため江戸を出発し、幕府は赤穂浅野家の鉄砲洲上屋敷、赤坂下屋敷、本所の蔵屋敷を収公している。

目付の荒木十左衛門、榊原采女は四月二日に江戸を出発し、十五日に赤穂境に到着したが、この時赤穂領の周囲は近隣の諸藩によって囲まれていた。

岡山藩の池田伊予守綱政は赤穂領との境に六百人の兵を率いて屯し、高松の松平讃岐守頼常は兵船八百艘を海上に連ね、蜂須賀淡路守綱矩《つなのり》も兵船を出している。この他にも丸亀の京極縫殿介高或《たかもち》、明石の松平若狭守直明、鳥取の池田右衛門吉泰が万一に備えて兵を出していたのである。

収城は何の騒ぎもないままに進んでいった。

荒木十左衛門と榊原采女は翌十六日には赤穂領内に入り、この時大石内蔵助は植村与五左衛門を伴い両名を出迎えている。そして十七日に大石内蔵助、奥野将監、田中清兵衛、間瀬久太夫の四人が両目付の許へ出向くと、両目付は大石内蔵助達に、城地引渡しに関する高札を領内に出すこと、今回の事件に関しては家中の者達には何ら罪はないから、領内からの立ち退きは三十日以内に行えばよいこと、赤穂領内に留まる者も他所へ引き移る者もそれぞれ届け出をすること、関東へ下る者には関所の手形を発行すること、の四点を申し渡した。そして、両目付が内蔵助に指示した高札の内容は、

一　諸法度を堅く守ること。

一　喧嘩口論をする者は両者とも罰する。万一加担する者がいたら、その罪は本人より重い。

一　領内の竹木をむやみに伐採してはならない。また、押し売りをやってはならない。

一　家中の面々は武器諸道具は、その身に任じてそれぞれ持っていっても構わないが、目付到着から三十日以内に赤穂城を引き去ること。ただし、給人で赤穂に留まりたい者は差し支え

ない。また、家中の者の家で空いている所は全て町人、百姓を入れて番をさせること。
一　田植えの種を借りた者は暮れに返還するように。但し、年貢を済ませてからのこととする。
一　年貢未進のため召し使う男女はそのまま使っても構わない。
一　借り物は全て借文通りにしておくこと。
と細々したものだった。

吉保は赤穂城受け取りに関する報告を初めは事務的に聞いているだけだった。特別に変わったことはなかったからである。しかし、

「筆頭家老の大石内蔵助と申す男、面白い男でございますな」

という言葉に興味を持った。

「それほど面白い男か？」

「なかなか」

「どのように面白いのじゃ？」

「荒木、榊原の両目付に対し、再三にわたって内匠頭舎弟大学長廣による御家の再興を願い出たとのことでございます」

「御家を失った者にとってそれはむしろ当然のことではないか？」

「しかし、五度ともなると……」

「五度？」

「城内の下検分の間に三度、両目付が宿に戻ってから一度、計五度も願い出ております」

「五度もか」

「はっ」

「ちと多いのう」

「大学長廣が『人前になるように』と何度も」

「人前になるようとは？」

「浅野家の再興でございます」

「江戸城中での刃傷沙汰においては刃傷に及んだ者は切腹、家名は断絶。その後、すぐに再興された例はまずないはず。大石とやらも一藩の家老を務めた人間ならこのことは承知していると思うが」

「拙者も左様に存じます」

「承知の上で五度の嘆願か」

この時、吉保は僅かだったが赤穂藩の家老大石内蔵助という人間に興味を持った。そして、その間の細かな様子を聞いていたが、吉保には珍しいことだった。

赤穂城の検分は四月十八日に目付・荒木十左衛門、榊原采女、代官・石原新左衛門、岡田庄大夫の四人によって行われた。四人は大石内蔵助、奥野将監、田中清兵衛、間瀬久太夫の出迎えを受けた。大手の跳ね橋から二の丸までは内蔵助、将監が案内し、内上下屋敷は清兵衛、久太夫が、外上下屋敷は横目の者三名が案内した。その後、再び内蔵助と将監が屋敷内を案内し、その後金の間で一同が休息していると、内蔵助が藩を代表して挨拶をし、この度の内匠頭の所業を詫びた。だが、それはあくまで形式的なものに過ぎなかった。

内蔵助は一度言葉を切った後、少し間を置いてから浅野家は家康が天下を統一する以前に秀忠に仕えたのだから譜代である。これまで奉公を申し上げ、御厚恩を蒙ってきたのにこの度のことで家が断絶することは残念でならないと述べた後で、

「内匠頭舎弟大学が御奉公出来るよう、お取りはかり願いたい」

と願い出た。だが、この時、荒木十左衛門達は何も言わずに座を立っている。

その後、大書院で荒木十左衛門達が休息していると再び内蔵助が先程と同様のことを願い出たが、この時も荒木十左衛門は黙ったままだった。しかし、わざと何も言わなかったわけではない。己の一存では何とも答えようがなかったのである。

検分が一通り終わり、四人が玄関へやってくると玄関脇で最後のお茶が出されたが、内蔵助はここでも今までと同様に御家の再興を願い出ている。ただ、この時内蔵助はすぐに御家の再興を願い出ず、先ず閉門となっている大学長廣の安否について尋ねている。内蔵助の度々の嘆願に根負けしたのか、石原新左衛門が荒木十左衛門に、

「荒木殿、大石殿の願いを江戸に帰ったら御老中方に取り次いでもよいと思うが……」

と助け舟を出すと荒木十左衛門達もそれに同意した。

その言葉を待っていたかのように内蔵助は礼を言い、そして、もう一度大学長廣による御家再興を願い出た。

十左衛門は内蔵助が憐れであった。たとえそれが無理なことと承知でも、御家の再興を図らねばならない内蔵助の気持ちを十分に察することが出来たからである。十左衛門が傍らに居る榊原采女に、

「わしは江戸へ帰ったら御老中方へ、このことを言上しようと思うが、貴殿は如何思し召しか」

と言うと、榊原采女も即座に同意したので、十左衛門は内蔵助に赤穂浅野家再興の件を老中に願い出ることを約束したが、むしろ約束させられたというほうが正しかったと言えよう。

この後内蔵助は、十左衛門達四人が宿に戻った頃を見計らってお礼を述べに行っているが、実際は念を押しに行ったのである。

そして、四月十九日に脇坂淡路守、木下肥後守が城の受け取りに訪れ、内蔵助が差し出した帳簿書類に記載された品物を一つ一つ確認した後に城内を見て回り、各門、番所を守っていた浅野家の家臣と、脇坂、木下両家の家臣が交代して、無事、城の受け渡しは終わった。役目を終えた脇坂淡路守は翌二十日に居城の播磨国竜野へ帰り、二十一日には木下肥後守も備中国足守に帰っていった。

一方、目付の荒木十左衛門と榊原采女はその後も赤穂に残り、代官と共に郡部の各地を見回り、全ての務めを終えた後の五月十一日に赤穂を引き揚げている。

両目付が江戸へ帰る時、暇乞いに訪れた内蔵助は大学長廣の件で無理な願いをしたことを詫びると同時に、御家再興のために力を貸してもらえることへの礼を述べた。それに対し十左衛門も、

「その方たちの願いの趣は必ず御老中方にお伝え申す」

と約束したが、この時、内蔵助は二つの目的を達成できたことになる。一つは無事に城を明け渡すことが出来たことであり、もう一つは両目付に御家再興の嘆願を老中に伝えてもらうことが出来たことである。

そこまで聞いていた吉保は、内蔵助を確かに面白い男だと思ったが、同時に少し度が過ぎると思った。

だが、内蔵助がそこまでやるにはわけがあった。内蔵助の当初の計画に齟齬《そご》をきたしたからである。

三月二十九日に、内蔵助は物頭の多川九左衛門と月岡治右衛門に「嘆願書」を持たせ江戸へ派遣した。その「嘆願書」は、

『この度の刃傷で内匠頭に切腹を仰せ付けられ、城地を召し上げられしこと、誠に恐れ入ります。家中の者は相手方の吉良上野介殿が亡くなった後、内匠頭に切腹を仰せ付けられたものと

思っておりましたが、上野介殿は存命とのこと。これでは藩士一同引き下がるわけには参りません。藩士達は無骨一辺倒の者ばかり。幕府の作法、法も満足に知らない者ばかりなので年寄り共がいくら諭しても聞き入れようと致しません。上野介殿へお仕置きをして下さいと言っているのではありません。藩士一同が納得するようにして下されば誠に有り難く存じます』
という内容のものだった。ところが、両名が江戸へ到着したのは、荒木十左衛門、榊原采女の両目付が江戸を発った後で、行き違いになってしまった。この時、多川、月岡の両名は荒木十左衛門達の後を追おうとはせず、江戸家老の安井彦右衛門、藤井又左衛門と相談のうえ、親類の大垣藩藩主戸田氏定の用人中川甚五郎の取次ぎで氏定に幕府に「嘆願書」を出すべきか否かの判断を仰ぐことにしたのである。
あきらかに幕府の裁きに対して、異を唱える、内蔵助の書状に驚いた氏定は、このような書状を幕府に出せば大学長廣、親類のためにならないとし破棄させ、これ以上騒ぎを起こさぬように慎めとする書状を多川、月岡の両名に持たせて即刻赤穂に帰させている。それは氏定にとっては当然のことだった。
月岡、多川の両名が赤穂に帰り着いたのは四月十一日のことだった。この頃、まだ荒木十左衛門、榊原采女の両目付は赤穂に到着していなかったが、到着してからでは遅いのである。城地受け取りで騒然としている中で、このような嘆願書を渡してもどれだけ効果があるか分からないと判断したからこそ、内蔵助は赤穂へ向かう前に両目付に嘆願書を渡し、赤穂に到着した後で御家の再興と吉良の処分を迫ろうとしたのだ。だが、多川、月岡両名の使いは何の役にも立たなかったために、内蔵助はそれだけに必死にならざるを得なかった。

無論そのような経緯《いきさつ》を吉保が知る由もなかった。

吉保は一度、内蔵助と会ってみたい気持ちにかられると同時に、その手際に感心したのである。

何事も問題を起こさず城を引き渡した内蔵助の手際は見事というしかなかった。だが、それ以上に吉保が感心したのは、両目付に内蔵助達の大学長廣による御家再興の願いを老中に伝えることを約束させた執念だった。

〈だが、赤穂浅野家の再興は夢のまた夢。それが叶わぬ時、大石達は如何するつもりか……〉

吉保は、

「大石は、御家再興以外に何か望んでいなかったか？」

と尋ねた。

「その他でございますか？」

「そうじゃ」

「そう言われましても」

「何か言ったはずじゃ。どのようなことでも構わぬ」

「そう言えば吉良殿の件について何度か」

「吉良殿のことを?」

「はい。随分と吉良殿の処分について尋ねたようでございます」

〈御家再興と吉良殿の処分〉

吉保は心の内で何度かそのことを繰り返した後で、

〈御家再興が絶望となった時、大石は吉良殿の首を狙うはず〉

と考えた時、吉保は果たしてそれが内蔵助の本意なのか疑った。徳川の世となって百年が過ぎ、泰平の世となった今、主君と家臣の結び付きは非常に弱いものとなっていたからである。

〈大石の第一の望みは浅野家の再興のはず。では、大石は何のために上野介殿の首を狙うのか……〉

吉保の推理はそこで止まった。だが、幾ら考えても吉保にはこれという答えが出てこなかった。

その後、日が経つにつれ、忙しさの中で吉保は赤穂のことも内蔵助のこともほとんど忘れてしまっていた。だが、五月の下旬に吉保は再び大石内蔵助と向かい合うことになるのである。

その日、吉保が邸に帰ると使いの者が待っていた。

「殿、隆光様の使いと申す者が参っております」

「隆光殿の使いの者が?」

「かれこれ半刻程前からお待ちでございます」

「用件は？」

「殿に直接見せたい書状があるそうで」

「書状？」

「隆光様から殿の返事を必ずもらってくるよう厳命されたとか」

隆光は真言宗新義派の僧侶で、万治元年（一六五八）に唐招提寺に入り、その後寛文元年（一六六一）に真言宗新義派の本山長谷寺に移った。そして、貞享三年（一六八六）に将軍家の祈祷寺の一つ筑波山知足院の住職を命じられ、江戸にある知足院の別院に入っている。これをきっかけに隆光は綱吉の護持僧になり、綱吉の母桂昌院からも厚い帰依を受けることになったのである。

吉保も隆光も綱吉の庇護の下絶大な権力を握っており、吉保が表の存在とするなら、隆光は裏の存在であった。二人に共通しているのは余り評判がよくないということだったが、そこには多分に綱吉から破格の寵愛を受けている二人に対する嫉妬があった。殊に隆光は長子徳松の死後、後嗣がないことを悩んでいた綱吉、桂昌院に「生類を大事にすれば子が授かる」と助言をしたことから、悪名高い「生類憐みの令」の生みの親のように思われていた。だが、綱吉はその存命中に「生類憐みの令」というまとまった法令を出したことはなく、隆光がそれらに関わりを持ったこともなかったのである。

吉保はこれまでに隆光と親しく言葉を交わしたことはなかった。別に隆光の存在を意識していたからではなく、単にその機会がなかったからである。

吉保は着替えを済ませると、隆光の使いの者を待たせてある部屋へ向かった。

吉保が部屋へ入ると一人の男が両手をついて、面を伏せていた。

「その方が隆光の使いの者か？」

「左様にございます」

「面を上げい」

吉保に言われ、顔を上げた男を見て吉保は一瞬息を飲んだ。眉間に大きな切り傷があり、左の眼は潰れていたからである。

「その方、ただの使いの者ではあるまい？」

男は暫くの間、表情を変えずに黙ったままでいたが、一言だけ小さな声で言った。

「上様の命により……」

男は綱吉が隆光の身を守るために遣わした草の者だった。吉保は男の一言で全てを察し、それ以上のことは聞かずに、用件を尋ねた。

「で、このような時刻にどのような用で参った？」

男は懐から一通の書状を取り出すと、吉保の前に置いた。

「この書状は？」

「今、鏡照院におります、祐海と申す僧が隆光様に宛てた書状でございます」

「その祐海とは何者じゃ？」

「赤穂の遠林寺の僧でございます」

「赤穂の？」

「はっ」

「で、その祐海と隆光殿はどのような繋がりがあるのじゃ？」

「同じ真言宗の僧ということのみ」

赤穂と聞いた時、吉保は大石内蔵助のことを思い出していた。

「その祐海が隆光殿宛に出した書状を何故この吉保の所に？」

「この書状を柳沢様に読んでいただき、指図を仰ぎたいとの隆光様の仰せでございます」

「隆光殿がわしの指図を？」

「左様にございます」

吉保は一瞬躊躇《ためら》った。吉保がその書状を手に取るのを躊躇ったのは、祐海が赤穂の僧だと聞いて〈大石の赤穂浅野家の再興に関する書状では？〉と思ったからである。

吉保は暫くしてから目の前に置かれた書状を読んだが、それは大石内蔵助が隆光宛に書いた赤穂浅野家再興のための嘆願書だった。

やはり吉保は大石内蔵助が幕府の中枢にいる人間に働きかけ、綱吉を動かそうとしているに違いないと思った。

〈大石が隆光殿に直接このような書状を送ったということは、桂昌院様を巻き込むつもりに相違ない。万一、隆光が赤穂浅野家再興について桂昌院様に口添えをし、それによって桂昌院様の心が動き、桂昌院様の口から上様に伝われば、恐らく上様は何らかの形で赤穂浅野家の再興を許すことになるやも知れぬ〉

それは多分に有り得ることだった。綱吉の一番の弱点は桂昌院だったからである。吉保は、〈それだけは何としても阻止しなければならぬ〉と思った。幕法を将軍の一存で簡単に変えることなどあってはならないのである。殿中で刃傷に及べばその身は切腹、御家は断絶が幕府の法なのである。まして、今回の内匠頭の刃傷は上野介との喧嘩が原因ではないのだから、上野介に何らお咎めがないのは当然のことだった。

幸いなことに内蔵助の嘆願書は吉保の手許にあった。

「この書状を読んだ者は他にも？」

「いえ、隆光様がお読みになっただけでございます」

その言葉を聞いて吉保は安堵した。老中や若年寄の中には内匠頭に同情を寄せる者がいたからである。

「それで、隆光殿はどのようなお考えをお持ちかな？」

「何も」

「何も？」

「ただ、柳沢様の指図を聞いてくるようにとのことでございます」

「されば、『この書状は無かったものにしていただきたい』と隆光殿にお伝え下され」

「無かったものでござりますか？」

「左様。この書状は初めからこの世に無かったものでござる」

吉保はそう言うと手焙《てあぶ》りの中に書状を置き、燃やしてしまった。

「この吉保も、隆光殿からの書状などは見た覚えはござらん。隆光殿もわしに書状を見せたということはなかった……」

吉保としてはこれ以上騒動を大きくしたくなかった。全ては内匠頭の切腹と、赤穂浅野家断絶ですんだことにしたかったのである。

「帰ったら隆光殿にこのことは他言無用と伝え下され。それで隆光殿も一切を承知するはず」

「畏まりました」

「それからもう一つ隆光殿に伝えていただきたいことがござる」

「はっ」

「その祐海とやら申す僧に、今後もこのようなことを続けるとあらば、その者にとっても不都合なことになるであろうと、隆光殿からも釘を刺していただきたい」

「はっ」

男が帰った後も吉保は座ったままでいた。

〈大石内蔵助、どのような男か〉

吉保の脳裡には、赤穂城受け取りの報告の時に聞いた大石内蔵助の話が鮮やかに思い出された。

〈これだけのことが出来る男が、よく今まで評判にもならずにきたものだ〉

吉保は書斎へ行くと部屋の隅に桐の箱に入れたままになっている「調べ書」を出して読み始めた。


その時吉保が手にした「調べ書」とは、数ヶ月前に綱吉が吉保の邸を訪れた時に土産として持参してきたものだった。

「今日はちと変わった土産を持ってまいった」

綱吉はそう言うと、供の者に命じ、吉保の前に割合大きな桐の箱を三つ置かせた。

「これは何でございましょう?」

「まあ、その箱を開けて自分の目で確かめてみよ」

綱吉は楽しそうな顔をしていたが、吉保が綱吉に言われるまま、桐の箱を開けてみると、四十数冊の本が出てきた。

「余の説明を聞くより、見たほうがよく分かるだろう」

吉保は綱吉に言われるままに目を通してみたが、そこには尾張、紀州、水戸の御三家をはじめ、各大名の姓、称号、諱《いみな》、官位、紋、年齢。室、父の姓、称号、諱、続柄、嫡子の姓名、その他の直系家族の続柄、姓、称号、諱に始まり、居城に関しては江戸からの距離、石高、年貢収納率、勝手の良否、特産の有無、家臣団の組成、家民の風俗、政道の寛厳、土地柄の上中下、家老名、大名の性格、行跡、逸話、世説《せせつ》風評。そして要職者の評価が事細かに書かれてあった。

「どうじゃ、面白いか?」

「はあ……」

「何じゃ、何時ものそちらしくもない」

「このようなものを何時頃から?」

「もう随分前からじゃ」

「何故にこのようなものを?」

「大名達の真の姿を知りたくてな。そち達老中からの報告は政治向きのものばかりじゃ。それでは大名達の本当の姿は分からぬ。そこで余は誰にも知れぬように調べさせることにしたのじゃ」

「どのような者をお使いに?」

「鳥見、伊賀者の中から余が目を付けていた者達だ。まあ、みな何時隠居してもおかしくない者ばかりだがな。その者達に大名の行跡と風評を調べることを命じたのじゃ」

〝鳥見〟とは将軍が鷹狩りをする時に、獲物の鳥がいるかを先回りして見る役目の者を言ったが、その実体は幕府の隠密だった。

「そちはどう思うか知れぬが、この風評というものは馬鹿にできぬ。余のことを〝犬公方〟と呼んでいる者もおるそうじゃ」

綱吉の言葉を聞いているうちに吉保は背筋の凍るような思いがした。綱吉が〝犬公方〟と呼ばれていることをわざわざ知らせる者などいないはずなのに綱吉は知っていたのである。

「これをそちにつかわす。政をするうえで役に立つはずじゃ。大名達の本当の姿、素顔を知っておくだけでも随分と違うからのう」

綱吉が帰った後、吉保は自分がどのように書かれているか、評価されているか気になり早速読んでみることにした。

『生得才智発明也《なり》。文武の沙汰はなしと言えども、上《かみ》の好ませ給う処、御近臣たれば争《いかで》か分道を学び給はざるべき。行跡正しく、慈悲専《もっぱ》らとして、民に哀憐《あいれん》あり、忠勤を第一として、仁心深き故、殺生を堅く誡《いまし》めらる。仍《よっ》て家人、百姓に至る迄、物の命を絶たず。慈悲専らとす。心意順良にして邪佞《じゃねい》の心なく、誉の将と言えり』

これほどまでに誉められると、吉保は何となく気恥ずかしいような気持ちがしたが、同時にほっとした。

その後、吉保は綱吉が持ってきた土産をあえて読もうとはしなかった。綱吉はそれを政に役に立てるように言ったが、吉保はそれによって大名達に先入観を持つことを怖れたのである。

それよりも吉保は、綱吉が抱えている伊賀者、鳥見の者を何とか自分の手足として使えないかを考えていた。目的は大石内蔵助と彼に同調する赤穂藩の浪人達の動きを探ることだった。

吉保は次に綱吉が我が邸を訪れた時、そのことを願い出たのである。綱吉は細かなことは聞かず、ただ、

「あの者達はその方の役に立つのか？」

と尋ねた。

「間違いなく」

「あの者達をどのように使う？」

「江戸市中に置いておき、様々な話を拾い集めてきてもらうつもりでおります」

「それは面白い。城の奥にいたのでは聞けない話が聞けるかもしれんな」

綱吉はそれ以上は何も聞かず、吉保の申し出を承諾した。

「では、一両日中にこの邸に差し向ける。その代わり、その者達から聞いた話を必ず余にも知らせるのだぞ」

それから数日後、吉保を訪ねてきたのはどこにでも居る老人だった。

「殿、一人の年寄りが殿に会いたいと」

「年寄りがか？」

「はっ。何度も追い返そうとしたのですが、殿の知り合いからの言いつけで参ったと」

　吉保は綱吉が言っていた者だと察し、すぐに連れてくるように命じた。老人は案内してきた家人がいなくなるのを待って、

「上様の使いで参りました」

　と小声で言った。吉保は少しの間、男を見詰めていたが、そこには、街中で見かける平凡な年寄りが座っているだけだった。

「そちがか?」

「はっ」

「わしが上様に無理を言って、その方を借り受けたのじゃ」

「そのことにつきましては上様からも伺っております。これからは柳沢様の下で働くようにとの仰せでございました」

「わしの下で?」

「はいっ。で、柳沢様は私に何をせよと」

「江戸市中の噂話を拾い集め、五日か七日に一度、わしに話してくれればよい」

「それだけでございますか」

「今のところはな。ところで、そちの名をまだ聞いていなかったな」

「三蔵と申します」

「では三蔵、しかと頼んだぞ」

「畏まりました」

「ところで、上様の命によって諸国の大名を調べたのはその方一人か?」

「私一人ではございませんが」

「何人ほどじゃ?」

「六人が二人ずつになって調べたものでございます」

「さぞかし苦労したであろうな」

「いいえ、旅人を装いまして、それぞれの領内での噂話などを拾い集めてくるだけでございましたから、いたって気楽なもので」

「そうか。まあわしの仕事も暫くの間はそのようなものじゃ」

その日、三蔵はすぐに帰って行ったが、それから五日毎に吉保の許へやってきては江戸市中に転がっている様々な噂話を話しては帰って行った。そして、吉保はその都度まとまった金子を三蔵に渡した。


吉保は、浅野内匠頭について「調べ書」にはどのように書かれているのかふと興味を持った。そこには吉保にとって意外なことが書かれていた。

『長矩、智有って利発なり。家民《かみん》の仕置もよろしき故に、士《さむらい》も百姓も豊なり。女色《にょしょく》を好むこと、切《せつ》なり。故に奸曲《かんきょく》の諂《へつら》い者、主君の好む所に随って、色能《よ》き婦人を捜し求めて出《いだ》す輩《ともがら》、出頭、立身す。況《いわん》や女縁《にょえん》の輩、時を得て禄を貪《むさぼ》り、金銀に飽く者多し。昼夜、閨門《けいもん》に有って戯《たわむ》れ、政道は、幼少の時より成長の今に至って、家老の心に任す』

この報告によれば、内匠頭は藩の政治は家老に任せ、女色を好み、内匠頭の好む女を探した者は出世し、政治は家老に任せたままであると書かれている。

吉保は「まさか」と思いながらその続きを読んだが、家老大石内蔵助に対しても手厳しい評が書かれてあった。

『謳歌《おうか》評説《ひょうせつ》に云わく、此の将の行跡、本文に載せず。文武の沙汰もなし。故に評無し。唯《た》だ女色に躭《ふけ》るの難のみを揚げたり。婬乱《いんらん》無道は、傾国・家滅《かめつ》の瑞相《ずいそう》、敬《つつし》まずんばあるべからず。「前漢書」李延年《りえんねん》が歌に曰《い》わく。「北方に佳人《かじん》有り、世に絶えて独り立つ。一たび顧《かえり》みれば人の城を傾く。再び顧みれば人の国を傾く。寧《むし》ろ城国を傾くこと知らんや。佳人再び得ず」と云々。故に傾城《けいせい》・傾国の基《もとい》と云えり。次に家老の仕置き心許《こころもと》無し。若年の主君、色に躭るを諫めざる程の不忠の臣の政道覚束《おぼつか》なし』

〈これが同じ人間なのだろうか？〉

読み終えた吉保がそう思わざるを得ないほど、吉保の聞いている大石内蔵助と、ここに記されている大石内蔵助の間には差があったからである。

吉保は近いうちに三蔵を赤穂に向かわせ、大石内蔵助の様子を探らせようと思ったが、当分の間待つことにした。

〈何時まで待つか……〉

吉保はその時を大学長廣の処分が下る時と決めていた。赤穂浅野家再興の夢が叶わなくなった時に、大石内蔵助は必ず動くに違いないと吉保は確信していたからである。

〈その時、大石内蔵助という男の本当の姿が見られるはず〉

吉保にはその日が楽しみであった。

翌日、吉保は家の者達に赤穂浅野家再興に決して係わることのないように厳命した。荒木十左衛門、榊原采女の両目付だけでなく、隆光にも御家再興の働きかけがあった以上、必ず自分に対しても何らかの働きかけがあるに違いないと思ったからである。

案の定、数日後、隆光から祐海が吉保の家臣平岡安右衛門、豊原権右衛門の両名に赤穂浅野家再興の嘆願を行うとの報せが届いたが、知らせてきたのはあの眉間に刀傷のある男だった。

この間に吉良家では大きな動きがあった。元禄十四年八月十九日、上野介は呉服橋門内から本所一ツ目回向院裏の旧松平登之助信望（松平伊豆守信綱四男・信定の第四子）邸への邸替えを命じられ、同年十二月十二日に上野介は隠居し、左兵衛《さひょうえ》義周《よしちか》が家督を継いだのである。

そして翌元禄十五年七月十八日に幕府の大学長廣への裁定が下り、大学長廣は閉門を解かれ、本家の浅野安芸守綱長に永のお預けとなった。このことは赤穂浅野家再興が絶望となったことを意味した。この裁定に対し、老中達の間で異論が出ることは全くなかった。老中達にとって浅野内匠頭の刃傷はすでに遠い昔の出来事のように思われていたし、これで全てが片付いたと思ったのである。

だが、吉保はこれから上野介の首を狙う大石内蔵助とその同志が動き出すに違いないと思っていた。吉保は邸に戻ると、至急邸に来るようにと三蔵の許へ使いを出したのである。

探り

半刻ほどしてから三蔵は、街中の何処にでもいそうな隠居のような服装《なり》をし、手には二升の酒樽をぶら下げてやってきた。

「このような時間にお呼び出しになられるとは柳沢様にしては珍しいことでございますな」

三蔵が言うように今まで吉保がこのような遅い時間に三蔵を呼び出すことはなかった。

「いよいよでございますな」

吉保の顔を見るなり三蔵はそう言ったが、その目は鋭く光っていた。

「どうしてそう思う?」

「柳沢様の顔にそう書いてあります」

「わしの顔に?」

「はいっ。何時ものような酒を飲みながら江戸市中の話を聞くようなのんびりとしたお顔ではございません」

吉保は三蔵に厳しい目を向けた。

「そうか、そのような顔をしておるか。三蔵、いよいよそなた達に働いてもらう時がやってきた」

すると三蔵は世間話でもするような軽い口調で応じた。

「左様でございますか。で、どのようなことをすればよろしいので？」

「まあ、話は酒でも飲みながら……」

「いえ、酒は全ての用件を伺ってからで結構でございます。この酒はそのために持ってまいりましたもの。どうも当分の間ゆっくりと酒を飲むことができそうもないように思われますからな」

「相変わらずじゃな」

これまで三蔵はどのような用件でも、それを聞き終えるまで酒を飲むことは一度としてなかった。

「酒を飲むと何処か気の緩むもの。その気の緩みが大失態をまねくことがあります。どのような些細なことでも聞き漏らすわけにはまいりませぬから、酒はその後でいただきます」

というのが三蔵の言葉だったが、それが吉保に三蔵を信用させることになった。

「では、用件を話すが一人の男とその周りにいる者達を当分の間見張っていてもらいたい」

「見張るだけでいいのでございますか？」

「そうじゃ。当分の間はな」

「その他には」

「今のところはそれだけでよい」

「どのくらいの間？」

吉保はほんの少し考える素振りを見せた。

「一年……長くて二年であろう」

「で、その相手は？」

「赤穂浅野家、今は元赤穂浅野家と言ったほうがいいかもしれぬが、主席家老を務めていた大石内蔵助という者じゃ」

三蔵は意外そうな顔をした。

「そのような者を何故《なにゆえ》でございます？　赤穂浅野家は江戸城中に於いて藩主浅野内匠頭が吉良上野介様に刃傷に及んだためにお取り潰しになったはず。それで全ての片がついていると思われますが。そのような藩の家老を見張るのでございますか？」

「そうじゃ。このようなことはわしにとっても初めてじゃが」

「その後、大石に不穏な動きでも？」

「今のところは何もないが、この一、二年の間に必ず何かをやりそうに思えるのじゃ」

「何をでございます?」

「今のところ分からぬ。だが、わしにはそう思えるのじゃ。ところで、この度の城中での刃傷沙汰、江戸市中でも評判になっておるか?」

「それは勿論、大層評判になりました。いかんせん事件が起こった場所が場所でございますからな。様々な憶測を呼び、それぞれが勝手なことを言っております」

「物見高い者達にとっては恰好の材料というわけじゃな」

「そのようでございます」

「今はどうじゃ?」

「以前ほどではございませんが。ただ……」

「ただ?」

「吉良様に何のお咎めもなかったことで、『赤穂の浪人の中に何かしでかす人間がいるんじゃないか』と申す者も少なからずおります」

「赤穂の者どもが何かを起こすか。で、具体的には何か申しておったか?」

「いやっ、それはございません。何と言いますか、騒動でも起こってくれないかという願望のようなもので、ただそれだけでございます」

「ただ、それだけか?」

「今の江戸は昔と違って、何処か息苦しいような感じがありますからな。その捌《は》け口を求めているのかも知れませぬ」

「それほど今の江戸は息苦しいか？」

「以前に比べると、住みにくくなってきております」

「それはどのようなところがだ？」

「何処がというのではございませんが、何か殺伐としたような」

吉保はもう少し詳しく聞こうと思ったが、それは何れの機会とした。

「吉良殿にはどのような評判がたっておる？」

「吉良様でございますか？」

三蔵のその様子を見て、吉保は、余りよくはないなと思った。

「一言で言えば金にうるさいとの評判でございます」

「吝嗇《りんしょく》とは違うようじゃな」

「この度の刃傷も、それが原因の一つになっているかのように申しておる者もおります」

「で、その評判とは？」

「勅使や院使の饗応役についた大名は、高家のほうへ幾らかの金子と品物を持っていくことになっているそうですが、吉良様はその金子の多い、少ないでご機嫌が随分と変わるとのこと、この度の刃傷もそうしたことが……」

「なるほど、そのように申す者もおるか。その話の出所は恐らく浅野の肩を持つ大名辺りから出たものだろう。で、内匠頭の評判はどうじゃ？」

「こちらのほうも今一つで」

三蔵の言葉は意外だった。多くの者達は御家は取り潰しになり、自らは切腹をしなければならなかった内匠頭に同情を寄せているのではないかと思っていたからである。事実、大名の中にはそう思っている者が少なからずいたが、吉良に何の処分もなかったことでその数は相当な数になっていた。

「内匠頭に対する言葉でよく耳にしましたのは『武士の作法を知らぬ』というものが多うございました」

「武士の作法か……町人どもがそう申しておったのか？」

「左様でございます」

「どのように？」

「『五万三千石を擲《なげう》って上野介の命をとろうとしたのに、何故斬らないで突かなかったんだ』と申しております」

「斬らずに突くか」

確かに町人達の言う通りだった。

「町人でも知っていることを武士が知らなかったということじゃな」

吉保はその言葉は町人達の内匠頭、いや、今の武士達に対する言葉のように思えた。

に思えた。

吉保はそう尋ねたが、三蔵は黙ったままだったが、その様子を見て、吉保は三蔵も他の町人達と同様の考えを持っていると思った。そして内匠頭の刃傷は、泰平の世となって約百年たって起こった事件だが、武士というものの存在が足元から揺らいでいることを示したもののように思えた。

「家老の大石内蔵助についてはどうじゃ？」

「そうでございますな、これといった評判は聞きませぬが、ただ、赤穂の城の明け渡しの時の手際はなかなかお見事だったようでございますな」

吉保はそのようなことまでも江戸市中に広まっていることに驚いた。

「そのような話は何処から出た？」

「恐らく赤穂の者達が商いなどで出かけた土地で言ったことが広まったと思われます」

「人の口か」

「人の口から出る言葉をとめられませんし、その広がる速さは我々の想像が及ばないほど早《はよ》うございます。それまでの大石内蔵助は、家臣達も陰で〝昼行燈《ひるあんどん》〟と渾名《あだな》をする、居るのか居ないのか分からぬような存在だったようでございます」

「〝昼行燈〟か。余り褒められた言葉ではなさそうじゃな」

「はい。寧ろ、その逆のように思われます」

三蔵の話を聞いて吉保は〈大石内蔵助という男、やはりなかなか面白そうな男じゃ〉と思った。

吉保は家人を呼ぶと綱吉から貰った「調べ書」の中から、浅野内匠頭に関する部分を至急持ってくるように命じた。

「三蔵、改めてそちに聞くがこれまでに赤穂領内、浅野内匠頭を探索したことは？」

「ございません。もっぱら北の藩ばかりでございました」

「これから赤穂の城の明け渡しの大石の働きを語って聞かせるが、その後これから持って参る『調べ書』を読んだうえで大石に対するそちの考えを聞かせてもらいたい」

吉保はそう言ってから、まず、大石が収城使として赤穂に赴いた荒木十左衛門、榊原采女の両目付に対し、老中達に赤穂浅野家の御家再興の嘆願を行うことを約束させたこと。赤穂遠林寺の僧・祐海を使い、隆光に綱吉、桂昌院に御家再興を働きかけようとしたこと、そして、幕府御典医・植村養仙の伝《つて》で柳沢家の家老平岡安右衛門、用人・豊原権右衛門にまで手をまわそうとしていたことを話した。

「なかなか大胆なお方のようでございますな」

話を聞き終えると三蔵はそう言ったきり黙っていた。

暫くすると浅野内匠頭に関する「調べ書」を持ってきたので吉保は三蔵に渡した。

「その『調べ書』に書かれている大石という人間の姿と、わしの知っている大石という人間の姿には相当の隔たりがある。そこでその『調べ書』を読んだ後、そちの率直な意見を聞きたい」

「手前の意見でございますか？」

「そうじゃ」

三蔵は一瞬躊躇《ためら》う様子を見せた後、「調べ書」を読み始めた。

「どうじゃな？」

三蔵が読み終えると吉保はすぐに尋ねた。

「柳沢様はこの三蔵に何をお聞きになりたいのでございます？」

「そちは赤穂での荒木、榊原に接した時の大石と、その『調べ書』の大石のどちらを本当の大石の姿と見る？」

するとと三蔵はあっさりと、

「どちらも本当の姿でございましょう」

と答えた。

「どちらも本当の姿？」

「はい。人間、誰でも一面しか持っていない者はおりません。このことは柳沢様もよく御存じのはず。この『調べ書』に書かれている大石の姿も、赤穂城明け渡しの時から赤穂浅野家再興のために様々な策を用いたのも大石という人間の本当の姿。強いて言うなら、この度の事件が大石の隠れた一面を表に現わさせたのでございましょう」

「三蔵はそのように見るか。今度の事件で現われたのが大石の今まで隠していた姿ということか」

「そのように思います。徳川の世になって百余年。今、大石をはじめとする浅野家の家臣にとって最も大事なのは主君内匠頭ではなく、藩であり、土地でございます。これは何も赤穂浅野家だけのことではございませぬ。どの大名にとっても同様のことでございます。そのため、主席家老の一番の務めは藩の安泰のはず。

確か、内匠頭には嗣子がいなかったと思われますが、幕府の法では世継ぎの無い場合その藩は改易となっております。大石としては他のことには目を瞑っても、内匠頭に世継ぎを作ってもらわなければなりませんから、内匠頭の不行跡にもあえて苦言をしなかったのでしょう。藩を傾けることがない範囲内なら口を挟まないのも当然のことと思われます」

「〝昼行燈〟と陰口をたたかれてもか」

「大石も自分がそのように言われていることは知っていたでしょうが、恐らく気にもとめていなかったと思います」

「なるほど。では赤穂城明け渡しの時は？」

「それも大石の本性でございましょう。大石の務めは藩の存続と安泰。それが出来なかった以上、僅かな可能性に賭けても御家の再興を図ろうとするのは当然のことと存じます」

「だが、その僅かな可能性が潰えた今は？」

「当然吉良様の命を狙うものと」

「何故に？」

「幕府に対する意地と、己の武士としての一分のためでございましょうな。そして大石の場合、藩を守ることが出来なかったことを詫びる気持ちもあるかと」

「誰に詫びるのじゃ？」

「単純に言えば先祖。それは大石にとっての先祖であり、浅野家代々の藩主に対してでしょうな」

吉保には大石達のそうした心を漠然としか理解することが出来なかった。

「大石は主君内匠頭のため、大学長廣のためと盛んに言っておるが？」

「それは極《ご》一部でしょう」

「では、大石達が吉良殿の命を狙うのはあくまで内匠頭のためではないと三蔵は思うのか？」

「幕府の法によって殉死が禁じられてから、武士の世界も変わりました」

三蔵が言ったのは、四代将軍家綱の寛文三年の「武家諸法度」に於いて、殉死を禁止する旨を伝えたことを言っていた。そこには、

『殉死は古《いにしへ》より不義無益の事也と誡《いまし》め置くといへども、仰せ出されこれなき故に、近年追腹《おいばら》の者余多《あまた》これあり候。向後、さようの存念これある者には、常々その主人より殉死仕らず候様

に、堅く申し含むべく候。もし以来これあるにおいては、その亡主不覚悟の越度《おっと》たるべし。跡目の息も、抑留せしめざる儀、不届きに思し召さるべき者也。』

と記されていたのである。

「三蔵はそのように考えるか」

「お役目についている時にそれを感じたのです。家臣は主君よりその藩や土地に愛着を持つ者が多くなりました」

「だが、大石達は吉良殿の命を狙おうとしておるが？」

「それもみんながみんな純粋に内匠頭を慕ってのことではございますまい。寧ろそのほうが少ないと思います」

「吉良殿の命を貰い受けることだけでまとまっていると申すのか」

「左様で……」

吉保は〈三蔵は先程、「武士の世界」が変わったと言っていたが、今、大名達が「武士」というものの己の存在に自信をなくしているのかもしれない〉と思い、これからの幕府の在り方を考えた。

〈そのためには幕府としてどうするのが良いか〉

そこまで考えた時、吉保に〈大石達赤穂の浪人を利用できるやもしれぬ〉という思いが浮かんだ。

吉保の様子をじっと見ていた三蔵は、

〈もしや柳沢様は大石達に吉良殿を討たせてもよいと考えているのでは〉

と思い、己の考えを吉保に聞いてみることにした。それによって己の行動が変わってくるからであった。

「柳沢様、これはこの三蔵の考え過ぎかもしれませぬが、柳沢様は大石達赤穂の浪人達に吉良様を討たせてもよいとお考えなのでは？」

「どうしてそう思う」

「別に理由はございません。ただ……」

三蔵はそこで黙ってしまった。その間、三蔵を見る吉保の目はこれまで三蔵が見たことがないほどの鋭さと凄味があった。これまで三蔵がそのような目付きと似たものを見たのは綱吉だけであった。

「ただ何じゃ？」

三蔵は背中に汗をかいていた。

「この三蔵の勘でございます」

「その方の勘か。さて、どうかな……」

吉保は呟くように言った。

「それが幕府のためであればそうするかもしれぬな」

「柳沢様は恐ろしい方でございますな」

「わしなどよりずっと恐ろしいお方がおる」

「上様でございますか」

吉保は黙って頷いた。

「しかし、いずれにしてもこの件は柳沢様にとって余り得な話にはならぬようでございますな」

「そうかも知れぬな」

「どのような結果になろうと良く言われることはございますまい」

それは吉保も充分承知していた。

「お犬様の件でも随分と悪者になっております」

「お犬様か……」

吉保は思わず苦笑いを浮かべた。

綱吉の時代、幕府は後に「生類憐みの令」と呼ばれる一群の禁令を出しているが、そのような名の法令は一度も出していなかった。

幕府が最初に法令を出したのは貞享二年のことで、「将軍の御成りの時でも家々の飼い犬、飼い猫を繋ぐには及ばない」というものだった。この年、吉保は従五位下、出羽守となったが幕閣に於いてまだそれほどの力を持っていなかった。吉保が側用人として頭角を顕すのは翌貞享三年からのことである。そして、翌貞享四年、幕府は「病人並びに病馬等捨候儀、御停之札」という高札を出している。これはこの頃まで行われていた病気の人間や牛馬を山野に捨てるという風習を禁じたもので、綱吉は先代まで続いていた悪習を断ち切ろうとしたのである。

だが、その適用範囲は綱吉の思惑とは別に際限無く広がっていった。そして、長子徳松の死後、後嗣が無いことを悩んでいた綱吉、桂昌院親子に隆光をはじめとする僧達が、

「生類を大事にすれば子供が生まれる」

と助言したことに端を発し広がっていった。綱吉が〝戌年〟の生まれだったために殊に犬が大切にされ、それが江戸庶民の災難の元となった。無論責められるべきはそうした行き過ぎに歯止めをかけられなかった綱吉達幕閣の人間達に違いないが、その批難の矢面に立たされたのはその頃すでに幕府内随一の権力者となっていた吉保であり、そのようなことを綱吉に助言した隆光だったのである。無論それに対して吉保は何も言わなかった。否、言うことが許されなかった。

「ところで大石のことじゃが」

「やはり拘《こだわ》りますか」

「拘るというより、これ以上騒ぎを大きくしたくないというのが本音じゃ」

「柳沢様はこのままでは何か大事になるとお考えで?」

「なるやも知れぬし、ならぬかも知れぬ。いずれにしろ、このまま何も起こらず時が過ぎてく

れればこれ以上のことはないのじゃが……」

三蔵にそう言ったものの、吉保は必ず大石は事を起こすと思っていた。御家再興のためにとった大石の行動を見れば、それは確信に近いものだった。

「ところで三蔵、そなたの配下となる人間は何人ほどいる？」

「何人でも、柳沢様が必要な数だけおります」

三蔵はそう言った後、

「ただし、ほとんどが少々年をとっておりますが」

と言って笑った。三蔵にしては滅多にないことだったが、三蔵がそれだけ吉保に心を許したことの表われでもあった。

「みな半ば隠居をしているような者達ばかりでございますが」

「腕は若い者達にはまだ負けぬということじゃな」

「その通りで」

「では、すぐにも取り掛かってもらいたいことがある」

「大石の身辺を探ることでございますな」

「出入りする者は女、子供にいたるまでその素性を調べてもらいたい」

「子供を連絡役に使う場合もございますからな」

「どのくらいかかる？」

「多少時間をいただきとうございます」

「一月《ひとつき》半か二月《ふたつき》ほどか？」

「いえ、一月もあれば主だった者は十分でございます。その後大石の一味に加わる者がございましたらその都度お知らせいたします」

「一味から抜ける者もな」

「そうでございましたな」

「しかし、一月で調べられるか。大したものよのう」

「私どもはそれで生きて参りました」

三蔵の言葉は自信に満ちていた。

「なるほどの」

「それによって命を落とす者もおったのであろうな」

「昔はおりましたが、このような時代でございます。そのようなことはほとんど……」

「なくなったと申すのか」

「はい。……それだけ穏やかな世の中になったのです」

「穏やかな世の中か」

吉保は三蔵の言う通りかもしれないと思った。武士同士の力の対立の時代が終わり、今、武士の闘う相手は町人の時代になっていたからである。

「で、大石の今の住まいは？」

「赤穂を退散した後は京の山科に居るようじゃ」

「それでは当座は五、六名の者に大石の監視の役目をやらせることにいたしましょう。誰にするか採めまするが」

「何故？」

「みな、退屈をしておりますから」

思わず吉保は大声を出して笑った。

「何時《いつ》頃山科に向かう？」

「明日には」

「頼んだぞ」

「それから、柳沢様とこうして会うのは私一人でございます。万一何かの都合で私が参ることができない場合は、その者に書状と一緒にこの割符を持たせます」

「その者が割符を持っておらぬ時は？」

「その場でお斬り捨て下さい」

「あい、分かった。それと……」

「分かっております。江戸に残っている赤穂の浪人達の様子を探るのでございましょう」

「そうじゃ。山科に居ては大石の監視の目も届かぬ故、どのような形で爆発する者が出るやも知れぬからな」

「もし、その時は如何いたします？」

「余り手荒な真似はしたくないが、その際はやむを得ぬ」

一通りの話が済むと吉保と三蔵は酒を飲みながら話を始めたが、最初は世間話のようなものだったが、次第に内匠頭達の話になっていった。

「変わった事件でございますな」

「三蔵もそう思うか。そう、変わった事件じゃ。事を起こした本人はその原因を何も言わず、斬られた者も心当たりがないという」

「柳沢様、これは内匠頭の刃傷に対して三蔵の思うところですが」

「申してみよ」

「内匠頭本人にもその理由が分かっておらぬのではなかったかと」

「というと？」

「幾つかの事が重なり、内匠頭自身混乱の中、些細なことで刃傷に及び、その後我に返った時は事の重大さに呆然としていたのではないかと」

「なるほどの。そうかもしれん。だが、その後おかしなことになった」

「事件を起こした側に同情が集まっていることでございますか」

「集まり過ぎておる」

「浪人の身となった赤穂の家臣達にも随分と同情が集まっている様子でございます」

「そうなると今後わしだけでなく、吉良殿、上様は大悪人ということになりかねん」

「そうかもしれませぬ」

「この度の刃傷、大石が言う喧嘩両成敗とするわけにはいかぬ。幕府の中にもそのようなことを言う者がおるが、もし、そのようなことが通れば大名同士が些細なことから斬り合いをはじめ、城中はとんだ修羅場となりかねん」

「修羅場でございますか」

三蔵はそう言うと軽く笑った。

「みな、腰に物騒な物を持っておるからな」

「そのような物が無くとも城中は修羅場でございます」

「城中がか?」

「はい。権力争いの修羅場でございます」

「これは一本取られたのう。まさに三蔵の申す通りじゃ。これからはわしも気をつけぬとのう」

それから半刻ばかりして三蔵は楽しげに帰って行ったが、三蔵の心は久し振りに昂りを感じていた。それは三蔵が長い間忘れていたものだった。そして、吉保は結果的に大石と関わりを持つことになったことに苦い思いを感じていた。

三蔵が再び吉保の前に姿を現わしたのは一月後《ひとつき》のことだった。

「多少時間がかかりましたが」

そう言いながら三蔵は懐の中から吉保に頼まれていた「調べ書」を取り出した。

「大石と誓詞血判を交わした者達の名と、現在の住まいが記されております」

「誓詞血判？」

「あくまで大石と行動を共にすると誓った者達でございますが、そこに書かれた者達が吉良様のお命を狙う者達と思っていただければ」

「よく調べたの」

「元赤穂藩の家臣何名かから聞き出しました」

「教えてくれたのか？」

「一度藩を離れた者ならたやすいことでございます。普段大石とそりのあわなかった者であれば尚更。後は金の力でございます」

吉保は、そのようなものかと思ったが、余り良い気持ちがしなかった。

「大石と誓詞血判を交わした者は何名ほどおる？」

「御覧になっていただければ分かると存じます」

「赤穂藩の家臣は確か三百余名のはず。四分の一か……」

吉保は少ないと思った。だが、この時の吉保は、大石内蔵助が八月五日に大高源五、貝賀弥《かいがや》左衛門《ざえもん》の二人を派遣して、上方同志に対し元禄十四年三月に取り交わした誓詞血判を返還させ、再度藩士達に向背を迫ったことを知らなかった。大石と行動を共にしようとする藩士の数は実際には三蔵の「調べ書」より少なくなっていたのである。三蔵が「調べ書」を作り、吉保に渡す間にも同志の中から絶えず脱盟者が出ていたためであった。

浅野内匠頭が殿中に於いて吉良上野介に対し刃傷に及んでから約一年半、また浅野大学長廣が閉門を解かれ、広島の浅野綱長に永の預けとなり、赤穂浅野家の再興が絶望となってから一月余りしか経っていなかった。

吉保のそんな気持ちを察し、三蔵は、

「これが今の世、というよりお侍も人間なのです。何とか食べていかなければならないのですから当然のことと思いますが」

と言った。それは吉保にも分かっていたが、それでも何処か蟠《わだかま》りが残った。

「多くのお侍は、侍という身分を捨てられないから、生きていくための間口を狭くして生きていらっしゃる。それは浪人している者も同じです。こんなことを言うと柳沢様にお小言を頂戴するかもしれませんが、私は長い間貴方様方を見ていて、お侍とは何なんだろうと思うことが度々ございました」

「侍とは何か」、吉保はこれまでに一度もそんなことを考えたことはなかった。それだけに、この三蔵の問い掛けのような言葉に何と応えてよいのか分からないまま黙っていた。

「少し言葉がすべりました。お許し下さい」

「いや、三蔵の言っているのが正しいのかも知れぬの」

そう言いながら吉保は再び〈この一件を武士のために利用できぬか〉と考えていた。だがそれは、まだ漠然としたものにすぎなかった。

吉保が三蔵の差し出した「調べ書」を手に取りながら、

「これを一月で調べ上げたのか？」

と尋ねると、三蔵は、

「以前にも申し上げたように、それが私どもの仕事でございます」

と答えたが、大まか次のようなものだった。

京・山科
大石内蔵助、大石主税、小山源五右衛門、進藤源四郎、小野寺十内、小野寺幸右衛門、大高源五、佐々小左衛門、武林唯七、潮田又之丞、早水藤左衛門、貝賀弥左衛門、近松勘六達の二十六名。

伏見
菅谷半之丞、田中権右衛門、岡本次郎左衛門達十名。

大坂

原惣右衛門、千馬三郎兵衛、矢頭右衛門七達七名。

奈良
大石孫四郎、大石瀬左衛門、幸田与三左衛門達三名。

赤穂付近
間喜兵衛、間新六、岡島八十右衛門、茅野和助、岡野金右衛門達十八名。

この他、吉田忠左衛門、間瀬久太夫、間瀬孫九郎達のことが記されてあった。

「この者達は、他の者達と共に行動をとっておらぬのか？」

「住まいは散っておりますが、行動は共にしておるもようです」

そして吉保が気にかけていた江戸在住の者は、堀部弥兵衛、堀部安兵衛、奥田孫太夫、奥田貞右衛門、冨森《とみのもり》助右衛門、赤埴《あかばね》源蔵、片岡源五右衛門、磯貝十郎左衛門、杉野十平次、倉橋伝助、高田郡兵衛、前原伊助、勝田新左衛門、中村勘助、村松喜兵衛、村松三太夫、神崎与五郎、横川勘平、田中貞四郎達二十二名だった。

「出入りしている者達についてはその都度連絡が来ましょう」

吉保はこのうち、すぐにも事を起こしかねない者を洗い出すように命じた後、もう一度そこに書かれた者達の名前を見つめながら、

「そちはこのうち何名の者が大石と最後まで行動を共にすると思うか？」

と尋ねたが三蔵は首を傾げ、

「時期によりましょう」

と答えた。

「この一、二年の内としたら?」

「左様でございますなあ……多くて五十名から五十二、三名。少なくて四十四、五名というところでしょうか」

「思いの外多いのう」

「それも時間と金の問題でございます」

「時間と金?」

「人間の辛抱には限界がございます。特に金。見通しがたたないとなるとある時期から同志を抜けていく者は急激に増えることは間違いございません。その限度は長くて先ほど柳沢様がおっしゃった一、二年」

「一、二年が限度か?」

「人間はそれほど強いものではございません」

事実、赤穂浅野藩の御家再興が絶望となった後と、大石が行った〝神文返し〟の後は一挙に多くの脱盟者が出たし、この後も脱盟者は増え続けていくのである。

「柳沢様、赤穂の浪人共のことを調べて参りましたが、三蔵が興味を持ったのはまた別のことでございます」

「別のこと？」

「左様でございます」

「申してみよ」

「大石と誓詞血判を交わした者の中には高禄の者はいないという事実でございます」

「一人もか？」

「一人もおりません。このことを柳沢様はどのようにお考えでございます？」

それは吉保にとっても意外なことだった。

「赤穂浅野家では主席家老の大石が千五百石。その他の家老は安井彦右衛門が六百五十石、藤井又左衛門が八百石、大野九郎兵衛は六百五十石。近藤源八は千石をとっておりますが、高齢のために最初から加わっておりません。家老に次ぐ要職に就いていた岡林杢之助は千石、外村源左衛門は四百石、伊藤五右衛門は四百三十石、玉虫《たまむし》七郎右衛門は四百石。そして赤穂城引渡しの時に大石と共に浅野家側のお役目を務めた奥野将監《しょうげん》は千石をとっておりましたが、大学長廣による御家再興の夢が潰えてからは大石達とは行動を別にしております」

「その者達は別の筋から吉良殿を襲うとは考えられないか？」

「そのために色々と探らせましたが、そのような気遣いは無用かと」

吉保はこのことをどのように理解すべきか苦しんだ。だが、答えはすぐには出てこなかった。

とりあえず吉保は〝脱盟者〟がどのくらいになっているかを至急調べるように三蔵に命じた。

十日ほどして三蔵は吉保の邸にやって来た。

「大石は八月一日に山科を引き払い、京都四条河原町の金蓮寺の塔頭梅林庵へ移りました」

「いよいよ本格的に動き出したな。で、脱盟者のほうの調べは如何なった？」

「思いの外、脱盟者が出ております」

「一味の中の重臣として岡本次郎左衛門、多儀太郎左衛門、多川九左衛門。更には大石内蔵助の叔父にあたる小山源五右衛門らの大石の身内の者も含まれております」

吉保は大石内蔵助を中心とする一味の本格的な瓦解が始まったと思った。

〈内匠頭が切腹してから一年半近い。大石には時間が残されていないはず。それに、吉良邸に討ち入り、本懐を遂げるには五十名前後の人間が必要となってくる。となると討ち入りの決行は遅くとも年内の可能性が高い〉

吉保は三蔵に江戸に居る赤穂の浪人達への監視を、今まで以上に強めるように命じた。

「承知致しました。それとは別に、大石の身の回りも随分と騒がしくなって参りました」

「何か変わったことでもあったか？」

「上杉、浅野の密偵が大石の周りを嗅ぎまわっております」

「やはり。で、大石を始末しようとした者はおるのか？」

「上杉、浅野共にその隙を窺っておるようでございましたが、大石がなかなかそのような隙を見せませぬ」

「なるほど、如何にも大石らしい。隙を見せぬか」

「結局、大石の命を狙っているのは上杉、浅野で、それを守っているのが柳沢様という奇妙な形になっております」

上杉家は藩主綱憲が上野介の子であることから大石の動きを警戒し、浅野家は内匠頭の切腹、赤穂浅野家の改易以後ひたすら幕府に対して頭を下げ続けることによって、どうにか落ち着いてきたところ、ここで大石達が無謀な行動に出れば累は浅野家全体に及ぶことになるとみて大石の動きを見張っていた。上杉家にとっても、浅野家にとっても大石の存在は目障りになってきていたのである。

「で、上杉と浅野はどうじゃ？」

「互いに手を出すことはありますまい。いや、寧ろお互いが連携しているようで。今では大石が共通の敵のような存在となっております」

「面白いことになってきたな。だが、決して大石に手を出させてはならんぞ。万一、上杉でも浅野でもそのような素振りをする者がいたら構わず斬って捨ていっ」

「そのために腕に覚えのある者を数名送っております」

「だが……」

「心配はご無用。腕なら今の若い者にもひけをとりませぬ」

三蔵はニヤリと笑った。

まとまった脱盟者が出たことは大石の行動を急がせることになった。

「大石の動きが本格的になってきた今、柳沢様のご決断は？」

「それがまだ迷っておる」

吉保にしては珍しいことだった。この時点では大石達の一件を〝武士のため〟に利用することに決めていたが、それをどのようにというとなかなか考えを纏めることが難しかった。だが、大石が行動を急がせている以上、吉保も何時までも決断を遅らせるわけにはいかなかった。

三、四日して、再び三蔵がやって来た。
「今回は随分と早いのう」

「脱盟者が再び出ましたので、そのご報告に」

「そう度々でなく、ある程度まとまってからでよい」

「その後、田中権右衛門、進藤源四郎、糟谷勘左衛門、大石孫四郎、山上安左衛門、平野半平が脱盟しております」

「新たに六名か」

高禄の者達の脱盟とは異なり、赤穂を退去して一年五ヶ月が経つともなると、生活苦から己の意に反して抜ける者が増えだし、この後九月になると、杉浦順右衛門、梶官右衛門、田中代右衛門、近松貞六、井口忠兵衛、井口庄太夫らが脱盟をしている。

「今、大石の配下にいる者は五十名余か？」

「その程度でございましょう」

吉保は吉良の様子が気になり、三蔵にその様子を聞いた。

「ところで吉良邸のほうは如何なっておる」

「以前より警護は厳しくなってはおりますが」

「吉良殿は外出を控えるようになったか？」

「以前とさほど変わっておりません。吉良様の耳にも赤穂の浪人のことは、その都度上杉様からも入っていると思われますが、いたってのんびりとなさっております。全てを失った者の怖さを吉良様は御存じないようでございますな」

「困ったことよのう」

「その代わりと申しては何ですが、義周《よしちか》様は相当苛立っておられるようで、出入りの者に関しての調べは随分厳しくしているようでございます。ですが、この三蔵の目から見ると大分甘うございます」

「警固のために上杉からはどの程度やってきておる？」

「確かな数はつかめておりませぬが、相当な人数が詰めているようでございます」

「人数だけではな。上杉も大変な荷物を背負い込んだと陰で言っている者もいるであろう」

吉保はそう言うと苦笑いを浮かべた。

「そう仰っても上野介様と綱憲様は実の親子であれば致し方ございませぬ」

「で、今、江戸に住む赤穂の浪人共はどうしておる？」

「はっ。みな分かれて住み、それぞれに商いを行っております」

「商いをのう」

「前原伊助という者は名を五兵衛と変え、本所二ツ目で米屋をやっておりますし、同じ場所で神崎与五郎は美作屋善兵衛と称して小豆屋を」

「他の者は？」

「年配の者は医者となっている者が多いようでございます」

「医者か、なかなか考える。近いうちに上方に住む赤穂の浪人共も江戸に来るに違いない。その者達から決して目を離すでないぞ」

九月になると三蔵が吉保の邸を訪れる回数が俄《にわか》に増えた。吉保の言っていた通り、赤穂に住む浪人達が江戸に集まりだしたからである。

「柳沢様」

「いよいよ赤穂の浪人共が集まり始めたようだな」

「はい」

「大石は？」

「まだでございます」

「一通りの準備が整ってからというわけじゃな。で、今はどのような者達が江戸に集まってお
る?」
「九月二日に吉田沢右衛門、間瀬孫九郎、不破数右衛門、岡野金右衛門、武林唯七、毛利小平
太の六名でございます」
「分かった。後はその者達の住む所だな」
それから一ヶ月後の十月四日に大石主税《ちから》、間瀬久太夫、大石瀬左衛門、小野寺幸右衛門、茅
野和助の五名が江戸に到着した。
一方、大石内蔵助は十月七日に潮田又之丞、近松勘六、早水藤左衛門、菅谷半之丞、三村次
郎左衛門の五名を従えて京都を出立し、二十三日に鎌倉に到着し、宿屋「雪ノ下大石陣屋」に
泊まっているが、この時内蔵助は、江戸では計画が漏れる危険性が高いと考え、出迎えに来た
吉田忠左衛門と今後の打ち合わせをしている。
その後、内蔵助は二十六日に川崎平間村の軽部五兵衛宅に泊まり、十一月五日に日本橋石町《こく》
公事宿「小山屋」に泊まっているが、討ち入り当日までここに逗留することになる。
無論、この間の内蔵助の行動は三蔵から吉保の耳に入っていた。
「これで赤穂の浪人共は全て江戸に集まったことになるわけだな?」
吉保は三蔵に念を押すように聞いた。
「恐らく。ただし」

それは三蔵にしては珍しく歯切れの悪い物の言い方だった。

「ただし、何じゃ」

「その全員が討ち入りに加わるとは思われません。正直なところ、この三蔵にも何人が最後まで残るのかはっきりとした見当がつきかねております」

「この期に及んでまだ脱盟者が出ると申すか？」

「その可能性は大きいと思われます」

「何故？」

「内匠頭の刃傷が起こってから余りにも時刻《とき》が経ち過ぎております。今だ迷っておる者が二、三名いると思われます」

吉保は三蔵の用心深さに感心した。と同時に考え過ぎているのではないかと疑ったが、三蔵の予感は当たっていた。

内蔵助以下全員が江戸に集まった後も脱盟者が続いたのである。

十一月七日に内蔵助は「小山屋」に於いて「討ち入り趣意書」、最後の連判書などを書き、二十九日には赤穂城開城以来の金銀支払いの決算書などを『預置候金銀請払帳』として瑤泉院《ようぜんいん》用人落合与左衛門に渡している。内訳は収入は金六百九十両二朱と銀四十匁《もんめ》九分二朱。支出は金六百九十七両一分二朱で、差し引き七両一分の不足が生じたが、不足分は内蔵助が自腹を切っている。内蔵助達の資金はすでに枯渇していたのである。

内蔵助達は、十二月二日に深川富岡八幡宮に於いて本懐の成就を祈願し、「旗亭」で最後の会合を開いたが、その席に小山田庄左衛門は出席しなかったばかりか、片岡源五右衛門の小袖、布団、それに金三両を盗んで逐電している。また、当初、泉岳寺の内匠頭の墓前で切腹しようとした田中貞四郎の他、中田理平次、中村清右衛門、鈴田重八が続けて脱盟をし、その後も原惣右衛門組下の足軽・矢野伊助、内蔵助の家来・瀬尾孫左衛門が姿を消した。更には十二、三日頃に吉良邸の内偵に功績のあった毛利小平太が脱盟をしているが、毛利小平太の脱盟は、あり得ないことと思われただけに他の浪士達に与えた衝撃は大きかった。

三蔵から報告を聞いた吉保は追い詰められていく内蔵助達の姿を哀れに思うと同時に、矢野伊助、瀬尾孫左衛門、毛利小平太という内蔵助に身近な者達の脱盟は、かえって吉良邸への討ち入りがそれほど遠くないことを確信させた。

「三蔵の言った通りになったな」

「崩れて行く多くの原因が女と金ということを何度も見て参りました」

「今回は？」

「やはり同様でございましょう」

「江戸の赤穂の浪人共の住まいは分かっておるか？」

「ここにございます」

三蔵の「調べ書」にはそれぞれの住まいの住所、名前だけでなく変名まで記されてあった。

日本橋石町三丁目・小山屋裏店
店借主＝大石主税（垣見左内）
伯父分＝大石内蔵助（垣見五郎兵衛）
医者＝小野寺十内（仙北十庵・又四郎）
潮田又之丞（原田斧右衛門）、近松勘六（森清助）、大石瀬左衛門（小田権六）、早水藤左衛門（曽我金助）、三村次郎左衛門（嘉兵衛）
垣見家若党＝加瀬村幸七、宝井左六
森清助若党＝勘三郎

新麹町六丁目・大黒屋喜左衛門裏店
店借主・兵学者＝吉田忠左衛門（田口一真）
医者＝原惣右衛門（和田元真）
吉田沢右衛門（田口左平太）、不破数右衛門（松井仁太夫）、寺坂吉右衛門（伴介）

新麹町四丁目・和泉屋五郎兵衛店
店借主＝中村勘助（山彦嘉兵衛）

医者＝間瀬久太夫（三橋浄真）
間瀬孫九郎（三橋小一郎）、岡島八十右衛門（郡武八郎）、岡野金右衛門（岡野九十郎）、小野寺幸右衛門（仙北又助）。

新麹町四丁目・裏町大屋七右衛門店
店借主＝千馬三郎兵衛（原三助）
医者＝間喜兵衛（杣荘喜斎）
間十次郎（杣荘十次郎）、間新六（杣荘新六）、中田理平次（中田藤内）。

新麹町五丁目・秋田屋権右衛門店
店借主＝冨森助右衛門（山本長左衛門）

芝通町浜松町・檜物屋惣兵衛店
店借主＝赤埴源蔵（高畠源五右衛門）
矢田五郎右衛門（塙武助）

芝源助町

店借主＝磯貝十郎左衛門（内藤十郎左衛門）
村松三太夫（植松三太夫）、茅野和助（富田藤吾）

（初）南八丁堀、（後）本町
医者＝村松喜兵衛（村松隆円・荻野隆円）

深川黒江町・春木屋清右衛門店
店借主＝奥田貞右衛門（西村丹下）
奥田孫太夫（西村清右衛門）

（初）本所三ツ目林町、（後）南八丁堀・平野屋十左衛門裏店
店借主＝片岡源五右衛門（吉岡勝兵衛）
医者＝田中貞四郎（田中玄昌）
大高源五（脇屋新兵衛）、貝賀弥左衛門（喜十郎）、矢頭右衛門七（清水右衛門七）

本所林町五丁目・紀国屋店
店借主・剣術指南＝堀部安兵衛（長江長左衛門）

横川勘平（三島小一郎）、木村岡右衛門（石田左膳）、毛利小平太（水原武右衛門）、小山田庄左衛門、中村清右衛門、鈴田重八

本所三ツ目横町・紀伊国屋店
店借主・剣術指南＝杉野十平次（杉原九一右衛門）
武林唯七（渡辺七郎右衛門）、勝田新左衛門（嘉右衛門）

本所二ツ目相生町三丁目
店借主＝前原伊助（米屋五兵衛）
神崎与五郎（小豆屋善兵衛・美作屋善兵衛）、倉橋伝助（倉橋十左衛門。米屋の手代）

両国矢ノ倉米沢町
店借主＝堀部弥兵衛（馬淵市郎右衛門）

「つい最近調べたものでございますが、この内からも脱盟者が出ております」

「田中貞四郎と申す者じゃな」

「はいっ。大石達は現在、この十四箇所に分かれて住んでおります」

「なるほど、日本橋、麹町、芝、両国、深川、本所……みな吉良殿の邸近くか」

「そのようでございますな。赤穂の浪人達の連絡場所は米沢町の堀部弥兵衛の家、新麹町の吉田忠左衛門の家と決まっておりましたが、大石が出てきた以上、石町もこれからは連絡場所として使われるかと思われます」

「その方の配下は今どこにおる?」

「みな江戸に呼び戻し、大石他、赤穂の浪人達の周り、吉良様の邸、上杉、浅野の密偵につけております」

「そうか」

吉保は暫くの間、考え込んでいた。

「吉良邸の警固はその後如何なっておる?」

「義周様の命があって以後、本所に移ってから一段と赤穂の浪人達の噂が高まってきたため、それを警戒して以前と比べると大分厳重になっております。渡り奉公人には一切暇を出し、新しい奉公人は全て知行地の三河から呼び、出入りの商人の身元調べも相当厳重に行っている様子でございます」

「それならよい。三蔵、上杉と浅野の密偵にこの件から手を引くように伝えて欲しい」

三蔵には吉保の本意が分からなかった。

「よいか。これはこの吉保の命令であると同時に幕府の命令でもある」

「上杉と浅野の密偵に手を引かせるのでございますか」

「そうだ。万一承知せぬ場合は斬って捨てても構わぬ」

吉保はそう言うと二通の書状を三蔵に渡した。

「それとは別に、この書状を綱憲殿と綱長殿に渡して欲しい。これによって吉良殿の邸の周りから密偵は姿を消すはずじゃ。急げっ」

「赤穂の浪人達のほうは如何いたします。相当吉良様の邸の周りをうろついているようですが？」

「好きにさせておけばよい」

それから十日ほどすると吉保が言ったように上杉と浅野の密偵は吉良の邸周辺から姿を消していた。

「柳沢様のおっしゃった通り、上杉と浅野の密偵は姿を消しましたが」

「それでよい、上杉も浅野もこれで救われたのじゃ」

「何故でござります」

「三蔵には分からぬか」

「分かりませぬが」

「大石という男、赤穂浅野家の再興を図ろうとしておったが思い通りにいかなかった。そこで上杉、浅野の両家を巻き込もうとしたわけよ」

「大石は何でそこまで」

「意地」

「何の？」

「赤穂浅野家の家老としての、そして、大石内蔵助という一人の武士としての意地」

「柳沢様は大石達を捕らえるおつもりですか？」

吉保は暫く黙っていた。

「わしはこの先はこのまま見ていようと思う。大石達赤穂の浪人共が吉良殿の首を取り、本懐を遂げるか、望みが叶わぬかは分からぬがな」

三蔵は驚いたような表情をした。

「三蔵でもそのような顔をすることがあったのか」

吉保は如何にも愉快そうに笑った。

「柳沢様は最初からそのおつもりで」

「いや、やっと腹を決めたのだ」

「では、そのわけをお聞かせ下さい」

「わけか。わけは全てが終わった時に話す。ただ、わしにその気にさせた原因はお前にもある」

「私にですか」

吉保はただ頷いただけだった。

「三蔵……事はまだ半分も行っておらぬということを肝に銘じておいてくれ。これからが重要になってくるからな」

三蔵は吉保が言っていることが理解出来ないまま頭を下げた。

「これからは大石と吉良殿の屋敷だけを見張っていて欲しい。で、大石達が吉良殿の屋敷に討ち入ったらすぐに連絡を出してもらいたい。その結果がどうなったかは次の者に任せ、とにかく討ち入りと同時にだ。一刻を争うでな」

「畏まりました」

「討ち入りまでそれほど時間はかからぬだろう」

「近いうちでございますか？」

「間違いない。時が経つにつれ脱盟者は増える。余り多くなれば全てが無に帰するからのう。大石も内心焦っているはず。

それにこれから年の瀬、正月を迎える。みな心の何処かに気の緩みが生まれるが、それは吉良殿も同様。大石にとっては最後の機会になるに違いない」

三蔵には言わなかったが、吉保の心は内蔵助達に本懐を遂げてもらうことに決していた。それは赤穂の浪人達に心を寄せたからではない。吉保が大石達の利用方法を決めたからであった。

策略

当初、内蔵助が吉良邸への討ち入りを決めたのは元禄十五年の十二月五日であった。その夜は、上野介が間違いなく邸にいるという確かな情報があったからである。

内蔵助からそのことを告げられた浪士達の心は高揚し、誰もがこれまでの長い月日を〈長かった〉と思うと同時に、遂に本懐を遂げられる日がやってきたと思っていた。

だが、その日の討ち入りは急遽中止になった。生憎、その日は将軍綱吉が吉保の邸を訪れる日と重なり、江戸市中の取り締まりは何時になく厳しかったからである。

内蔵助がこのことを告げた瞬間、誰一人として言葉を発する者はいなかった。そして、暫くしてぽつりと誰かが力無く囁いた。

「あと今年も二十日で終わるな……」

それは年内の討ち入りを半ば諦めたというような響きを持った言葉だった。

この時内蔵助をはじめ全員が焦りと苛立ちを覚えていたが、それ以上に「再び脱盟者が出るのではないか」と誰もが怯《おび》えていたのである。

それも無理のないことだった。これまで、高田郡兵衛に始まる脱盟者の中には、まさかと思われる者が相当数いた。内匠頭の亡骸の前で殉死をしようとした田中貞四郎は間近になって逐電し、小山田庄左衛門は十二月二日に深川八幡宮で仇討ちの成就を祈願したにもかかわらず、最後の会合では姿を現わさず、盗人同然の形で逃亡していたからである。この時以降、それぞれが、〈次は誰かが〉と同志を疑い始め、ちょっとした用事で外出した人間に対しても、〈このまま戻ってこないのでは〉と思うようになっていた。

そんな重々しい雰囲気の中、十二月十四日に吉良邸で年忘れの茶会が催されるという報せが入り、内蔵助達の気持ちは一変した。それはまさにぎりぎりの状態の中で齎《もたら》された朗報だったのである。

報せは三方からだった。大高源五は茶匠の四方《よも》庵山田宗偏《そうへん》から、堀部安兵衛は柳沢家の儒臣細井広沢から同様の情報を得、そして、大石瀬左衛門には甥の大石三平が国学者羽倉斎《はぐらいつき》から得たという情報を知らせてきたが、それは大高源五、堀部安兵衛が得たのと同じ情報だった。

無論、吉保にも十四日に吉良邸で茶会が開かれるという報せは届いていた。

「大石達が討ち入りを決行するのはこの日の夜に間違いありません」

報せを持ってきた三蔵は当然のように言った。

「間違いあるまい。この時を逃したら大石達が吉良殿を討つ機会はもう永久にめぐってくることはあるまい」

「年を越しての討ち入りは?」

「まず、無いと思ってよい。それに上杉のほうでも綱憲殿が上野介殿のことを気遣って、その身を米沢に移そうと考えている様子。そうなれば、大石達が手を出すことはまず不可能であろう。ただ、なかなか上野介殿が承知しないので手を焼いているようだ」

「正月になれば、吉良邸の警固も緩むので、その時に討ち入るということは？」

「そんな保証はあるまい。それに、正月は上野介殿が外に出ることも多く、その動きはなかなか摑むことは難しい。結局その時は……」

「その時は如何なります？」

「更に脱盟者が出るに違いない。結果として大石を中心とする今のまとまりは無くなり、数人ずつがそれぞれ勝手に上野介殿を狙うことになる」

「その時は如何なさいます？」

「幕府としても大石達を放ってもおけまい」

「捕らえることに……」

「なるであろうな。だが、のんびりと茶会を開くとは、上野介殿も余りにも無用心だのう」

吉保はこの時期に茶会を催す上野介の神経を疑った。これまでにも大石をはじめとする赤穂藩の浪人達の動静は上杉家を通じて上野介の耳にも入っているはずなのである。

〈よくよく大石の力を過小評価しているに違いないな〉

吉保はそう思わざるを得なかった。

だが、吉保にとっては大石達が本懐を遂げくれるほうがその後のことがやりやすかった。吉保は大石達が無事本懐を遂げてくれることを心の隅で願っていたのである。

十二月十四日、吉良邸では〝年忘れの茶会〟が開かれ、一年を無事に終えることができることの喜びがその茶会を一層華やいだものにしていた。

そのことを確認した大石内蔵助をはじめとする四十七名の赤穂の浪人達は、丑《うし》の刻（十五日午前二時）になると、本所林町五丁目の堀部安兵衛の道場、本所三ツ目の杉野十平次の道場、本所相生町の前原伊助の米屋の三箇所に集まり、討ち入りの仕度《したく》にとりかかっていた。着ている物は統一されていなかったが、ほとんどの者は鎖帷子《くさりかたびら》を着込んでいた。これによって相手に斬られた時でも深手を負うことは無い。内蔵助達が討ち入りのために用意した物は、槍（十二）、長刀（二）、鉞《まさかり》（二）、弓（四。内、半弓は二）、竹梯子（大小）、玄翁《げんのう》（二）、鉄てこ（二）、木てこ（二）、鉄槌（二）、大鋸《のこ》（二）、鎹《かすがい》（六十）、金すき（二）、取鉤《とりかぎ》（十余）、かけや（六）、野太刀（二）、龕燈《がんどう》（一）、玉火松明（各自）、小笛（各自）、銅鑼《どら》（一）であった。

江戸の街は寝静まっていた。月が煌々《こうこう》と輝く下を武装をした赤穂の浪人四十七名が、本所の吉良の邸を目指して行った。

吉良の邸に到着した四十七名は、当初の打ち合わせ通りに、表門側と裏門側に分かれた。

表門側には、大石内蔵助、原惣右衛門、間瀬久太夫、小野寺幸右衛門、間十次郎、堀部弥兵衛、近松勘六、冨森《とみのもり》助右衛門、早水藤左衛門、奥田孫太夫、矢田五郎右衛門、岡野金右衛門、大高源五、貝賀弥左衛門、村松喜兵衛、岡島八十右衛門、吉田沢右衛門、勝田新左衛門、武林唯七、矢頭右衛門七、横川勘平、神崎与五郎、片岡源五右衛門、寺坂吉右衛門の二十四名。

裏門側には、大石主税、吉田忠左衛門、間瀬孫九郎、小野寺十内、間喜兵衛、間新六、磯貝十郎左衛門、堀部安兵衛、潮田又之丞、赤埴源蔵、大石瀬左衛門、中村勘助、菅谷半之丞、千馬三郎兵衛、木村岡右衛門、不破数右衛門、村松三太夫、杉野十平次、奥田貞右衛門、倉橋伝助、前原伊助、茅野和助、三村次郎左衛門の二十三名だった。

この日の吉良邸の茶会の主客は高家衆の大友近江守義孝《おおともおうみのかみよしたか》だったが、上野介との話も大分弾んだようで、茶会の後片付けを終え、家臣達が床に就いたのは随分と遅く、大石内蔵助をはじめとする赤穂の浪人四十七名が吉良邸に討ち入った十五日の払暁《ふつぎょう》、寅の刻（午前四時）にはほとんどの家臣は寝入った直後だった。まさに不意を襲われたのである。

大石達が討ち入ったのを確認するや、三蔵は配下の一人を至急吉保の邸へ走らせるとすぐに吉良の邸に忍び込んだ。そのための方法を三蔵はあらかじめ準備していたのである。

「吉良様の邸の警固は厳重かもしれませんが、隣はそれほどでもございませんから」

以前、三蔵は吉保にそのようなことを言っていたが、吉良邸の東・西・南は道に面しており、東には牧野一学邸と鳥井丸太夫邸があり、西には回向院と大徳院、南は町屋だったから三蔵は北側に隣接している土屋主税か本多孫太郎の邸から忍び込んだのである。

吉良邸に討ち入った内蔵助は、玄関前に同志の連署による『浅野内匠頭家来口上書』を文箱に入れて結びつけた竹竿を立てた。それには、万一討ち入りが失敗した時に備え、この度の討ち入りの趣旨が書かれていたのである。

その夜、吉保は床にも就かずに三蔵からの次の連絡を待っていた。

最初の報せは三蔵の使いの者が持ってきたが、服装も年恰好も三蔵とほとんど変わらない男だった。

男は吉保に割符を見せると、すぐに報告し始めた。

「大石達がそれぞれの約束の場所に集まり、討ち入りの準備を始めました」

「何箇所じゃ」

「三箇所でございます」

「吉良殿のほうはその後どうなった?」

「茶会も終わり、後片付けもやっと終わった頃かと」

「警固のほうは」

「やるにはやっておりますが、何処か緩みがございます」

「致し方あるまい」

「討ち入りは間違いなく成功するものと思われます」

男はそれだけ言うとすぐに姿を消し、まもなく次の男が現われた。

「どうやら、討ち入ったようだな」

「先程」

「そちはこの後どうする？」

「吉良様の邸へ参り、三蔵殿とじっくりと見物でもさせていただこうかと」

「吉良の邸に忍び込んでか？」

「もう、その手立ても終わっております」

「分かった。後は結果だけを知らせてくれればよい」

三蔵の使いの男が去った後、吉保は〈大石の本懐は、不慮の出来事がなければ間違いなく遂げられるな〉と思った。〝不慮の出来事〟とは内蔵助の〝死〟だった。

〈不意を突かれた吉良のほうも必死になって防戦につとめるに違いない。そんな時にどのようなことが起こるか分からない。大石の死は一同の乱れとなる。そうなれば上野介殿の首を取るのは至難のこと……〉

そこまで考えて吉保は、もう一つ重要なことを思い出したが、それは〝時間〟だった。十五日は式日で大名の登城日と決められていたのである。

〈登城の準備を始めた大名が吉良邸の騒ぎを知れば目付、大目付、あるいは老中に急使を遣わすに違いなく、その時は大石達の一年半余の苦労は水泡に帰するであろう。恐らく大石達一同は腹を斬る〉

一刻半ほどして吉保は縁側に出た。吉保自身何処か落ち着かないのである。その瞬間、身を切るような北風がさっと吹いてきた。辺りは物音一つしない。その静寂の中で吉保は何とも言えぬ奇妙な思いに囚われていた。

今、自分が居る邸からさほど離れていない本所の吉良邸では、今も大石をはじめとする四十七人の赤穂の浪人達と、上野介を守ろうとする吉良の家臣達が壮絶な斬り合いを演じているのである。

〈止めようと思えば止められた闘いだった〉

吉保はそう思いながら暗い空を眺めたが、つい先程までと比べると随分と明るくなってきたように思えた。徐々にではあるが辺りの木々の影がはっきりとしてきたのである。

〈どうやら上野介殿は助かったようだな〉

吉保は三蔵の報せを待つために部屋に戻ろうとした。

だがその頃、本所の吉良の邸では一人の老人が大石内蔵助以下四十七人の赤穂の浪人達に囲まれていた。

老人の体は小刻みに震えていたが、その老人こそ吉良上野介だったのである。四十七人の浪人の中で誰一人として上野介を知っている者はいなかったが、内匠頭がつけた額と背中の傷が上野介であることを証明することになった。

吉保が部屋に戻り、暫くすると三蔵が姿を現わした。

「先ほど、大石達は本懐を遂げました」

「そうか。間違いないのだな」

「間違いございません。今頃大石達は、上野介様の首を持って内匠頭が葬られている泉岳寺を目指しているに違いございません」

「しかし、大石達はよく吉良殿がわかったのう？　一人として吉良殿と会った人間はいなかったろうに」

「内匠頭が刃傷の時につけた額と背中の傷が決め手となったようでございます」

「なるほど。内匠頭の傷が決め手となったか」

吉保はそこに因縁のようなものを感じた。

「では、私は……」

三蔵はそう言うとすぐに部屋を出て行こうとした。

「どこへ行く」

「柳沢様から命じられたもう一つの仕事をやりに参ります」

吉保が三蔵に命じたもう一つの仕事とは、江戸市中に、

「大石達赤穂の浪人達が吉良様を討って、これから泉岳寺へ行くそうだ」

と言いふらして回ることだった。

「これからが大切だからの。しくじるわけに参らぬ。その方もその覚悟でな」

吉保にもどれほどの効果があるか分からなかったが、三蔵は愉快そうに笑いながら、

「御安心下さい。柳沢様が驚くほどの効果を挙げて御覧に入れます」

と言った。

「そうか、では楽しみにしておる」

「もう、配下の者達が取り掛かっております」

「手回しがよいの」

吉保がそう言うと、三蔵は再び笑った。


本懐を遂げた内蔵助達は、登城する大名達を避けるため、本所一ツ目から御船蔵裏通りを隅田川に沿って下り、永代橋を渡って霊岸島、稲荷橋を通り、築地鉄砲洲の旧邸の前から、木挽《こびき》町、汐留橋へと出て、金杉橋、札ノ辻、そして泉岳寺に入っている。

内蔵助達が、本所の吉良邸から泉岳寺に辿り着いた時、寺坂吉右衛門が姿を消していることを吉田忠左衛門以外は誰も気付かなかった。大石達赤穂の浪人は四十六人になっていたのである。

内蔵助達が泉岳寺に着いたのは辰の刻（午前八時半頃）であるが、途中、汐留橋で吉田忠左衛門、冨森助右衛門の二人は、当初の予定通り、愛宕下の大目付・仙石伯耆守久尚《せんごくほうきのかみひさなお》の邸に本懐を遂げた旨を自訴に赴いているが、この頃になると、泉岳寺には、三蔵ですら予想しなかった

大勢の人間が押し寄せていた。

吉田忠左衛門、冨森助右衛門から訴えを聞いた仙石伯耆守久尚は急いで邸を出ると、登城する前に月番老中・稲葉《いなば》丹後守正通《たんごのかみまさみち》の邸に寄り報告し、登城してから老中・若年寄に事態の報告を行ったが、すでに泉岳寺、寺社奉行からも同様の報告が届いていた。


吉保はそれからの報告を黙って聞いていたが、それは三蔵から聞いていた内容とほとんど変わらなかった。

ただ、吉保が気になっていることがあった。内蔵助達が吉良邸へ討ち入り、本懐を遂げたと聞いた時、綱吉が一瞬ではあったが満足そうな表情を見せたことであった。それは恐らく、他の老中・若年寄が気付かないほどに微かな表情の変化だった。

吉保が邸に戻るとすでに三蔵が来ていた。

「珍しいこともあるものだな」

「何がでございます?」

「その方がこのような時刻にやって来ることは今までになかったこと」

「たまにはこのようなことがあります」

吉保は三蔵が全く別の用事でやって来たと思ったが、まずは命じたことの首尾について聞いた。

「城中でも話題になっておったぞ」

「左様でございますか」

「で、江戸市中は如何であった？」

「その辺りは抜かりございません。今日より明日、明日より明後日と噂は広がり、十日か二十日もすれば日本国中に広まっていますでしょう」

「日本国中にか。で、どのような手を使った」

「特別なことは何も。ただ、朝早くから人の集まる場所へ行って話せばそれだけでいいのです。後は、その連中を大石達の通る場所に先回りして連れて行けばそれだけでございます。大石達の通り道は予め分かっておりましたから」

「なるほど。あとは話のほうが勝手に転がっていくというわけか」

「それに頃合いを見て〝かわら版〟を撒いて歩かせます。単純なことでございますが、効果は相当に……」

「ところで吉良方の様子は如何であった？」

「配下の者に聞かねば確かなことは」

「大凡《おおよそ》でよい」

「死者、怪我人は三、四十人ほどかと思われます」

三蔵の読みはほぼ正確だった。

吉良方の死者は、小林平八郎、斎藤清左衛門、大須賀次部右衛門、新貝弥七郎、清水一学、榊原平右衛門、左右田源八郎、笠原長右衛門、須藤与一右衛門、鈴木松竹、牧野春斎、鳥居利右衛門、鈴木元右衛門、小堀源次郎、森半右衛門（足軽）、中間一人の十六人。

また、負傷者は、吉良義周《よしちか》をはじめ、松原多仲、斎藤十郎兵衛、清水団右衛門、宮石新兵衛、宮石所右衛門、山吉新八郎、加藤太右衛門、永松九郎兵衛、杉山三左衛門、天野貞之進、堀江勘左衛門、伊藤喜衛門、杉山与五右衛門、石川喜右衛門、大河内六郎右衛門、半右衛門（中間）、岩田源三郎（足軽）、八太夫（中間）と門番ら二十余人であった。

「赤穂の浪人共は？」

「十人程と思われますが、深手を負った者はいないかと」

「少ないのう」

「やはり、鎖を着込んでいたためと思われます」

「鎖まで用意していたか。三蔵、十六日の夜もう一度来てくれ」

「何刻頃《なんどき》に？」

「遅ければ遅いほどよい。大石達のことでやらねばならんことが多いからな」

「では私のほうも次の手立てを考えておきましょう」

「頼むぞ」

内蔵助達が討ち入りを決行した時、吉保が危惧していたことの一つは、上杉綱憲が手勢を繰り出してくることであったが、どうやらそうした最悪の事態は避けることはできた。

報せを聞いた綱憲は、すぐに討手《うちて》を差し向けるように家臣に命じたが、老中の命を受け上杉家に駆け付けた高家・畠山下総守義寧《よしやす》によって止められたのである。

幕府の命令とあっては綱憲も従わざるを得ず、その後暫くしてから綱憲は検使見舞いとして深沢平右衛門以下三十八人の家臣と飯田忠林、有壁道察らの医者を吉良家に向かわせただけだった。だが、この時の上杉家の対処はこれでよかったといえる。万一、幕命に従わずに大石達に討手を差し向けていたならば、上杉家とて無傷ではすまされなかったに違いなかった。

その後、老中達は大石達四十六人の預け先を決め、目付鈴木源五右衛門と水野小左衛門の両名を泉岳寺に派遣し、そのことを伝えた。

夕刻、大石達の身柄は大目付仙石伯耆守久尚の邸に移され、肥後熊本藩藩主細川越中守綱利の邸には大石内蔵助、吉田忠左衛門、原惣右衛門、片岡源五右衛門をはじめとする十七人が、伊予松山藩藩主松平隠岐守定直の邸には大石主税《ちから》、堀部安兵衛、不破数右衛門、菅谷半之丞をはじめとする十人が、長門長府藩藩主毛利甲斐守綱元の邸には、吉田沢右衛門、岡島八十右衛門、武林唯七、倉橋伝助、村松喜兵衛、勝田新左衛門をはじめとする十人が、そして三河岡崎藩藩主水野監物忠之の邸には、間瀬孫九郎、矢頭右衛門七、神崎与五郎、茅野和助をはじめとする九人が預けられることになった。

当初、藩によっては預かった浪人に対する扱いに差があったが、直ぐにほとんど同様の丁重なものに変わった。浪人達に対し好意的な扱いをしている藩に他の藩が倣ったためである。

四藩の中で浪人達の扱いが最も丁重だったのは細川家だった。

藩主綱利は大石達が白金の邸に到着したのが深夜だったにも拘わらず引見している。このことだけでも如何に大石達に好意的だったのか分かる。翌十六日には匂坂平兵衛を使者として月番老中稲葉丹後守正通のもとに遣わし、大石達十七人の扱いについての「伺い書」を出し、指示を仰いでいるが、それは七箇条にも及ぶ細々としたものだった。例えば、病人が出た時、細川家の医者に治療させてもいいのか。その時は、幕府から医者を派遣してもらい立ち会わせるべきか。火鉢、炬燵の仕度はしていいか。行水、水風呂の仕度はどのようにするべきなのか。爪切り、毛抜きの使用許可等々が書かれてあった。だが、こうした「伺い書」によって幕府に伺いを立てるというのはあくまで形式上のことであって、実際には細川藩が独自の判断で適当に処理すればよかったのである。無論、幕府からのお咎めはなかった。

だが、細川家の浪人に対する扱いは度を越えたものがあった。衣類に関しては、小袖二枚、夜着一枚。この他にも着換え用の小袖一枚。また、正月には新しい着物の他に小袖二枚、上帯、下帯、足袋などが支給され、食事は二汁五菜、昼にはお菓子、夜食。また夕食時には酒が出されていたが、そのうちに昼にも、時には朝から出されるようなことがあった。煙草も間瀬久太夫、小野寺十内が所望してからは、望む者には与えられるようになった。更には『平家物語』

『太平記』『三国志』などを貸し与えている。

浪人達に対する扱いは、愛宕下の松平隠岐守の邸でも同様だった。

上屋敷の長屋十軒を空け、一人に一軒を与えるという厚遇で、その日、隠岐守は風邪気味ということを理由に登城を控えていたが、大石主税達十人が到着するとわざわざ玄関まで出迎えているのである。

一同はその晩から湯行水が許され、衣類として小袖三枚、上帯、下帯、夜着一枚、布団二、手拭い、風呂敷が与えられた。そして細川家と同じく、浪人達の扱い方についての「伺い書」を月番老中稲葉丹後守正通に差し出している。

翌十六日に、大石主税達一同は三田の邸に移されたが、この時にも十軒の長屋が用意されていた。しかし、さすがにこれは行き過ぎだということで、幕府の指図により二十五日からは五人ずつ二組に分けられることになった。

元禄十六年の正月四日には隠岐守から一同に小袖の下賜があり、翌五日には隠岐守は一同を訪ねている。

細川、松平の両家と毛利家と水野家の扱いは随分と違っていた。それはこのたびの赤穂の浪人達に対する思いの違いによるものだった。当初、毛利、水野両家は罪人という意識で接したからである。

毛利家では、仙石伯耆守の邸から浪人達を受け取って帰る途中は駕籠に錠をし、そのうえ縄まで掛けたが、これは明らかに罪人に対する扱いだった。そして浪人十人が入れられた長屋は、往来側の戸障子には板を打ちつけ、一人ずつを屏風で囲った。また、長屋に着いた浪人に着替えの用意はしてあったが、食事は極めて軽いものが出たにすぎなかった。

毛利家でも浪人達の扱いに関して「伺い書」は出しているが、十六日になると浪人達に対する扱いは一変する。囲いは取り払われ、十人を二組に分け、それぞれを屏風で囲うようにしたのである。食事も二汁五菜、昼には茶菓子が出され、そのうえ、酒も求めれば好きな時に飲めるようになったのである。そして行水は三日に一度で、衣類も夜具も一通りの物が与えられ、二十九日には毛利綱元が長屋に於いて一同と接見している。その後も待遇は他の三家以上と思われるほど丁重なものになっている。

また水野家も同様で、当初、大書院に入れ一人ずつを屏風で仕切る予定だったが、空き長屋を繕い、外側の戸障子などは釘を打ち、そこへ九人を入れるように改めた。また、食事も最初は一汁四菜だったものを二汁五菜とし、火鉢が用意され、小袖、足袋が与えられた。その後一同は二十日に三田四国町へ移され、翌二十一日に水野監物と面会し、正月三が日は二の膳に七菜の料理、元旦には雑煮を祝うことができたのである。

細川家、松平家と違って、毛利家、水野家は好んで浪人達の待遇を改めたのではなかった。細川家、松平家の浪人達の扱いを聞き、半ば仕方なくそれに倣っただけなのである。城中では大石達に同情を寄せる大名達も少なからずいたことも影響をしていると言えた。

だが、表面上は待遇が同じになっても、やはり細川家、松平家と毛利家、水野家の赤穂の浪人達に対する思いは相当に違っていた。

この後、幕府内では大石達四十六人の処遇を巡って議論が戦わされることになるが、細川綱利は赤穂の浪人一同が赦免となる可能性があると信じており、万一の時は預かっている十七人の浪士をすぐに召し抱えるつもりで、その時のためにと大小、衣類を取り揃えていた。

また、松平定直も一同が他所へ遣わされるか、遠島になることを考慮し、その時に備えて衣類、諸道具、金銀、薬などを何時でも間に合うように用意していた。しかし、毛利家、水野家では表立ってそのような動きはなかった。毛利、水野両家にとって浪人達はあくまで幕法を犯した罪人でしかなかったのである。


その間、こうした大名達の浪人への対応について、吉保は目立った発言をしていない。というより意識的に控えていたのである。吉保にとって、大石達の評判が高まれば高まるほど都合がよいのだから、あえて吉保が口を挟む必要はなかった。

実際、大名達の大石達への思い入れは吉保が想像する以上に強く、殊に浪人達を預かる細川綱利、松平定直の大石達への思い入れは度が過ぎていた。

〈何がそうさせるのか〉と思った時、吉保は大石達に〝武士の幻影〟を見ているのではないかという思いに突き当たった。そして、実際には無いもの、遥か昔に消え去ったものへの憧れがそうさせているに違いないと思ったのである。

それは町人らも同様であった。

十六日にやって来た三蔵に吉保は江戸市中の様子を聞いてみた。

「柳沢様のお考え通りになっております。何かあると大石達の話ばかりで、女も子供もありません」

「女や子供までか」

「はい」

「で、上野介殿の評判は？」

「はっきり言わせていただいて、日に日に悪くなっております」

「内匠頭の評判は？」

「最初はたいしたことはありませんでしたが」

「今では名君か？」

「そこまで参りませんが、良くなっているのは確かでございます」

「大石達は？」

「言うまでもございません。古今無類の忠臣、武士の鑑という評判が日増しに高まっております」

「武士の鑑か……となると、近いうちにわしの評判は悪くなるのう？」

「どうしてでございます」

「多くの者は勧善懲悪を好む、主人公を苦境に立たせる人間は数が多ければ多いほど、また力を持っていればいるほどいいのじゃ。そして最後は様々な困難を乗り越え目的を達する。今のところ、悪役は上野介殿だけじゃが、どうしてももう一人は必要となる」

「それが柳沢様で」

「恐らくな。そして上様も」

吉保にとって、己の評判はどうでもよかった。大石達の討ち入りが如何に苦労を伴うものであったか、内匠頭が如何に家臣に愛され、それ故の討ち入りとなったという話が広まってくれればよかったのである。

だが、吉保にとって必要なのはここまでであった。討ち入りに加わった赤穂の浪人を一人として生かしておいてはならないのである。吉保は内匠頭の死と大石達の討ち入り、それらを〝武士〟という虚像を作るために利用したのである。

吉保にそう思わせたのは三蔵だった。時折邸にやって来ては三蔵が話していく百姓、町人の武士というものに対する思いを聞いていて、吉保は自分達が単なる〝武士〟という概念の上に立っている、如何に危うい存在なのかを知ったのである。その幻のようなものを実体のものとするために、吉保は大石達を利用することにしたのである。

しかし、吉保には気がかりなことが一つだけあった。

大石達の吉良邸への討ち入りの話を聞いた時の綱吉の満足げな表情だった。それは浅野内匠頭の刃傷の報を聞いた時とは全く反対の表情だった。

その瞬間、吉保は〈上様は大石達を助命するかもしれない〉と思うと同時に〈必ず阻止せねば〉と思った。

この数日間が吉保にとって、本当の意味での闘いだった。

万一、大石達が助命されるようなことがあれば、吉保がこれまで描いてきた計画は全てふいになってしまうのである。

吉保が思いを巡らせている時、三蔵が
「柳沢様」

と声を掛けたが、吉保は気付かなかったので、三蔵は
「柳沢様」

ともう一度、呼んだ。

「……おお、ちと考え事をしていた。済まぬ」

「今夜は柳沢様にお会いいただきたい者がおりまして、別の間で待たせておりますが」

「わしに会わせたい者?」

「この度の大石達の討ち入りに関係のある者でございます」

「討ち入りと?」

「はい。吉良様の邸に討ち入ったのは四十七人だったはず。しかし、泉岳寺に着き、細川、松平、毛利、水野の四家に預けられているのは四十六人……一人少のうございます」

「その一人がこの邸におるというのだな」

「私の一存で連れてまいりました」

「そちの一存で？」

「柳沢様のお役に立つと思いまして」

「役に立つ？」

「はいっ。これから柳沢様がなさろうとすることに役立つ者と思って連れて参りました。お会いになられますか？」

吉保は少し迷ったが、会ってみる気になった。

「うむ、会おう」

「それでは只今ここに連れてまいります」

暫くすると三蔵は背丈はそれほど高くはないが、体のがっちりした一人の男を連れてきた。

「その方の名は何と申す？」

だが、男は無言のまま吉保を見ているだけだった。長い沈黙が流れたが、それを破ったのは三蔵だった。

「このままでは話が進みますまい。私の口から申し上げます。この方は吉良様の邸へ討ち入った赤穂の浪人の一人、寺坂吉右衛門信行様でございます」

三蔵が吉右衛門に興味を持ったのは、大石達が泉岳寺へ引き揚げていく途中であった。吉右衛門と吉田忠左衛門は皆と少し離れて何かを話していた。最初、吉右衛門は忠左衛門の言葉に何か反論していたが、遂に納得したのか何か一言言って頷くと、少しの間最後尾から一緒について歩いていたが、途中で一同の者達に頭を下げ、別な路地へと曲がって歩き出したのである。

大石達の姿を一目見ようと集まっている町人は、ほとんど気にもとめなかった。恐らく、何か使いを命じられたためにみんなと別れたのだろうというぐらいに思っていたに違いない。

だが、不審に思った三蔵は吉右衛門の後をつけて行くと、吉右衛門は裏路地に入り、討ち入りの時に着ていた衣服を旅支度の姿に改めて歩き出したのである。

三蔵は暫く様子を見ていたが、辺りに誰もいないことを確認すると吉右衛門に向かって
「寺坂吉右衛門様でございますね?」

と声を掛けた。一年半の間に三蔵は赤穂の浪人達の顔と名前を全て覚えていたのである。

吉右衛門は何も聞こえないふりをして歩き続けたので、三蔵はもう一度声を掛けた。

「寺坂吉右衛門様ですね?」

その瞬間、吉右衛門の手が刀にかかった。

「そういう危ないことはよしにしましょう。それより、何故ほかの方々とお別れに?」

吉右衛門は一瞬驚きの表情に変わった。

「貴様は何者？」

「それを申すわけにはまいりませぬが」

三蔵は吉保に吉右衛門を会わせてみたくなった。

「どうしてもあなた様にお会いになっていただきたい方がいらっしゃいます」

「拙者と？」

「はいっ。その方はあなた方に興味を持たれ、もう一年半以上もの間あなた方のことを見ていらっしゃった方でございます」

「それは幕府の人間か？」

「それは私の口からは申せません」

吉右衛門は三蔵の言葉に少し興味を持った。

「拙者が断ったらどうする？」

「その時はちと面倒なことになるかも知れませぬ」

吉右衛門が気付いた時には、四、五人の男に囲まれていた。

〈ここで騒ぎを起こせば、厄介なことになるに違いない〉

吉右衛門は、大人しく三蔵の後について行くことにしたが、連れられて行ったのは小間物問屋で、奥の部屋へ通された。

「私がその方《かた》の邸に連れて行くまでの間、しばらくこの家でお待ちください。それまではお好きなように。ただし……」

「安心いたせ、逃げはせぬ」

吉右衛門はそう言うと、泥のように眠り込んだ。吉右衛門が吉保の邸に連れて行かれたのは翌日のことである。

連れて来られたのが吉保の邸と知った時、吉右衛門は驚きよりも、その理由を知りたかった。

「柳沢様の邸か？」

「左様でございます」

「拙者を連れて来たのは、柳沢様の命令か？」

「いえ。吉右衛門様が来ることを柳沢様はご存じございません」

「では何故、拙者を連れて参った」

「これから柳沢様のやろうとなさることに吉右衛門様のお話が役に立つと思ったからでございます」

「柳沢様が拙者に聞きたいことなどあるとは思えぬが……」

「ございます。それはあなた様方にとっても決して損のないことだと思いますが」

吉右衛門は腑に落ちなかった。

〈自分は間違いなく幕法を犯した人間。その人間をこの者は柳沢吉保と会わせようとしている

……〉

吉右衛門には三蔵の真意がわからなかった。

三蔵は吉右衛門を促すようにして柳沢の邸へ入って行ったが、その時には先ほどまで周りにいた男達の姿は消えていた。

その後、随分と長い時間吉右衛門は三蔵と吉保の帰りを待っていたが、その間、二人が言葉を交わすことは無かった。

吉保は最初に一番興味があり、訝しく思っていることを吉右衛門に尋ねた。

「その方、何故に一同から抜け出してきた？」

「抜け出したのではございませぬ。命じられたのです」

「大石にか？」

「いいえ、私の主人吉田忠左衛門様でございます」

「忠左衛門に？」

「はいっ、私は吉田忠左衛門組下の足軽でございます。この度の討ち入りにも忠左衛門様に無理を言って加えていただいたのです」

吉右衛門が言うように、この度の討ち入りに足軽の身分で最後まで残ったのは吉右衛門ただ一人であった。

〈高禄の者は残らずに、一人の足軽が残ったか……〉

　吉保は思わず溜息をついた。

「ということは、この度の討ち入りは内匠頭のためというよりも忠左衛門との関係によるものか？」

「それはどちらとも」

　吉右衛門は言い淀んだが、吉保には後者のように思えた。

「その方達はそれほど吉良殿が憎かったか？」

「私には吉良様を憎むいわれはございません」

「それなのに吉良殿を討ったわけじゃな」

「はい」

「この度の騒動の発端は内匠頭が一方的に吉良殿に斬り付けて起こしたものだが」

「しかし」

「しかし？」

「喧嘩は一人では出来ませぬ」

「確かに、喧嘩は一人では出来ぬ。だが、幕府の調べに対し、内匠頭はそのことに関しては一言も言っておらぬが？　大石をはじめ誰かこの度の刃傷の原因を知っていた者はおったのか？」

吉右衛門は黙ってしまう他なかった。

「知っていた者はおらぬということだな」

吉右衛門は黙って頷いた。

「それでこのような大事を引き起こしたのか」

それは三蔵も驚くほどの怒声だった。その後長い間辺りを静寂が支配した。

「全ては内匠頭の短慮のせいであったな……。吉良殿にも悪いところはあったに違いない。だが、内匠頭の短慮のためにこれまで余りにも多くの血が無駄に流れすぎた。内匠頭の罪は重いと思うが、その方はどのように思っておる」

吉保は穏やかな口調で吉右衛門に尋ねた。

「討ち入るまで、時が経つにつれ迷いが生じたのは確かでございます」

「その方の言う迷いとは？」

「果たしてあれは喧嘩だったのか。もし喧嘩でないとするなら何のために吉良殿を討たねばならないのかという迷いでございます」

「では、その迷いを断ち切り、吉良殿の邸に討ち入らせたものは何だったのだ」

吉右衛門は暫く考えていた。

「赤穂の武士としての意地でございましょう」

「意地？」

「これは大石様も同じだと思いますが、亡君内匠頭の無念を晴らすとしたのは最後の策。今の世、家臣の役目は祖先から受け継いだ赤穂の土地を如何に守っていくことでございます。それが出来なかったことの無念を晴らすために討ち入ったのでございます。吉良様の首を取ることが私共に残された赤穂の武士としての意地だったのです」

「赤穂の武士としての意地か……。だが、世間はその方達は内匠頭の無念を晴らすために討ち入ったと思うであろうな」

「恐らく」

「では、最後に尋ねるが、その方にとって武士とは何だ?」

「難しいお尋ねでございます。そのように聞かれて即座に答えられる者などいないのではないでしょうか?　それに、改めてそのようなことを考える者などおりますまい」

「その方、これから如何致すつもりじゃ」

「主だった方々の遺族を訪ね、討ち入りの時の様子を話してまわろうかと思っております。それがすんだら忠左衛門様の娘婿の伊藤十郎様の家に身を寄せ、お仕えするつもりでおります」

このことは忠左衛門が十郎に託した遺書の中で十郎に頼んでいたことで、その後、吉右衛門は十郎の下で忠実に仕えている。

「これからその方も大変じゃのう……」

「はい」

「様々なことを言われるが恐らく余り良くは言われるまい。途中で仲間から抜け出したのだからな。それも承知のうえなのか?」

「無論覚悟のうえのこと。急に命が惜しくなった卑怯者と言われるでしょう」

「割に合わぬ役目だのう」

「これも私の務めでございます」

吉保は忠左衛門はいい家来を持ったものだと思った。

「何時頃江戸を発つ?」

「余りゆっくりとはできませぬ故、明朝にでも」

「今夜は如何いたす?」

「このまま戻りまして、明朝一番に旅立つつもりでございます」

吉保は三蔵に幾許かのまとまった金子を渡した。

「これを明日あの男が旅立つ時に渡して欲しい。直接わしが渡しても受け取るまいからな」

「柳沢様はあの男をどのようにお使いになるおつもりで」

「いや、このまま思うようにさせるつもりじゃ。吉右衛門が遺族のもとを訪ね、討ち入りの時の様子を話すのは本当だろう。それを聞いた者は必ずや他の者にも話すに違いない。そしてそれを聞いた者は更に他の者に話す。わしが期待しておるのはそうなることじゃ」

「それでは討ち入りをした赤穂の浪人達の評判は益々高くなるばかりでは」

「それでよいのじゃ。わしの狙いもそこにある。どこまで高くなるのかのう、今から楽しみじゃ」

「どこまででしょうなあ……。それはこの三蔵にも分かりませぬ」


大石内蔵助達を預かった細川、松平、毛利、水野の四家がそれぞれそれらの扱いに苦慮している間、幕府では彼ら四十六人に対する裁きについての議論が、十二月二十三日から評定所で始まっていた。その間、上杉家からは浪人達の処分、引渡しの要求があり、一方、あれ程内蔵助達をうとんじていた浅野本家の広島藩からは助命嘆願書が出されていたが、世間の風評がそうさせたのである。

評定所は寺社・町・勘定の三奉行と大目付で構成され、老中から意見を求められた時に、その合議によって意見を取りまとめ老中に建議をする。そして老中は若年寄と合議したうえで将軍に上奏して、その裁可を仰ぐことになっていた。

吉保は、将軍綱吉の心の揺れ、大名達の浪士達への心情などから裁定は大石達に甘いものとなることを予想していた。だが、吉保はそれを何としてでも覆さねばならず、しかも綱吉と正面からぶつかることだけは避けなければならなかった。

この時の評定に出席した者は、以下の十四人であった。

大目付　仙石伯耆守久尚《せんごくほうきのかみひさなお》

同　安藤《あんどう》筑後守《ちくごのかみ》重玄《しげはる》
同　近藤《こんどう》備中　守《びっちゅうのかみ》用高《もちたか》
寺社奉行　折井《おりい》淡路守《あわじのかみ》正辰《まさたつ》
同　永井《ながい》伊賀守《いがのかみ》尚富《なおとみ》
同　阿部《あべ》飛騨守《ひだのかみ》正喬《まさたか》
同　本多《ほんだ》弾正　少　弼《だんじょうしょうひつ》忠晴《ただはる》
町奉行　松前《まつまえ》伊豆守《いずのかみ》嘉広《よしひろ》
同　保田《やすだ》越前　守《えちぜんのかみ》宗郷《むねさと》
同　丹羽《にわ》遠江　守《とおとうみのかみ》長守《ながもり》
勘定奉行　荻原《おぎわら》近江守《おうみのかみ》重秀《しげひで》
同　久貝《くがい》因幡守《いなばのかみ》正方《まさかた》
同　戸川《とがわ》備前　守《びぜんのかみ》安広《やすひろ》
同　中山《なかやま》出雲守《いずものかみ》時春《ときはる》

吉保が予想した通り、この時に評定所で出された意見は、吉良、上杉両家には厳しく、大石達には非常に甘いものだった。

一　上野介養子である左兵　衛《さひょうえ》義周《よしちか》は、たとえその身が滅びようとも親の身を守るべき立場であるが、己だけが存命しているのは到底許されるべきことではない。よって幕府から切腹を仰せ付けられるのが至当と思われる。

一　上野介の家来のうち、（赤穂の浪人と）斬り合い、手疵《てきず》を受けた者は親類預けとし、斬り合いも無く手疵も負っていない者は侍の面目に関わる故、残らず斬罪をもって処置するべきである。

一　小者、中間はかまい無し。

一　上野介の長男である上杉弾正大弼、及びその子民部大輔は内匠頭家来一同が上野介屋敷から泉岳寺へ無事に引き揚げた時に何もせず、そのままに見逃しておいたことはどのようにでも言い訳が出来るだろうが、その領地・知行は取り上げてしまうべきである。

一　内匠頭の家来については、一命を捨てて上野介の邸に討ち入ったことは真実の忠義であって、幕府の御条目にもある「文武を励み、礼節を正しくすべし」ということによく的中している行動である。かつまた多勢が申し合わせ、兵具を着けたのは狼藉の仕方のようであるが、それを遠慮していては本意を遂げることは出来ない。誠にやむを得ない処置であるから認めてやらなければならない。

次に今一つは、幕府御条目には徒党を結び誓約をなすことは禁止となっている。もし内匠頭家来に徒党の志があったものなら、去年内匠頭に切腹仰せ付けられ、城地召上げに際して存念がましきことを申し出ずべきである。然るにその時は少しも違背《いはい》せず、不穏のこともなくして立派に城地を明け渡している。この度の行動については、一列に志を合わさなければ本望を遂げることが出来ないためやむを得ずとった手段である。手段としては誤りであるが、一律に徒党と見なすことは出来まい。

また、このようなことがこの後にあったからとて人々の心次第で決することであるから、その時はその仕方によって処分を決せられたい。

浪士は現在四家にお預けとなっているのであるからしばらくこのままとしておいて、もう少し時を経過してからおもむろに処分をされるがよかろう。

これが評定所での意見であった。吉保をはじめ老中は、これでは綱吉の裁可を仰ぐことはできないと判断した。大石達が討ち入った時、義周は小長刀を持って奮戦しているし、上杉に関しては老中の命で大石達を追うことを止められているのである。

大石達赤穂の浪人の肩を持つ余り、幕法自体を都合のいいように解釈し、大石達の行動を「手段としては誤りであるが、一律に徒党と見なすことは出来ない」とした点や「このようなことがこの後にあったからとて人々の心次第で決することであるから、その時はその仕方で処分を決せられたい」とした箇所に対して、吉保は不快感すら覚えた。

結局、評定所でも大石達の処罰に対して結論を出すことが出来ずにいたため、改めて詮議を行うことで決着したが、吉保にとってそこに居並んだ十四人は唾棄《だき》すべき人間のように思えた。

この後、大石達の処分が下るまでの間、綱吉自身〝赦免〟と〝処断〟の間で揺れ動くことになり、それが大石達への裁可が遅れる一因になった。

その間、幕府内だけでなく大名の間でも、大石達に同情を寄せる者の数は次第に増えていった。このままいけば、〝法〟より〝感情〟が優先する形になりかねないと判断した吉保は、邸に荻生《おぎゅう》徂徠《そらい》を呼んだ。

当時、学者の中にも大石達に同情を寄せる者は多く、例えば前田家に仕えていた室鳩巣《むろきゅうそう》は大石達の行動を忠義に基づくものと全面的に賞賛し、また綱吉に仕えた林大学頭信篤《はやしだいがくのかみのぶあつ》は大石達の吉良邸討ち入りを正当なものと認め、申し訳程度に「しかし、天下の法に触れたのであるから切腹は仕方がない」と述べている。吉保はどちらの意見も納得できないものであったため、〝法政論者〟としての徂徠の意見を聞いてみることにした。

徂徠は当時を代表する儒学者であった。芝増上寺の門前に住み、程朱《ていしゅ》の学を講じていたが貧窮を極め、豆腐のおからを食べてかろうじて余命を繋いでいたが、この間に著した『訳文筌蹄《やくぶんせんてい》』（全六巻）で世に出、元禄九年八月、三十一歳の時に増上寺了也《りょうや》大僧正の推挙によって吉保に召し抱えられ、その後綱吉にもしばしば講義をするようになり、遂には五百石の禄を食むにいたったのである。そして、後には服部南郭《はっとりなんかく》、安藤東野《あんどうとうや》、三浦竹渓《みうらちくけい》ら吉保の家臣が徂徠の門に入っている。

「暫く徂徠先生の講義を聞いておらぬが……」

吉保がそう切り出した途端、徂徠は笑い出した。

「柳沢様が私を呼んだのはそんなことではないと思いますが？」

「どうしてじゃ」

「柳沢様の顔に書いてあります」

「わしの顔に書いてあるか」

「ございます」

「何と書いてある」

「徂徠のつまらぬ講義なんぞは聞きたくないと」

そう言うと徂徠は再び笑った。

「先生にはかないませぬな」

「いや、柳沢様が正直なだけ」

「正直？」

「はい」

「では、今日先生にお越し願ったのは何のためとお思いで」

「理由はたった一つ、赤穂の浪人達のことかと」

徂徠に図星をさされた吉保は黙ってしまった。

「私も噂には聞いております。幕府が大石をはじめ赤穂の浪人達を助命するかも知れないと。

上様も大分お悩みのご様子だとか」

「その通りじゃ。浪人共を預かっている細川、松平はその気になり、細川などは預かっている浪人十七名を家臣とするとまで言っておるようじゃ」

「で、柳沢様のお考えは如何でございます?」

「わしの腹は最初から決まっておる。一同の者に切腹の処罰というのは最初からのわしの考えじゃ」

「それなら、それで推し進めていけばよろしいのでは?」

「何時もならそうしておるが、今回ばかりはそうもいかぬのじゃ」

「柳沢様にしては珍しく弱気な」

「上様が迷っておる」

「上様が?」

「情の部分で大石達の行動に感銘されてな、決断が下せないでいるのじゃ。そこで先生に上様に法に基づく浪人共の処分を述べてもらいたいのじゃが」

「法に基づく浪人達の処分でございますか」

「左様。評定所での意見も感情……というより、赤穂の浪人共への同情に流されている。もしかすると、〝武士の姿〟という幻に、ある種の憧れのようなものを持っているのかもしれぬ」

「大石達の討ち入りに対してでございますか?」

「そうじゃ。だが、このまま大石達が助命されれば法など無いに等しくなる。わしはそれを何とか食い止めねばならぬのだが。先生はどう考える？」

「一言で言えば柳沢様と同様でございます」

「先生もそう思うか？」

吉保はほっとしたような気持ちになり、幾分心が軽くなったような気がした。

「柳沢様にお尋ねしたいのですが」

「何じゃな？」

「大石をはじめとする吉良邸へ討ち入った赤穂の浪人達は切腹以外に何かを望んでいるとお思いですか？」

「切腹以外はあり得ぬと思うが？」

「私もそのように思います。ならば、望み通りに切腹をお命じなされればよろしいのではないでしょうか。それで全てが解決すると思いますが」

「全てがのう……」

そう答えた時、吉保はふと「吉良」のことを考えた。今回の裁きは「吉良」を犠牲にしなければならないからであった。吉保はその考えを徂徠にぶつけてみた。

「今回の騒動の裁きを穏便な形ですませるには、吉良家に対する裁きが必要となるが」

「それは致し方ありませぬ。大石達の行動をある程度認めたうえでの裁きとせねば収まりがつきますまい」

「吉良が不憫でな」

「そうした気持ちは捨てたほうがよろしいかと存じます」

結局、吉保は一時の感情を消し去って、徂徠に法に基づく大石達の処罰を求める意見書を至急まとめ持ってくるように命じた。

徂徠が吉保に提出した意見は、次のようなものだった。

「義とは己を潔くする道であり、法は天下の規則というべきものである。法が一日として正しく行われないことがあるならば、国の政を行うことは出来ない」

とし、

「四十六人の者がその主人のために仇を報じたのは家臣としての恥を知っているからである。武士として潔い道であるには違いないが、それは四十六人のみに限られたものであって、結局、自分達だけのものに過ぎない。

元はと言えば、（浅野内匠頭）長矩が殿中をも憚らず刃傷に及んだためにその罪に処せられたのに、吉良氏をもって仇とし、公儀の許しもなく騒動を起こしたことは法に於いては許すことが出来ないことである。今、四十六人の罪を決め、武士の礼をもって切腹を申し付けるならば、四十六人の武士としての面目も立つし、また、上杉家の願いも達せられることになる。そうすれば幕府が四十六人の忠義の行動を軽んじることにもならず、この道理こそが天下の公論というべきものである。

もし、私論をもって公論を害するようなことがあれば、この後、天下の法というものが成り立たなくなる」

徂徠はこうした論をもとに「四十六人には厳重に切腹を申し付けるべきである」とした。

結局、徂徠のこの論が大勢となり、徂徠の〝法〟に基づく裁きが妥当という意見には綱吉も納得せざるを得ず、大石以下四十六人の切腹は決定したのである。それは吉保の望んでいた大石達の処分と一致するものであった。

徂徠の論の前にあって、老中、若年寄も同意せざるを得なかった。だが、この時になっても綱吉の心の中には僅かではあったが、四十六人を助命したいという思いがあったのである。そのために綱吉は後に上野寛永寺の輪王寺門跡公弁法親王《こうべんほっ》に大石達の助命を頼もうとしたが、結局、その望みは叶わなかった。


大石をはじめ赤穂の浪人四十六人の裁決が決定したその日、吉保は夜遅くまで酒を飲んだが、何時もはほんの僅か嗜む程度の吉保にしては珍しいことだった。

「やっと決着がつきましたな」

三蔵は吉保の盃に酒を注ぎながらそう言ったが、その言葉にも何処か肩の荷がおりたような響きがあった。

「他の者達は分からぬが、大石はこの日を待ちわびていたのではあるまいかな。赤穂浅野家の再興が叶わなかった時点で、大石は自分の赤穂藩筆頭家老としての意地、武士としての一分を通すことだけを考えていたのじゃから。本懐を遂げてからの二ヶ月は実に長く感じられたに違いない」

「私にはその辺の気持ちは分かりません。しかし、武士というものは面倒なものでございますな」

三蔵のその言葉を聞いて、吉保は思わず微笑を漏らした。

「確かに三蔵の言う通りかもしれん。武士ほど面倒で、得体の知れないものはないかもしれんな」

元禄十六年一月二十二日、大石達の処分を決めた幕府は、『親類書』を出すように命じた。

『親類書』とは自らが父祖、家族、親類について記したもので、養子の場合は実家、養家の両方を記している。ただ、決まりがあるわけではないから詳細に書く者もいれば、極めて大まかに書いている者もいた。

『親類書』を書くということは処分が決定したことを告げるものであった。

そして、それから十三日後の二月四日、幕府より大石内蔵助以下四十六人に切腹の命が下され、四十六人を預かっていた細川、松平、毛利、水野の四家へ稲葉丹後守、秋元但馬守、小笠原佐渡守、土屋相模守、阿部豊後守の五人の老中連署の奉書が届けられた。それぞれに派遣された目付と御使番は以下の通りであった。
細川家
　御目付・荒木十右衛門、御使番・久永内記
松平家
　御目付・杉田五左衛門、御使番・駒木根長三郎
毛利家
　御目付・鈴木次郎左衛門、御使番・斎藤治左衛門
水野家
　御目付・久留十左衛門、御使番・赤井平右衛門
　この他、検使役として御徒目付が五〜七人、御小人目付五〜七人、御使衆六、七人が派遣された。
　内蔵助達には浅黄無垢の裃、黒羽二重の小袖上下が渡され、それに着替えて上使の来着を待った。そして荒木十右衛門、久永内記が到着すると内蔵助達の居る居間へ行き、一同に切腹の申し渡しが行われた。申し渡し状の内容は、
「浅野内匠頭、勅使御馳走役を仰せ付けられた時、殿中を憚らず不届きの行いがあったため、切腹を仰せ付け、吉良上野介はお構い無しとしたところ、主人の仇を報じると申し立て、四十六人で徒党を組み、飛び道具などを持参して上野介を討ち取った。これは公儀を恐れない所業

であり、重々不届きである。よって切腹を申し付けるものである」

というものだった。この時、十右衛門は大石達に、

「これは上使としてではなく申しておく。今日、吉良左兵衛殿はこの度の仕方を不届きに思し召され、お取潰しのうえ、信州諏訪安芸守へ永の預けとなった」

と申し渡している。これが赤穂城の収城使として大石と会った荒木十右衛門が大石にしてやれるせめてものことだった。

大石達の切腹は細川邸の大書院前の広庭で申の上刻頃から行われ、酉の上刻頃に終え、遺骸は泉岳寺に送られ浅野の墓の周囲に葬られた。

そして二月六日には『親類書』によって、男の遺児十九人に処分が言い渡され、当時十五歳以上だった四人、吉田伝内（吉田忠左衛門次男・二十五歳）、村松政右衛門（村松喜兵衛三男・二十三歳）、間瀬定八（間瀬久太夫次男・二十歳）、中村忠三郎（中村勘助長男・十五歳）はいずれも伊豆大島へ遠島流罪となった。ほかの二〜十三歳までの遺児は親戚預けとなり、これで幕府にとっての〝赤穂事件〟はようやく幕を閉じたのである。

誰のために

その日、吉保の邸では吉保、三蔵、徂徠の三人が顔を揃えてささやかな宴を開いていたが、

その頃は、三人ともいたって気楽な身の上だった。吉保は五代将軍綱吉が宝永六年（一七〇九）一月に六十四歳で没した後、長子吉里に家督を譲り、六月に隠居して駒込の別邸の六義園《りくぎえん》で悠々自適の生活を送っていたし、三蔵はその後、幕府の御用とは全く縁を切って小間物問屋の主人としての平凡な日々を送り、時折手土産を持って吉保の邸を訪れては、酒を酌み交わしながら取り留めの無い話をして帰って行くのだった。

綱吉の話は出るものの政《まつりごと》の話が出ることはなく、江戸の街中で起こったたわいもない話をするだけだったが、二人とも幕府内の生臭い話には興味がなくなっていたのである。そして、荻生徂徠は綱吉、吉保が去った幕府に魅力を感じなくなったのか、藩邸を出て、日本橋茅場町で家塾を開いていた。もっとも徂徠の場合、吉保という最大の庇護者がいなくなったことが藩邸を去った最大の理由であった。徂徠の歯に衣をきせぬもの言いは、多くの人間の反発を買っていたからである。

三蔵と徂徠が顔を合わせるのは、この時が初めてだった。

「徂徠様とお会いするのは初めてでございます」

「そう言われると、そうかもしれぬな」

三蔵が吉保の邸に昼のうちから訪れるのはお互いに隠居の身分になってからで、それまではほとんど夜中に訪れていたため徂徠以外にも邸の中の人間で三蔵を知らない者が多かった。

江戸市中の噂話など、たわいもない話が済んで暫くすると、吉保は思い出したように呟いた。

「そういえば、あの男の悲願がかなったな」

三蔵は吉保が誰のことを言ったのかすぐに察しがついたが、徂徠はその男の名前が思い浮かばなかった。三蔵のほうがその男との関わりが深かったからそれも致し方のないことだった。

「あの男とは」

「大石内蔵助じゃ」

三蔵にとってそれは非常に興味のあることだった。

「で、どのような形で決着が付いたのです?」

「浅野大学長廣が昨年（宝永六年）八月二十日に赦免され、この九月十六日に下総国の夷隅郡の内に五百石を賜り、旗本寄合に列することで浅野家の再興がかなったのじゃ」

「なるほど、大石の望んだ通りになりましたな」

浅野家の再興は、五代将軍綱吉の薨去に伴う大赦によるものだった。それだけではない、宝永三年八月十二日、将軍綱吉の母桂昌院の一周忌法要に際し大赦が行われ、伊豆大島に配流となっていた遺児達も許され、九月七日に江戸に帰ってきていたのであった。

「吉良様のほうは如何なりましたか?」

浅野家が再興されたという吉保の言葉に対する三蔵の反応は、実にそっけないものだった。

三蔵はどちらかと言うと吉良家のことが気に掛かっていた。

「吉良家は、浅野家より早く二月十五日に、分家の蒔田義俊が吉良の名を再興しておるが、評判にもならぬようじゃの」

「しかし、変わった世になったものでございます」

「どのように？」

「幕法を破った者達がその後持て囃され、その犠牲となった者達が批難と蔑《さげす》みの対象とされている……。何とも不思議な世の中になったと思っております」

「二人とも随分と吉良殿に同情的なようだが？」

「そのようにお感じになりますか？」

「わしにはそう聞こえる」

「別に同情しているわけではございませぬ。以前にも述べた通り大石達赤穂の浪人を弁護する〝私の論〟が、法によって定められた〝公の論〟を圧倒している今の風潮に対し、言い様の無い腹立たしさを覚えているだけでございます」

「三蔵はどうじゃ？」

「私には難しいことは分かりませんが、大石はじめ赤穂の浪人達が吉良邸へ押し入って上野介様の首を挙げたことがそれほど褒められることなのでしょうか。私はこの一連の出来事の一番の被害者は吉良様ではないかと思っております」

「少し薬が効き過ぎたかもしれぬな」

吉保は苦笑いを浮かべると、三蔵も何ともいえぬ苦い表情をした。

「吉保様、それはどういうことでございます？」

徂徠が尋ねたが吉保は黙ったままでいるので、三蔵が代わりに答えた。

「大石以下赤穂の浪人達が吉良様の邸へ討ち入り、本懐を遂げた後の江戸の街の騒ぎは、柳沢様に命じられた私と、私の配下だった者達が仕掛けたことだったのです」

「では、今の騒ぎは柳沢様とおぬし達によるものだということか？」

「はい」

「何故そのようなことを？　柳沢様、これでは矛盾しておられませぬか」

徂徠は吉保に食ってかかった。

「徂徠が怒るのももっともじゃが、そのわけは後で説明してつかわす」

吉保にそう言われると、徂徠は黙るしかなかった。吉保は三蔵に江戸の様子を尋ねた。

「その後の大石達の人気はどうじゃ？」

「泉岳寺の浅野内匠頭、大石達の墓は香華が絶えることがないほどでございます」

「なるほどのう。それは大した人気じゃのう」

「それに大石内蔵助をはじめとする赤穂の浪人達の話も耳にしますな」

「どのような話じゃ？」

「やはり討ち入りまでの苦労話が多いように思われます」

「そうか」

少し薬が効き過ぎたかもしれないが、吉保はこれでよいと思った。一時は話題になっても時の流れとともに忘れ去られては困るからであった。

「しかし、芝居のほうは江戸は全くといっていいほど駄目ですな」

「駄目とは」

「上演致しません」

「例の芝居の一件で座頭《ざがしら》も役者達も懲りたのかもしれぬのう」

吉保が言った〝例の芝居の一件〟とは、元禄十六年二月四日に大石内蔵助以下四十六名の赤穂の浪人達が切腹してから僅か十二日後に、江戸中村座で中村七三郎一座が上演した『曙曽《あけぼのそ》我夜討《がのようち》』のことだった。

筋は曽我兄弟の夜討ちに仮託して、大石達の討ち入りを取り上げたものだったが、幕府は三日で上演を中止させていた。

「あれは幾らなんでも早過ぎる。中止ですんでよかったくらいじゃ」

「左様でございますな。しかし、江戸は将軍様のお膝元。まるで最初から幕府のお咎めを承知していたようでございます」

「その芝居のことなら私も知っております」

「徂徠は見たのか」

「いや、私でなく、私の塾に通ってくる人間が見たと言っておりましたが、入りはなかなかだったようで」

「興味本位で集まったのだろう」

「幕府からすぐに中止の沙汰がありましたが、目の付け所はなかなかのものと思いますな」

「それが興行というものでございます。今、市中の人間達が興味を持っているものは何かと絶えず探っておりますからな」

「幕府を怖れていては何も出来ぬということか？」

「はい」

「だが、油断していると手酷い目に遭うことになる」

「しかし、上方ではお上の目もそれほど厳しくないせいか適当に間を置いて、今回の事件を題材にした芝居を上演しているようでございます」

「上方でも芝居になっておるのか」

三蔵は上方で上演された芝居の名を挙げて吉保に教えた。

「はい。随分と盛んなようでございますな。『碁盤太平記《ごばんたいへいき》』という人形浄瑠璃が大坂の竹本座で上演されております。作者は近松門左衛門という者で、大石内蔵助を大星由良之助《おおぼしゆらのすけ》、倅の主税《ちから》は力弥《りきや》という名に変えておりますが、見る者には大石達の討ち入りを基にした芝居だということはすぐに分かります」

「大星由良之助か、面白い名前を考えるもんだのう」

吉保は如何にも感心したというような口振りで言った。

「それが町人の知恵。お上から何か言われても、幾らでも言い逃れができるように備えております」

「その『碁盤太平記』以外にもあるのか?」

「はい、二年後の宝永五年に、こちらは歌舞伎でございますが、「京都亀屋粂之丞座」で坂田藤十郎、沢村長十郎一座が『福引閏《うるうの》正月』を上演しており、これは『太平記』の世界に代えております」

「『太平記』か」

「極新しいものとしては昨年六月一日に「大坂篠塚庄松座」で上演された『鬼鹿毛無佐志《おにかげむさし》の鐙《あぶみ》』が大当たりをとっております。こちらのほうは大岸宮内となっております」

「大岸宮内?」

「はい」

「大星は大石からというのは分かるが、大岸は?」

「赤穂の浪人達は今、〝赤穂義士〟と呼ばれておりますから、そこから持ってきたのでございましょう」

「江戸では何時頃この手の芝居が上演されるようになるであろうのう」

「恐らく江戸での上演が許されるのはもっと先のこと。あの事件を知る者や係わりのあった者がぐんと少なくなってからのことでしょうな」

「そんなに先のことか？」

「多分、柳沢様も私も、もうこの世にはおらぬ頃かと」

「それは残念じゃな」

三蔵のこの言葉は正しかった。

江戸で久し振りにこの事件を題材にした芝居、『大系図《だいけいず》繋馬《つなぎうま》』が江戸市村座で松本幸四郎一座・村山平右衛門一座によって上演されたのは享保元年（一七一六）閏二月十五日のことで、吉保はその二年前の正徳四年（一七一四）に、三蔵もその前年にこの世を去っていた。

二人の話を聞いていた徂徠が、

「私は是非上方のその芝居が見たいですね」

と言葉を挟んできた。

「赤穂の浪人達の押し込み強盗のような行いがどのように美化されているのか、この両方の目でしっかりと見てみたい」

「徂徠はそう思っているのか？」

「ええ。十年後に柳沢様の思い通りになっているのか、是非この目で確かめてみたいと思います」

徂徠はそう言うとニヤリと笑った。

「十年後か。短いのう」

「短いですか？」

「わしは武士という者がこの世からいなくなっても、大石達の行動が美化されることを願っているのだがな……」

「未来永劫にということでございますか？」

吉保は頷いた。

「そのために大石達の切腹をあくまで主張したのだ」

それまでの吉保は、極端に己の主張を通すことを控えていた。綱吉の後ろ盾を武器にすれば吉保の意見が通らないことはほとんどなかったが、あえて己の意見を強引に押し通そうとはしなかった。それは綱吉という後ろ盾がいなくなった時を考えてのことであった。だが、吉保は大石達の切腹の件でその戒めを解いたのである。

三蔵に命じて、吉良上野介の評判をことさら悪くするのとは反対に、大石達赤穂の浪人達の評判を高めさせている。そして大石達が本懐を遂げた後、大名達だけでなく、老中・若年寄そして一時は綱吉までが大石達の助命に傾きかけた時、大石達に切腹を命じさせるように動き、切腹後には大石達の評判が上がるように仕向けたのである。吉保は二つの矛盾したことを繰り返してやっていたのである。

「柳沢様、もうこの三蔵にもお話しなさってもよろしい頃なのではございませんか？　以前、大石達を切腹させるのは武士のためだと言った意味を」

　確かに吉保は三蔵にそんな約束をしていた。

　長い沈黙があった。その間、吉保は何処からどのように話すべきか迷っていたのである。結局、吉保は話の核心から話すことにした。

「二人に尋ねたいが、そち達は武士とは何だと思っている？　聞きようが悪ければ武士とはどのような存在だと思っておる？」

　そう吉保に聞かれ、三蔵と徂徠は黙ってしまった。吉保の問いが余りにも漠然とし過ぎていたし、今までにそのようなことを改めて考えたことは無かったからである。

「わしは長い間幕閣にいて数多くの大名達を見てきたが、時折武士とはどのような存在なのかと考えることがあった。先祖代々の家、土地を問題を起こすことなく治め、百姓、町人が多少の不平、不満はあるものの、何とか日々の暮らしを送ることが出来るようにするのが大名、武士の務めだと思ってきたのじゃ」

「それでよろしいのではございませんか」

「だが考えてみると、その土地もその大名や武士の物ではない。徳川の世になって、幕府から預けられた物にすぎん。

　現に今の赤穂の土地は永井伊賀守直敬殿が下野国烏山から移封され、現在は三万五千石の藩主となって治めておる。

だが、百姓、町人は藩主が誰であろうと関係なしにその土地に住み、百姓は米を作り、町人は生きていくうえで必要な様々な物を作り、それを売り買いして、その日その日の暮らしをしておる。ところが、武士は己では何も作り出していない。この差は余りにも大きいと思わぬか。武士は己の土地を持たず、百姓、町人からの年貢や冥加金《みょうがきん》を取り立てて生きながらえている存在じゃ。極端に言えば武士は百姓、町人に食わしてもらっている存在にしかすぎん」

「そう言われますと」

「みんな武士というものの存在を少し過信しすぎているのかもしれんな。わしは武士ほど曖昧な存在の者はいないと思っておる」

吉保の言葉は武士に対する厳しい批判でもあった。

「泰平の世になって浪人が増えているが、そういった者はこれからも増え続けるであろう。これは大名とて同じじゃ。大名の多くが世継ぎがないと取り潰しになることに怯え、多くの子を作るが何とかやっていけるのは次男、三男くらいまでであろう。四男、五男ともなると分け与える土地すらないというあり様じゃ。そういった者の多くは己の意思とは関係なく寄生虫のような存在とならざるを得ない……」

そこまで話した後、吉保は吐き出すようにして、

「時折このままでは遠からず武士というものは滅びるのではないかと思うことがある」

と言った。

「武士が滅びたら、その代わりに天下をとるのはどのような人間でございます?」

三蔵が尋ねた。

「恐らく町人であろう。否、すでに町人の天下となっている。現に町人から金を借りなければやっていけない大名や旗本は相当な数になっている」

吉保が言った言葉は事実だった。江戸初期から続いた経済成長は、町人だけでなく武士の生活をも華美なものにし、収入より支出のほうが多いという状況を作り出していた。だが、この頃の大名達の多くはそれを打開するための有効な手立てを持っていなかった。結局不足分は商人から借りる、所謂〝大名貸し〟という名の借金に頼っていたのである。

商人達のほうも最初は有望な投資先と思い、幾らでも金を貸していたが、大名の財政は好転する材料が無いために、まずは利子分の返済が滞るようになり、次には元本の返済も滞るようになっていった。

こうした解決方法として大名達がとった手段は、借金そのものを踏み倒すことだった。踏み倒された商人は訴え出る所もないために泣き寝入りするしかなく、〝大名貸し〟に走った商人の多くは店を潰してしまったのである。何も自ら生み出すことが出来ない大名ほど危険な貸出先はないということに気付いた時には、商人のほうでもどうにもならなくなっていた。

天和元年から元禄八年まで側用人をつとめた牧野《まきの》成貞《なりさだ》の牧野家は三井家との繋がりが強かったが、三井家にとってのもう一つの重要な得意先は紀州徳川家だった。御三家、側用人も〝大名貸し〟に頼らなければならない時代になっていたのである。

三井家の二代目三井高平は〝大名貸し〟に対して厳しい制限を設け、先ず「公儀に対する御用は、本業の商いの余力でやるべきである」としたが、紀州徳川家と牧野家は特別としている。牧野成貞は三井が財を成すにあたって相当尽力をしてくれていたからだった。だが、高平は紀州徳川家と牧野家の間に厳格な線引きを行っていた。紀州徳川家に関しては、

「急な入り用がある時は必ず献金のことを言ってくるから、その前に先手を打って持って行くように。また、その時『ご返済は勝手次第』と伝えるように」

としている。つまり、返しても返さなくてもそちらの御随意にということだが、そのため、各店の主だった者は常に紀州徳川家の情報収集を怠らなかったのである。

これに対し、牧野家の場合は規制を設け、

「金を貸す時の総額を四千両とし、それ以上になった時は、貸した金は全て損をしても構わないから、今後の付き合いは止めるように」

としていた。高平がこうした規制を設けなかったら三井家も他の商人のように潰れていた可能性は皆無ではなかったに違いない。

吉保はこうして商人達に金の力で屈していく大名達の姿を嫌というほど見てきたのである。

「〝大名貸し〟に頼れなくなれば、各大名達も様々な知恵を絞って何とか金を作り出すに違いないが、それに気付き何らかの手を打っている大名はまだまだ少ない。

このまま泰平の世が続けばほとんどの武士は無用の長物となり、そのうちに大名達は、己の生活を維持していくために年貢や冥加金を上げざるをえない。するとそこで百姓や町人との対立が生まれ、武士が存在する意味が益々なくなってくる。そんな時に大石内蔵助と赤穂の浪人達が現れたのだ」

「柳沢様は大石達を何に利用しようとお思いになったので？」

「大石達を〝武士の鑑〟と思わせることに利用しようと思ったのじゃ」

「武士の鑑ですか？」

「そうじゃ」

「そのために、三蔵には大石達の見張り役と様々な風聞を江戸と上方で流してもらったのだ。幸い、わしが想像していた以上に効果があった」

「その結果、吉良様は金に執着する底意地の悪い人間、内匠頭はなかなかの名君ということになりましたな。それぞれの領地では全く逆と言っていいほどでしたが」

「三蔵は吉良殿の領地へ行ったのか？」

「私ではございません。配下の者に念のために行かせてみたのですが、領民達の間では吉良様の評判はいたってよろしゅうございました」

「今の世評と全く逆か……。柳沢様も罪なことをなさります」

「内匠頭の場合は世評が良く、『調べ書』とは全く逆であったな」

その時、徂徠が如何にも興味ありげに、

「何でございます、その『調べ書』というのは」

と尋ねたが、「調べ書」の存在は綱吉、吉保、三蔵の他は数人しか知らないため、徂徠がそう尋ねるのも無理はなかった。

「そういえば徂徠は『調べ書』の存在を知らなかったな」

吉保はそう言うと、自ら書斎へ行き、「調べ書」を持ってくると徂徠に手渡した。

「これは上様が独自になさったもので、各大名のその土地での評判をここにいる三蔵達に集めさせたものじゃ。今、そちの前にあるのは浅野内匠頭に関するものじゃが、読んでみよ」

徂徠は吉保に言われるまま読んでいたが、読み終えると溜息をついた。

「これで大した騒ぎもなく、よく藩がもちましたな」

「恐らく、今、批難されている家老達の力によるものであろうな。討ち入りに加わらなかったことで必要以上に悪く言われている」

「討ち入りですか、討ち入り……。柳沢様は、大石は何故討ち入りをしたとお思いでございます?」

「浅野家代々の筆頭家老という立場上、そうせざるを得ぬ状況が大石を追い込んでいったのだろう。誰が好んであのような中に自ら入っていきたいものか」

「大石は京都の茶屋で随分遊んだようですが、あれは幕府の目をくらますためと言う者がおりますが」

「そのように言う者がいるのか」

「大勢の人間がそのように言っております」

「話の筋立てとしてはそのほうが面白いのかもしれぬが、わしはそうは思っておらぬ」

「柳沢様はどのように？」

「先程申したように大石としても、初めは仇討ちなどしたくなかったはず。だが、己が主席家老の時に御家を潰したという事実が、大石にそこから抜け出すことを許さなかった。大石はそんな現実を一時でも忘れるために茶屋通いをしたに違いないと思っておる」

「では、他の者達は何故討ち入りに加わったとお思いですか」

「それぞれに理由はあろうが、最後は赤穂藩士としての意地であったろうな」

「加わらなかった者達にはその意地がなかったとお考えですか？」

「いや、意地はあったに違いない。それが強いか弱いかの違いに過ぎない。寧ろ加わらなかった者のほうが己に対し正直だったのかもしれぬ。だがな……」

そこまで言って吉保は暫くの間、庭を眺めていた。

「討ち入りに加わらなかった者、殊に名の知れた者達のこれからの歩みは平坦なものではないはずじゃ。常に〝元〟赤穂藩士という目で見られ、大石達と何かにつけて比較され、場合によっては冷ややかな目でも見られる中を生きていかなければならないのじゃからな」

「さぞ辛いでしょうな」

「わし達が想像する以上にな……」

吉保達の死後、大石達の人気は更に上がって行く。そして最初から吉良邸への討ち入りに加わらなかった者、途中で脱盟した者達は批難されることはあっても、褒められ、同情されることは決してなかった。

「三蔵」

「はっ」

「わしはな、そちに大石達の周辺を探らせ、風評をたてさせているうちに更に別のことに利用することを思いついたのじゃ。寧ろ、こちらのほうを本気で考えるようになっていた」

「何にでございますか？」

「内匠頭の吉良殿への刃傷から、大石達が一年数ヶ月をかけて本懐を遂げるまでの苦労を誇張して伝えることで、これが真の武士の姿という〝幻影〟を大名、旗本だけでなく百姓、町人に抱かせることにじゃ」

「幻影……でございますか」

三蔵と徂徠はほとんど同時に吉保の言葉をなぞった。

「そう。よく武士の道とかいう者がおるが、そんな紋切り型の武士などこの世に存在しておらぬ」

「確かに」

「だから幻想を抱かせようとな……。泰平の世になって、多くの武士は主君よりも土地、藩を第一と思うようになった。大石達のような存在は稀というよりほとんど奇蹟に近い存在と言っていいかも知れぬ。

そこで、わしは大石達の一年数ヶ月の行動を誇張して伝え残すことによって、武士というものの存在の拠り所にしようと思ったのじゃ。このような武士もいたのだという誇張した話にしてな」

「拠り所でございますか？」

「世の中は町人の天下となってきている。これからもそれは同じであろう。その時、武士の存在は何処にある？　わしは大石達の行動にそれを求めさせようと思ったのじゃ」

「柳沢様が大石達の切腹に拘ったのは？」

「万一、助命された後、四十六人がどのような道を歩むか分からぬ。それが武士に対して抱く幻影を壊すことになっては元も子もないからな。死んでしまえばその先はないから多くの者が幻影を抱いたままでいてくれる」

「この先何十年、何百年と続きますでしょうか？」

「侍の世が続く限りはな」

「柳沢様が私にあのような『意見書』を書かせたのはそのためでございますか」

徂徠の問いに吉保は小さく頷いた。

「何としても大石達には死んでもらわなければならなかった」

「あの時、綱吉様は大石達の助命に心が傾いておりましたからな」

「寛永寺の輪王寺門跡公弁法親王の御声掛かりによって大石達の助命を考えたほどであった」

徂徠にとっては初めて知る話だった。

「それは事実でございますか？」

「事実じゃ。そのため、決して大石達の助命に力を貸さぬよう、公弁法親王にはわしからの書状を三蔵に渡してもらった」

「公弁法親王は何と？」

「『承知したと美濃守に伝えてくれ』と言うと、書状を破り袂に入れてから、『美濃守も苦労が絶えぬのう』と言って笑っておられました」

三蔵は庭を眺めたまま、徂徠の問いに答えた。

「で、その後公弁法親王はどのように？」

「毎年の慣例として、二月一日に法親王が年賀登城をなさり、一通りの挨拶を終えると恒例の歓待の能が催されるが、その間の休息の歓談の時、綱吉様が大石達赤穂の浪人達が吉良邸に討ち入ったことを話し出し、『何とかして助けて遣わしたいと存ずるが、さよう致せば政道が立たず如何とも詮方無き次第で……』と申されたが、法親王はそれに対し何も返事をなさらずにそのまま黙っていたので上様は諦めきれずに二度、三度と同じ言葉を繰り返したそうじゃ」

「法親王は何とご返事を？」

「『如何にもお気の毒なことである。政治が忙しいのに御苦心の程もさこそと御察し申し上げる』と答えたのみで浪士のことには一言もお触れにならなかったそうじゃ」

「それは何よりでございましたな」

「で、その後上野にお帰りになられてから『血気の未だ定まらない者のこと故、万一助けて遣わしたために将来を誤るようなことがあっては相成らぬ。苦しくはあったがこれが弥陀の大慈悲と思って、将軍がかけられた謎も解かずに帰った』と言ったそうじゃ。その御蔭でわしの望みを叶えることが出来た」

しかし、徂徠は不服そうであったので、

「そちは何か言いたそうじゃな」

と吉保が聞いた。

「柳沢様の望みは一応達せられるでしょうが、これからの武士は苦労するでしょうなあ。武士とはこういったものという幻影を植え付けられ、それを信じる多くの者の中で生きていかねばなりませんから」

「そうかもしれぬ。だが、今歯止めをしておかぬと、武士というものが何処まで崩れていくのか分からぬ時代なのじゃ」

「崩れたら崩れたで、また新しい形を作っていけばよろしいではございませんか」

「そのためには大変な時間と力が必要じゃ。そして多くの無益な血が流れることになる」

その後、吉保と三蔵と徂徠は夜の更けるまで話し続け、辺りが明るくなる頃に三蔵と徂徠は帰っていった。そして帰る間際、三蔵は吉保に、

「私は吉良様にすまないことをしたような気が致します」

と小声で言い残して帰っていった。


それから一《ひと》月後のことである。旅支度をした三蔵が朝早く吉保の邸を訪れた。

「どうした、このような早い時刻に。旅にでも出るのか?」

吉保がそう尋ねると、三蔵は両の手をつき、改まった口振りで答えた。

「柳沢様にお別れを申し上げに参りました」

「別れを告げに?」

「はいっ、江戸を去ることに致しました」

吉保には三蔵の言葉は意外であった。

「どうしてじゃ」

「私のような年寄りには江戸は騒々し過ぎるのかもしれません。この年になると、静かな場所でのんびりと過ごしたくなって参ります」

「店のほうはどうする？　なかなか繁昌していたではないか」

「配下の者でやってみたいと申す者に手頃な値で売ってしまいました」

「売ったのか」

「どうせ独り身でございます。その日、その日何合かの酒を飲める金と、食べていける金、それに多少の小遣いがあればそれで十分でございますから」

「どうしても行くのか」

「はい」

「江戸も寂しくなるのう……。上様が薨去なされて、そちも居なくなる。役目柄とは申せ、わしには心を開いて話が出来る人間は少なかった。今のわしにはそちと酒を飲みながら取りとめのない話をするのが唯一の楽しみであったのにのう……」

「それは私も同様でございます」

「で、どちらのほうへ行く？」

「諏訪へ参ろうと思っております」

「諏訪？　誰ぞ身寄りでもおるのか」

「いえ。そのような者はおりませぬが、法華寺には吉良左兵衛義周様の墓があるそうでございますので、その墓守でもしながら過ごそうかと思っております」

「義周殿の墓守？」

「はい。そうせねば私の気が済まないのです。柳沢様に命じられて大石はじめ赤穂の浪人達を探っていくうちに私の心の中には常に吉良家のことがあったのです。その後、吉良に関する悪評を上方、江戸市中に流し、吉良家を追い詰める役を果たして参りました。その結果、上野介様はあのような最期を遂げられ、評定所での吉良家のお裁きはお取り潰しでございます……」

「結局、わしもその裁きに加担したことになるな」

「喧嘩両成敗ということでしょうが、吉良様は内匠頭に何をしたのでしょう？　二度とも吉良様は被害者でございます。このことを声高に言う者はおりません。私は義周様が諏訪高島藩にお預けとなった時からそのことばかりを考えておりました」

そう導いたのは吉保だった。綱吉の心が何処にあるかを常に見ていた吉保自身にとってはそうすることが最善の方法だったのである。

「私は今更柳沢様を責めるつもりはございません。吉良家を滅亡に追いやった責任の一端は私にもありますから」

「三蔵、そちは今までの役目でそのような心になったことは」

「ございません。しかしこれまでの役目はそうせねばならぬ何らかの理由がございました。それがどんなに無残な結末であっても、自分を納得させるものがあったのです」

「今度の役目にはそれが無いというのか」

「はい。ただ、吉良家を取り潰しただけのことで、自分を納得させるものは何一つありません。

聞けば義周様の墓は粗末で訪れる者とてほとんどいないとのこと。私は吉良上野介様、義周様への詫びのつもりで義周様の墓を守っていこうと思っております」

「吉良殿に対してはこの吉保にも責任がある」

「柳沢様は政治のために……」

「そうはいっても余りにも吉良殿に冷酷だった。この詫びはあの世へ行った時にでもせねばなるまい」

「柳沢様とは二度と会うことはないと思いますが、お体をお大事に」

「そちもな」

吉保はそう言うと百両の金を三蔵に渡した。

「これは?」

「義周殿の墓守……よろしく頼むぞ」

「承知致しました。それではこの金子、そのためのものとしていただいて参ります」

吉保は邸の門の外へ出て三蔵の姿を何時までも見送っていた。


正徳四年、吉保は六義園で五十七歳の生涯を閉じた。吉保の死によって江戸城に於いて赤穂藩藩主浅野内匠頭が筆頭高家吉良上野介に刃傷に及んだことに端を発したこの事件の主な当事者は全て表舞台から姿を消したのである。

吉保が言った通り、武士の存在はその後益々影が薄いものとなり、世の中は町人の天下となっていった。そして、何時頃からか〝武士とは？〟という問い掛けが武士達の中からも出てくるようになり、その問いに答えるような形で、山本常朝《やまもとつねとも》（一六五九―一七二一）が〝武士道〟について語った言葉を田代陣基《つらもと》（一六七八―一七四八）がまとめた『葉隠』が享保元年に完成している。また、芝居の世界でも浅野内匠頭が吉良上野介へ刃傷に及んでから四十八年の後の寛延元年（一七四八）八月十四日に、大坂竹本座に於いて、竹田《たけだ》出雲《いずも》、三好《みよし》松洛《しょうらく》、並木《なみき》千柳《せんりゅう》作の人形浄瑠璃『仮名手本忠臣蔵』が初演されている。初演は人形浄瑠璃だったが大当たりをとったため、すぐに歌舞伎でも上演されてやはり大当たりをとり、人々はその中に武士の本来の姿を見出そうとした。

吉保の狙いは見事に成就したのである。

あとがき

一時程でないにしろ「武士道」という言葉がよく使われる。

私は「武士道」とは我々日本人が「武士」というものに抱いている「幻影」なのでないかと思っている。その証拠に武士道とは何かと問われた時、明確に答えられる人間はおらず、〝潔さ〟〝忠義〟などという言葉が返ってくるだけである。そして、『葉隠』の中の「聞書」に出てくる「武士道と言うは、死ぬ事と見付けたり」という言葉が度々引用される。だが、それは鍋島家に仕えた山本常朝の武士というものに対して持っている自らの考えであって、多くの武士に共通したものではないのである。

「武士道」の元になっているのはそれぞれの家の家訓だが、そこには若干の違いがある。つまり、「武士」というものの決まった概念はない。

つまり「武士道」という概念は曖昧なものなのだが、この曖昧なものが歴史上度々登場する。明治時代以降では〝日清・日露戦争〟の時であり、〝太平洋戦争〟の時に盛んに言われるようになり、政治家、軍部、マスコミはこぞって「武士道」を謳い、多くの人間を戦地に送り込んだ。「武士道」の概念が曖昧なだけにいくらでも権力の側の人間は拡大解釈をし、それを人々に強要出来るのである。私が今でも「武士道」という言葉を声だかに叫ぶ人間を見ると何となく嫌な気持ちになるのはそのためである。

この「武士道」という曖昧なものを具体化するのに使われたのが大石内蔵助を始めとする赤穂の浪人達の吉良邸への討ち入り、所謂「忠臣蔵」（「赤穂浪士」）である。二百五十年以上もの間芝居、講談、浪曲、映画、TV、小説によって我々日本人は、様々な苦難を乗り越え、本懐を遂げた赤穂の浪人達の物語を刷り込まれてきた。

この物語（所謂「赤穂浪士」）の特徴は、「浅野内匠頭の刃傷」「赤穂の浪人達の吉良邸への討ち入り」とその他幾つかの細々した出来事以外は全て虚構であり、内蔵助側が善で、吉良上野介側は全て悪という単純な図式で貫かれている点に大きな特色がある。つまり、徹底した勧善懲悪の形になっている。

しかし、それが余りに過ぎるとこれに疑問を持つ人間が現われる。私もその一人で、二十年程昔私なりにこの事件を書いてみようという気持ちになった時、幾つかの決め事をしたが、一つは内匠頭の刃傷の原因は一切排除することにした。理由はこれまで言われてきたことは全て嘘だからである。

例えば、塩の製法の秘法を教えなかったことが原因とする説は、赤穂藩では極めて開放的で、天和二年（一六八二）に仙台藩の求めに応じて赤穂から浜子が改良指導に派遣されているし、それ以前に吉良の自然条件が赤穂の製塩法に適していないことが、廣山堯道氏によって指摘されている。この他にも十分な進物を贈らなかったことで、上野介が時には偽の指導をしたという説に始まり、上野介がお気に入りの内匠頭の児小姓を内匠頭が与えなかったなど、珍説、奇説が幾つも出てくるが、少し調べればあり得ないことばかりなのである。

もう一つは吉良義周の章を必ず設けることだった。これまで義周に関して書かれたものはほとんど無い。討ち入り当夜義周は上野介を守ろうと奮闘しているのである。だが力及ばず上野介は討たれ、後日、吉良家はお取り潰しになり、その身は諏訪高島藩に流されるが、ある意味でこの義周が一番の被害者だったといえる。そして、幕府がこの事件を政治的に利用したという視点から書くことにした。その中心人物は柳沢吉保。当時の幕府内にあってこれだけの絵図を描き、実行に移せるだけの実行力を持っていたのは柳沢吉保だからである。

私は以上の三点を念頭に置いてこの小説を書いた。これまでの「忠臣蔵」とは大分違ったものになったが、これが私なりのこの事件に対する考えでもある。

ここ数年、「忠臣蔵」に関して新たな形のものが出てきているが喜ばしいことである。慾を言えば、吉良上野介を正当に扱ったものがもっと出てきて欲しいのが、私の本音である。

最後にこの本を出すにあたり、様々なご指導、ご助力をいただいた野崎雄三氏と文芸社の若林孝文氏に心から感謝したい。

二〇一一年十一月

岡本和明

参考文献

『徳川実記』（吉川弘文館）
『国史大辞典』（吉川弘文館）
『赤穂義士資料』（雄山閣）
『断家譜』（続群書類従完成会）
『日本思想体系』新装版「近世武家思想」（岩波書店）
『日本思想体系』「三河物語　葉隠」（岩波書店）
『江戸幕府大辞典』（吉川弘文館）
『江戸幕府役職集成』（笹間良彦著／雄山閣）
『江戸役人役職大辞典』（新人物往来社）
『塩の日本史』（廣山堯道著／雄山閣）
『江戸資料叢書』「土芥寇讎記」（新人物往来社）
『正史赤穂義士』（渡辺世祐著／光和堂）
『忠臣蔵』（松島栄一／岩波新書）
『将軍と側用人』（大石慎三郎著／講談社新書）
『別冊歴史読本「元禄忠臣蔵　実録・赤穂事件の全貌」』（新人物往来社）

『歴史読本　臨時増刊「決定版『忠臣蔵』のすべて」』（新人物往来社）
『別冊歴史読本　読本シリーズ③「大名廃絶読本」』（新人物往来社）
『日本武士道史』森川哲郎著（日本文芸社）

著者プロフィール
岡本 和明（おかもと かずあき）
1953年（昭和28年）生まれ。
早稲田大学卒業。
『昭和の爆笑王　三遊亭歌笑』（新潮社）、『よってたかって古今亭志ん朝』（文藝春秋社）等、落語に関する著書多数。曽祖父は桃中軒雲右衛門、父親は超常現象研究家の中岡俊哉。

忠臣蔵顛末記　落日の士分

2011年11月30日　初版第1刷発行

著　者　岡本 和明
発行者　瓜谷 綱延
発行所　株式会社文芸社
〒160-0022　東京都新宿区新宿1－10－1
電話　03-5369-3060（編集）
03-5369-2299（販売）

印刷所　図書印刷株式会社

ISBN978-4-286-11643-3